Thomas Lang

GOLDBERG UND DIE TRÄNEN DER MADONNA

Ein Drama für Minkin

Oertel+Spörer

Stammpersonal:

Minkin, Privatermittler aus Stuttgart, Feuerbach, semi-erfolgreich, überlässt die Ermittlungen gern dem Zufall, hohe Affinität zu flüssigen Produkten auf Hopfen- und Malzbasis.

Goldberg, Agent, Auftraggeber, Mittler, hat eine nervöse Präsenz, erinnert an Danny DeVito, Spiritus Rector, weiß, wo es langgeht, ansonsten unklare Rolle.

Cop Schneider, Goldbergs Mann fürs Grobe, ein Cop, der sich nebenbei was dazuverdient, um seinen aufwendigen Lebensstil zu finanzieren.

Sissi, Wirt der Botnanger *Waldklause*, eine Legende, die Klause ist Minkins Büro, die Tür zur Welt.

Der Saarländer, Minkins Sparringspartner, analysiert mit ihm hin und wieder die Fälle bei einem Corea.

Wim, der Holländer, Naturwissenschaftler, der klügste Kerl in Minkins Kosmos.

Die Bachmann, Anhängsel gegen Minkins Willen, alte Studienfreundin mit starkem Heilbronner Dialekt, nennt ihn »Mingibaby« – geht gar nicht!

In diesem Roman kommen dazu:

Die Rote Madonna, Schutzpatronin der fränkischen Brauer, eine Ikone.

Dietmar, Mitarbeiter im Bamberger *Hotel Alt Wunderberg*, Ratgeber, Unterstützer nach anfänglichem Zögern.

Baptist, Brauer und Inhaber des *Mariabräu* im Bamberger Ortsteil Wunderberg.

Vanessa, seine gerade mal volljährige Tochter, stark religiös, Anhängerin der Marienverehrung.

Altenburger Brauer, richtiger Name Franz Wildensorg der Jüngere, kann sich nur niemand merken, Erzfeind von Baptist.

Max, der Sohn des Altenburger Brauers, ein unschuldiger, liebenswerter Bursche.

Der Senator, Chef der Senator Immobilienentwicklung, skrupellos, ein Arschloch vor dem Herrn.

Linda, Assistentin des Senators, fleißig, entschlossen, räumt den Dreck weg, den der Senator hinterlässt. Minkin ist schwer beeindruckt.

Pater Johann, Vorsteher der Basilika in Gößweinstein, wurde von Papst Johannes Paul persönlich zum Priester geweiht.

Und einige andere mehr.

Minkin dachte, er wäre alt genug,
um dem Dunkeln gegenüberzutreten.
Das war ein gottverdammter Irrtum!

PROLOG: DIE WALLFAHRT

Die Menschenmenge machte sich am 8. Oktober des Jahres 1830 mit den ersten Sonnenstrahlen des Tages in Vierzehnheiligen auf den Weg. Es waren Tausende. Die Mutter Oberin hatte aufgehört zu zählen. Junge, Alte, Gebrechliche, Starke, viele Gläubige waren gekommen, um die Rote Madonna um ihren Beistand zu bitten. Die Cholera stand vor den Toren Oberfrankens. Die Menschen fürchteten um ihr Leben.

Der Tag war außergewöhnlich mild für einen Oktobertag. Der Oktober war ein launischer Geselle. Mal überraschte er die Menschen auf den Höhen der Fränkischen Schweiz und in Oberfranken in jenen Tagen mit dem ersten Schnee. Ein andermal stieg das Quecksilber im Thermometer auf über 70 Grad Fahrenheit. Den Menschen dieses Landstrichs waren derlei Wetterkapriolen gleichgültig. Ihr Tag bestand aus Arbeit. Von früh bis spät. Sie standen mit den Tieren im Stall auf und löschten das Licht der Kerzen selten nach acht Uhr abends.

Die Prozession von Vierzehnheiligen nach Gößweinstein in der Fränkischen Schweiz wurde angeführt von dem altehrwürdigen Bischof Bonifatius, der die Wundertaten der Roten Madonna als Teil der Kongregation begutachtet hatte.

Es war früher Nachmittag, als die Sonne ihren höchsten Punkt erreicht hatte und unbarmherzig auf die Pilger herabbrannte.

Die Kolonne musste eine Pause einlegen. Die Menschen suchten Schutz unter den Bäumen des Waldes. Die Wasservorräte waren aufgebraucht.

Die Pilger wandten sich an den Bischof.

»Vater, gib uns zu trinken!«

Der Bischof stieg von seinem Pferd herab, kniete nieder und fing mit ausgebreiteten Armen an, gen Himmel zu beten.

Und er wurde erhört.

Es war nicht der Bischof, der den Durst der Gläubigen stillte. Es waren die Madonna und ihre Tränen. Dies war der Beginn des Fränkischen Bierwunders.

JUNGE – UND WIE DU WIEDER AUSSIEHST!

Die Ärzte

Minkins von zu viel Bier und zu wenig Bewegung geformter Körper knallte wie ein nasser Sack auf die Holzplanken des Bootes, die nur vom fahlen Mondlicht erhellt wurden. Er keuchte schwer, rang nach Luft, zitterte am ganzen Leib.

Goldberg stand daneben und schüttelte verständnislos den Kopf. Sagte gereizt: »Was um alles in der Welt machst du auf dem See hier draußen?«

Minkin war noch zu schwach für eine Auskunft.

»Und wie du wieder aussiehst!«

Minkin dachte an die Ärzte. An den Song *Junge*. Er mochte die Ärzte nicht sonderlich, der Song hingegen gefiel ihm. Man wusste bei den Ärzten nie, was noch Punk war und was schon Helene Fischer. Bei den Toten Hosen war das an Tagen wie diesen inzwischen unstreitig.

»Minkin! Ich rede mit dir!« Goldberg konnte es nicht fassen. »Und was soll das denn sein? Was um alles in der Welt machst du in einem Neoprenanzug? Bist du jetzt völlig irre geworden?«

Goldberg sprach tatsächlich eine Sache an, die sich Minkin auch schon gefragt hatte. Es gab ziemlich eine Antwort darauf. Aber die war nicht sonderlich erfreulich.

Bei seinem letzten Fall, wenn wir das mal so nennen wollen, hatte Minkin Unterstützung von Desiree. Einer patenten Killesberg-Amazone in Yogaklamotten, die abgesehen davon einiges auf dem Kasten hatte. Sie hatte ihm nicht nur dabei geholfen, den alten Abbé Jean zu retten – wobei »retten« war so eine Sache, am Ende hat es ihn dann doch erwischt –, aber das war eine ganz andere Geschichte. Jedenfalls hatte Minkin Desirees Ehe mal eben wieder ans Laufen gebracht. Zum Dank wurde er nicht nur mit einigermaßen Kohle zugeschüttet, sondern es gab eine Typberatung obendrauf. Eine Anleitung, um mehr Schlag bei Frauen zu haben. Genauer gesagt, um überhaupt mal zum Zug zu kommen. Desiree riet Minkin zu Trendsport. Trend und Sport. Richtig gehört! Zwei Sachen, die Minkin so fremd waren wie dem Papst Verhütung.

Desiree hatte ihm einen Surfkurs für Anfänger am Stuttgarter Max-Eyth-See gebucht. Mal abgesehen davon, dass Minkin praktisch gesehen Nichtschwimmer war, war die Idee von Anfang an Mist. Minkin und ein Surfkurs, ich meine, wie abseitig war das denn? Wobei es nicht das Abseits war, das Minkin störte. Ganz im Gegenteil, dort im Abseits kannte sich Minkin bestens aus. Das Abseitige war praktisch Minkins Wohnzimmer. Aber Trendsport und Wasser, das waren die Zutaten, die das Fass zum Überlaufen brachten. Surfkurse waren im minkinschen Erfahrungskosmos definitiv fehl am Platz.

Goldberg hatte Cop Schneider dabei auf dem Boot. So viel konnte Minkin trotz des wenigen Lichts in der Dunkelheit erkennen. Cop Schneider kam mehr über die Physis. Ein Kriminaler aus Stuttgart-Freiberg. War kein weiter Weg zum Max-Eyth-See. Hatte es vom einfachen Streifenpolizisten zum Kommissar gebracht. Wodurch? Er hatte vor ein paar Jahren am Stuttgarter Ostendplatz einen Unschuldigen erschossen, der mit einer Schreckschusswaffe herumfuchtelte und es offensichtlich drauf anlegte, sich eine Kugel einzufangen. Was er prompt auch tat. »Suicide by Cops«.

Cop Schneider kam mit einem Disziplinarverfahren und einer Verwarnung davon. Und einem Schaden. Der bestand darin, dass er sich seither nur noch mit »Cop Schneider« anreden ließ. Also, wenn das mal keine veritable Berufskrankheit war, was dann? Cop Schneider war immer kurz vor davor, die Dienstmarke zu verlieren. Half Goldberg gelegentlich aus, wenn Geberqualitäten gefragt waren. Bedeutet: Er konnte austeilen. Besserte seine Bezüge ein wenig damit auf. War auch nötig. Sein Lebensmotto hatte Cop Schneider den späteren Lebensjahren des irischen Fußballers Goerge Best entlehnt. Er gab sein Geld für Frauen, Alkohol und schnelle Autos aus. Den Rest verprasste er.

Minkin hatte keinen blassen Schimmer, in welcher dunklen Ecke der Stadt Goldberg Cop Schneider begegnet war. Generell aus Goldberg schlau zu werden, war so gut wie unmöglich. Weshalb es Minkin gar nicht erst versuchte.

Jedenfalls war Minkin wieder hier. Eindeutig nicht sein Revier. Diesmal stand er auf den Planken eines Bootes mitten auf dem Max-Eyth-See. Das Boot war eine Riva Aquamarina. Vermutlich das schönste Motorboot der Welt. Ein eleganter Holzkörper mit tiefrotem Mahagoni beplankt. Die Sessel mit feinstem Leder bezogen. Große Panoramascheibe mit viel Chrom und einem klassischen Armaturenbrett mit weißem Steuerrad. Ein Boot, mit dem George Clooney über den Lago di Como cruiste. Keines, dass man im Stuttgarter Nordosten mit Blick auf die schwach erleuchteten Freiberger Betonhochhäuser erwartete. Aber das war eben Goldberg. Es mangelte ihm weder an Stil noch an finanziellen Möglichkeiten.

Minkin war diesmal nicht komplett unfroh darüber, Goldberg zu sehen.

Goldberg tanzte mit hektischem Gezappel auf dem Deck umher und schüttelte ununterbrochen den Kopf.

»Tzztzz, ich fasse es nicht, Minkin! Was hast du dir nur dabei gedacht?«

Goldberg war nicht eben groß gewachsen. Erinnerte an den mittelalten Danny DeVito. Wie immer trug er einen teuren Anzug und lacklederne Schuhe, die auch in der Dunkelheit glänzten. So viel konnte Minkin bei dem fahlen Mondlicht erkennen.

Seit mehr als fünf Jahren war Goldberg Minkins Partner in unbehaglicher, widerstrebender Allianz. Er tauchte in unregelmäßigen Abständen bei Minkin auf, um ihn mit Jobs zu beauftragen. Jobs, die vermutlich kein anderer haben wollte. Ging immer um Bier. Das war auch schon das einzig Gute daran. Goldberg gab den Spiritus Rector. Er war der Pate, wenn man so wollte. Wusste, wo es langgeht. Ging Minkin damit gelegentlich auf den Sack. Goldberg gehörte praktisch zum Gründungsmythos von Minkins privater Ermittlerkarriere.

»Privatermittler«, so hatte ihn ein Kunde in seinem letzten Fall genannt. Konnte man sich dran gewöhnen. Würde sich irgendwann Visitenkarten drucken lassen. *Minkin. Private Ermittlungen aller Art.* Dann war die Messe praktisch gelesen. Würde er so was von durchstarten.

Vorerst hielt sich Minkin an die Jobs, die Goldberg anbrachte. Bei seinem letzten Engagement musste er einen alten Abbé aus einem belgischen Kloster vor Nazihäschern retten. Der Abbé hatte im Zweiten Weltkrieg als junger Novize das Bier der Wehrmacht sabotiert. Hatte unter Einsatz seines Lebens Bakterien in die Brauerei im Elsass eingeschleust, die das Bier für die Wehrmacht braute. Hatte damit einen nicht eben unwesentlichen Beitrag zur erfolgreichen Landung der Alliierten in der Normandie geleistet. Das mit der Rettung des Abbés hätte fast hingehauen. Wenn man mal davon absieht, dass sich der Abbé am Ende praktisch selbst in die Luft gejagt hatte. Die Sache mit dem Abbé war noch nicht allzu lange her, vielleicht ein gutes Jahr.

Die Abstände, in denen Goldberg in Minkins Leben auftauchte, wurden kürzer. Ob das ein gutes Zeichen war? Darauf wetten sollte man besser nicht. War ohnehin so, dass die Einschläge näherkamen.

Goldberg kriegte sich auf dem schwankenden Boot immer noch kaum ein. Wurde hysterisch: »Sagst du mir jetzt endlich, was ein Penner wie du, der nicht einmal schwimmen kann, draußen auf diesem See will?«

Darauf gab es keine passende Antwort, dachte Minkin. Er sagte: »Es gibt keine plausible Erklärung. So sehr ich mich auch anstrenge.«

Goldberg sah Minkin mit weit aufgerissenen Augen an. Wollte vermutlich irgendetwas Grobes loswerden. Ließ es stecken. Nickte stattdessen. Fast schon emphatisch. »Gut, das wollte ich hören. Dumme Ausreden hätte ich nicht akzeptiert.«

Minkin war fast für alles zu haben. Aber dumme Ausreden gehörten nicht dazu. Hatte er nicht in der Auslage, im Portfolio, wie die Berater das gerne nannten.

Cop Schneider stand bis dato wortlos neben Goldberg auf den schwankenden Planken. Er reichte Minkin ein Badetuch und ein paar trockene Klamotten: »Hier, Minkin.«

»Danke, Cop Schneider.«

Immer schön höflich bleiben, dachte Minkin. Wer weiß, welche Helferlein Cop Schneider gerade wieder einwirft. Ein falsches Wort bei Cop Schneider und du warst im Arsch.

Cop Schneider fischte das Surfboard aus dem Wasser, auf dem sich Minkin soeben noch festgekrallt hatte, und steuerte das Boot durch die Dunkelheit in Richtung des Ufers. Dauerte ein paar Minuten, bis sie die Anlegestelle am Max-Eyth-See erreicht hatten.

Minkin hatte sich zwischenzeitlich aus dem Neoprenanzug befreit und die trockenen Klamotten übergezogen. Es war ein zitronengelber Trainingsanzug der Marke *Kappa*. Sah Bombe aus. Wäre in den Achtzigern in Minkins alter Heimat, dem Kraichgau, ernsthaft hip gewesen. Obwohl das Attribut »hip« noch gar nicht im Umlauf war.

TREFFPUNKT AM SEE

Alles, was mal wichtig war,
steht falsch auf Wikipedia.

Fortuna Ehrenfeld

Eine halbe Stunde später saßen Minkin, Goldberg und Cop Schneider im *Treffpunkt am See*. Kein sonderlich origineller Name, dachte Minkin. Bierauswahl passte immerhin. Hatten dort ein Hochdorfer. Konnte einen übler erwischen in der Region.

Minkin sagte als Erster etwas. War nicht viel.

»Danke.«

Cop Schneider nickte.

Goldberg verdrehte die Augen, zog die Brauen hoch. Was so viel bedeutete wie: »Du Vollidiot. Du schuldest mir was.«

Dagegen konnte man nicht mal was sagen.

»Sie haben was gut bei mir«, sagte Minkin.

Würde nicht lange auf sich warten lassen, bis Goldberg den Gefallen einfordern würde. Ziemlich genau einen Augenblick.

»Warst du schon mal in Franken, Minkin?«, fragte Goldberg.

Fragte er nicht wirklich? Kam einem Foul verdammt nahe.

»Ihr Ernst jetzt?«, erwiderte Minkin.

»Ja. Wieso?«

»Im Herzen bin ich Franke.« Eher in der Leber, dachte

Minkin. Oder wie es der Fuchs im *Kleinen Prinzen* formulierte: *Man sieht nur mit der Leber gut.*

»Dann sollte es diesmal ein Kinderspiel werden für dich, Minkin.«

Ein Kinderspiel, soso. Hört, hört!

Die Sache mit Minkin und Goldberg ging schon ein paar Jahre. Minkin hatte vor einigen Jahren den Dienst bei der Staatsanwaltschaft quittiert. Vielleicht war es auch umgekehrt. Man hatte ihm quittiert. Jedenfalls war Minkin für einige Zeit beschäftigungslos. Goldberg holte ihn praktisch von der Straße, gab ihm einen Job. Er sollte eine Liste mit Brauereien aufspüren, die Bier panschten. *Goldbergs Liste.* Gelang ihm mehr oder weniger. Das war der Beginn von Minkins privater Ermittlerkarriere. Danach kam die Sache mit der *Weltformel des Bieres*, die Minkin im Pilsner Untergrund fand. Das dritte Artefakt war das *Heilige Fass.* Ein Bierfass, das Minkin ausfindig machte. Nicht irgendein Bierfass. Es war das Fass, das Jesus und seine Jünger beim letzten Abendmahl geleert hatten. Es waren schräge Aufträge, klar. Aber hey, für den normalen Privatermittleralltag war Minkin eben auch nur semi-geeignet. Minkins Fälle waren nicht nur Kriminalfälle, sondern vor allem Brau- und Bierabenteuergeschichten.

»Was genau soll ich in Franken?«

»Die Rote Madonna finden.«

»Die Rote Madonna? Nie gehört.« Rote Madonna? Klang politisch links. Nach Rosa Luxemburg, Sahra Wagenknecht, der Roten Zora. Nicht gerade Minkins Spezialfach.

Goldberg machte seine üblichen Kunstpausen. Wie immer zu Beginn einer neuen Geschichte. Er wollte, dass Minkin nachfragte. Wie immer tat Minkin ihm den Gefallen.

»Und? Kommt noch was, Goldberg?«

Jetzt konnte es langatmig werden, wenn Goldberg zum Monolog ansetzte. Minkin lechzte einen großen Schluck Hochdorfer. Gutes Getränk, dachte Minkin. High drinkability. Hohe Durchtrinkbarkeit, wie der Bierreisende und Gerstengelehrte Volker R. Quante das gerne mal nannte. Schöner Binnenreim, musste man mitnehmen. Minkin orderte ein zweites Hochdorfer. Auf einem Bein konnte man nicht stehen.

»Die Rote Madonna ist die Schutzpatronin der fränkischen Brauer.«

Schutzpatronin für fränkische Brauer! Ernsthaft? War sicher kein leichter Job für eine Frau. Das Brauhandwerk dürfte nach wie vor ziemlich von Männern dominiert sein. Wie die Vorstände der DAX-Unternehmen oder die Führungsriege beim DFB. Aber Frauenquote hin oder her. Man kann sich seine Jobs nicht immer aussuchen. Manchmal musste man nehmen, was man kriegen konnte. War bei Schutzpatronaten sicher nicht anders als im privaten Ermittlergewerbe. Lagen die Einsätze nicht auf der Straße. Hätte die Rote Madonna andererseits übler erwischen können. Als Schutzpatronin der Tunnelbauer etwa. Man stelle sich das mal vor. Nachdem so ein Tunnel fertiggebaut war, stand man ein Leben lang in einer dunklen Nische in einem Erdloch herum. Konnte nicht gut sein für die Psyche. Als Schutzpatronin der Bierbrauer hingegen feierte man die eine oder andere »Kärwa«, das fränkische Kirchweihfest. Gab einen ordentlichen Haustrunk dazu. Deshalb galt auch bei Schutzpatronaten: Augen auf bei der Berufswahl!

Goldberg sah, dass Minkin gedanklich abdriftete, noch bevor er überhaupt angefangen hatte, gedanklich einzusteigen. »Minkin, hörst du mir überhaupt zu?«

Minkin nickte.

»Du sollst die Rote Madonna aus Bamberg holen, Minkin, mehr ist es nicht.«

»Geht es noch ein wenig konkreter, Goldberg? Wer ist die *Lady in Red*?« Alter Hit von Chris de Burgh. Bei dem Song hatte Chris seine beste Phase bereits hinter sich gehabt. Hätte er den *Ferryman* mal ordentlich bezahlt, wäre vielleicht noch der eine oder andere veritable Song rumgekommen. Anstatt dessen reichte es nur noch für die »Nokia Night oft the Proms – Klassik trifft Pop«. Mit Tim Bendzko mal eben noch kurz die Welt retten. Chris war inzwischen jedenfalls weit davon entfernt, rauschende Flüsse zu überqueren. Was schade war. Minkin mochte die frühen Sachen.

Goldberg holte ein wenig aus: »Die Rote Madonna hat eine lange Geschichte. Erstmals taucht sie um das Jahr 1830 auf. Als damals die Cholera vor den Toren Oberfrankens wütete, flehten die Gläubigen in einer zunehmend säkularisierten Welt die Rote Madonna um Beistand an. Die Madonna ließ sich davon offenbar beeindrucken. Jedenfalls hat es funktioniert. Sie stoppte die Cholera an der Grenze Oberfrankens, so die Legende.

Zum Dank stifteten die Gläubigen Kapellen und Brauereien. Kapellen in den Brauereien. Brauereien in den Kapellen. In dem Jahr, in dem die Madonna die Cholera aufgehalten hatte, trugen die Gläubigen die Rote Madonna auf einer Prozession von Vierzehnheiligen durch Oberfranken durch die Fränkische Schweiz über Gößweinstein bis ins Kloster Weißenohe.«

Soll es früher hin und wieder gegeben haben, solche Ereignisse, Pilgerreisen, Wallfahrten. Waren aus der Mode gekommen, bis Hape Kerkeling meinte, ein Buch darüber schreiben zu müssen.

»Die Rote Madonna war offensichtlich so angefasst von den vielen Brauereikapellen auf dem Weg, dass ihr damals vor Rührung die Tränen kamen«, ergänzte Goldberg und wartete auf Minkins Reaktion.

»Eine weinende Madonna?«, fragte Minkin. »Nicht ganz neu, das Motiv.« Gab es da nicht sogar schon einen Tatort drüber? Spätestens dann war das Thema verbrannt. »Glauben Sie an den Spuk?«

»Na ja«, antwortete Goldberg vage.

»Das heißt?«

»Ganz abtun würde ich es nicht. Immer wieder sollen Marienbilder oder Madonnenstatuen Tränen vergießen oder Blut weinen. Die Gläubigen sehen darin ein Zeichen Gottes oder der Jungfrau Maria, meist verbunden mit einer Warnung an die Menschen. Einem Aufruf zur Umkehr. Wenn man die Wissenschaft fragt, behaupten die, es gibt für diese Phänomene entweder eine natürliche Erklärung oder ein Schwindler hat sie künstlich erzeugt.«

»Überzeugt mich, was die Wissenschaft sagt. Nicht erst seit Drosten.«

»Nun ja, gibt Menschen, die sagen, Wissenschaft sei auch nur eine Meinung. Und es war auch die Wissenschaft, die die Atombombe erfunden hat. Man sollte ihr nicht bedingungslos vertrauen.«

Das war jetzt eines dieser Totschlagargumente, gegen die im Prinzip kein Kraut gewachsen war. Fehlte nur noch das Naziargument, dass der Führer ein Förderer der Wissenschaften war. Damit war die Wissenschaft dann praktisch moralisch erledigt.

»Vielleicht hast du von dem italienischen Städtchen Civitavecchia gehört. Es wurde 2005 schlagartig berühmt, als eine dreiundvierzig Zentimeter große Madonna aus Gips Bluttränen weinte. Dutzende Zeugen sahen die Tränen, auch der zuständige Bischof. Er erklärte im Fernsehen, es handele sich um ein Wunder.«

Minkin hatte nichts davon gehört. »Und dann?«

»Der Vatikan zwang ihn, die Behauptung zurückzunehmen. Die Tränen wurden untersucht, es handelte sich tatsächlich um Blut. Allerdings von einem Menschen, von einem Mann. Aufgelöst wurde die Sache nie. Berichte über solche Wunder gibt es von überall. Im Jahre 1727 soll sich in der kleinen Ortskapelle Glosberg bei Kronach ein Wunder ereignet haben. Die Muttergottes weinte blutige Tränen. Noch an zwei weiteren Tagen soll es so gewesen sein. Für die gläubige Bevölkerung war dies ein übernatürliches Zeichen. Eine Untersuchungskommission des fürstbischöflichen Ordinariats in Bamberg fand zwar für dieses ›Wunder von Glosberg‹ keine natürliche Erklärung. Dennoch versagte sie die kirchliche Anerkennung der Wallfahrt. Hatte aber keinen Einfluss auf den Zulauf der Leute. Es ist und bleibt eine Frage des Glaubens, Minkin.«

Okay, dachte Minkin, weinende Madonnen. Waren schöne, alte Geschichten, immer ein bisschen spooky, war aber natürlich kompletter Unfug. Gipsfiguren, die Tränen weinten? Ernsthaft? War so unwahrscheinlich wie ein guter Handyempfang auf der Schwäbischen Alb oder in den Seitentälern der Fränkischen Schweiz. Würde auch der neue, eng geschnittene Digitalminister und Tempofetischist der FDP nichts daran ändern am Handyempfang. Nicht, dass das für Minkin irgendeine Rolle spielen würde, welcher Minister das mit dem Handyempfang auf der Alb vermasselte. Minkin war ein Verfechter des Grundrechts auf eine analoge Existenz. Ohne, dass er das so hätte artikulieren können. Minkin hatte kein Vertrauen in dieses Internet, in Facebook und was es sonst noch so gab. Traute dem nicht, was dort stand. Die Hälfte davon war gelogen, die andere Hälfte frei erfunden. *Alles, was mal wichtig war, steht falsch auf Wikipedia.* Minkin hatte bei seinen Jobs eine Sache gelernt: Besser, man hielt seine sieben Sinne beieinander und verließ sich auf die Sachen, die man in der analogen Welt gelernt hatte. Minkin nickte Goldberg zu.

»Weiß nicht, Goldberg, bisschen lahm, die Geschichte mit der Madonna.«

»Mag sein, Minkin, aber hör dir erst an, was die Madonna geweint hat.«

»Sie machen es heute wieder spannend. Geht ja fast schon in Richtung Cliffhanger.«

Goldberg ließ sich nicht beirren von Minkins Spott: »Die Rote Madonna weinte keine gewöhnlichen Tränen.«

»Das mit dem Blut ist auch nicht gerade komplett neu, Goldberg.«

»Sie weinte auch kein Blut, Minkin.«

»Jetzt bin ich gespannt?«

»Sie weinte Bier.«

»Bier?«

»Bier.«

Das war stark, dachte Minkin. Eine fränkische Madonna, die Bier weinte. Klar, dem Franken an sich drang das Bier aus jeder Pore seines von Hopfen und Malz gestählten Körpers. Aber jetzt weinten sogar die Heiligenfiguren in Franken Bier, das war wirklich stark! War kompletter Unfug, aber eine geile Geschichte. Geschichten waren Teil des Marketings. Und für Marketing und Merchandising hatte die Kirche schon ganz früh ein Händchen. Stieg groß in den Devotionalienhandel ein, lange bevor Christiano Ronaldo das CR7 Merchandise auf den Markt brachte.

»Sie soll Bier geweint haben, damit die Pilger auf der Prozession nach Weißenohe nicht verdursteten.«

Minkin lachte. »Oh Mann, Goldberg, ich mag Ihre Geschichten, wirklich. Werden immer skurriler.« Er schüttelte den Kopf. »Was für ein Bier hat die Lady geweint?«

Goldberg machte es auf die theatralische Art. »Nicht irgendeine kastrierte Fernsehbierplörre, kein Heineken, kein Bud Light. Sie weinte ein Bier, das farblich ziemlich nah an Blut herankam. Sie weinte ein Rotbier.«

Heiliger Strohsack! Das war doch mal was Sinnvolles, dachte Minkin. Eine Madonna, die Bier weinte! Noch dazu ein anständiges. Kein Wunder, dass die Kirchen bei dem Angebot damals voll waren. In jederlei Hinsicht. Ein Krug Rotbier und ’nen ordentlichen Schmaucher Weihrauch in der Kapelle konsumiert, ich meine, das konnte schon ziemlich in Richtung Erlösung gehen. Das war Rock ’n’ Roll! White Metal.

Minkin schüttelte den Kopf. »Sie überraschen mich immer wieder, Goldberg, mit dem, was Sie an Aufträgen akquirieren.«

»Muss an dir liegen. Dein Ruf hat sich zu festigen begonnen.«

»Danke.«

»Gegründet allerdings auf falschen Voraussetzungen.«

Konnte man mit viel gutem Willen als Lob durchgehen lassen. »Was ist mit der Madonna? Wer um Himmels willen, könnte dem alten Mädchen was Böses tun?«

»Jemand, der dumm ist. Oder gierig«, antwortete Goldberg.

Oder beides. Minkin dachte an die FIFA. Aber die hatte damit ausnahmsweise nichts zu tun. Obwohl man das nie so genau sagen konnte, bei dem Italo-Schweizer mit Zweitwohnsitz in Katar.

»Gegen wen spielen wir dieses Mal?«

»Gegen die Karthäuser.«

»Karthäuser, hm, klingelt jetzt nichts bei mir«, sagte Minkin.

Goldberg setzte zu einer langatmigen Erklärung an.

»Die Karthäuser ist im Grunde ein Immobilieninvestor aus dem Ausland. Aus Bayern, genauer gesagt aus München, der sich als Brauerei verkleidet hat. Das Karthäuser Bräu. Sie macht Bier, ja, das auch, aber ihr Geld verdient sie damit, angeschlagene Brauereien in attraktiven Lagen aufzukaufen, um damit möglichst viel Rendite zu machen. Die Karthäuser ködert die Brauereibesitzer damit, dass die Brautradition fortgeführt wird. Was in gewisser Weise stimmt. Sie verschachert die Markenrechte oder lässt die Biere im Lohnbrauverfahren noch ein paar Jahre weiterbrauen, wickelt die Brauerei dann ab. Holt sich einen Immobilienentwickler vor Ort mit ins Boot und wandelt die Brauereiareale in Luxusappartements um. In Lofts mit Industriecharme. Bevorzugt bewohnt von Kreativen, die damit ihren Status klarmachen: gehobene Mittelschicht. Da ist eine Menge Profit drin.«

»Kann ich mir vorstellen«, sagte Minkin. »Distinktion lassen sich die Leute etwas kosten. Man will sich unterscheiden von der Masse.«

Goldberg war immer wieder überrascht, welche Fremdwörter Minkin verwendete. Ein Rest an Bildung schien bei ihm immerhin vorhanden zu sein.

»Die Karthäuser wird das Mariabräu in Bamberg aufkaufen, um dort ihr übliches Prozedere abzuspulen. Sie hat einen Projektentwickler vor Ort als Partner. Die Senator Immobilienentwicklung.«

Minkin kannte von einem früheren Bambergaufenthalt die eine oder andere Brauerei. Das Mariabräu gehörte nicht dazu.

Goldberg fuhr fort: »Das Mariabräu musste den Betrieb vor Kurzem einstellen. Der Besitzer ist gezwungen zu verkaufen. Retten, was noch zu retten ist.«

»Was hat das mit der Madonna zu tun?«

»Die Rote Madonna steht seit fast 200 Jahren in der hauseigenen Brauereikapelle des Mariabräu.«

»Mein Teil in der Geschichte?«, fragte Minkin.

»Du musst die Madonna dort rausholen, bevor die Karthäuser, genauer gesagt die Senator Immobilienentwicklung, das Grundstück erworben hat. Danach ist der Zug abgefahren.«

Minkin wollte nicht überheblich klingen, aber eine Gipsfigur aus einer Kapelle holen? Klang nicht gerade nach der größten sportlichen Herausforderung, nach einer ermittlungstechnischen Meisterleistung. Nach *Oceans Eleven*. Selbst ein gealterter, gesundheitlich angeschlagener Bruce Willis hätte den Job durchziehen können. Obwohl Bruce nicht mehr erwähnt werden wollte in diesem Kontext. Hatte er Minkin deutlich zu verstehen gegeben in seinem letzten Abenteuer. Und Minkin hatte es ihm versprochen. Also vergesst das mit Bruce.

»Hören Sie, Goldberg, ich helfe gerne, wo ich kann. Aber ist das nicht ein bisschen viel Gewese um die Sache? Wieso machen die fränkischen Brauer das nicht selbst? Hinfahren, mit dem Besitzer reden. Kohle in die Hand nehmen, *Bares für Rares* sozusagen. Dann sollte das Ding doch laufen?«

»Glauben Sie, das hätten die Brauer nicht versucht? Aber der Besitzer jagt jeden Brauerkollegen vom Hof. Er gibt ihnen die Schuld an seiner Pleite. Es gab einige, wie soll man sagen, Vorkommnisse. Anschläge, wie er es nennt. Sabotageakte auf die Brauerei. Der Besitzer hat die Konkurrenz im Verdacht. Wittert eine Verschwörung, ist man ja schnell dabei heutzutage. Die Konkurrenz hat sich wohl auch nicht gerade solidarisch gezeigt mit ihm.«

Goldberg legte eine ältere Ausgabe des *Fränkischen Tags* auf den Tisch.

Laugenattentat der fränkischen Biermafia?

Bamberg. Vor sechs Monaten war in zwei Flaschen des Bamberger Mariabräu Lauge nachgewiesen worden. In einem Gutachten, das von der Staatsanwaltschaft in Auftrag gegeben wurde, hieß es, die Flüssigkeit der in Bamberg beim Landratsamt abgegebenen Flasche habe zu etwa 86 Prozent aus Waschmaschinenlauge und nur zu etwa 14 Prozent aus Bier bestanden. Die Staatsanwaltschaft nahm Ermittlungen auf, gleichzeitig erstattete der Geschäftsführer des Mariabräu Anzeige wegen des Verdachts der Manipulation. Grund für die Vermutung ist, dass wenige Monate zuvor in die Brauerei eingebrochen worden sei, wie er sagt. Unbekannte hätten Verschraubungen der Enthärtungsanlage aufgedreht, sodass Wasser auslief. Auch auf der Sandkärwa, dem größten Volksfest der Region, habe es bewusste Manipulation an seinen Ständen gegeben, sagte der Geschäftsführer. Unter anderem seien die Kohlensäurezufuhr für die Zapfhähne abgedreht und Stecker für die Kühlung gezogen worden.

Die Ermittlungen ergaben, dass die gefundene Lauge nicht der Brauerei zugeordnet werden konnte. Wie die Laugenrückstände in die Flaschen gelangten, konnte allerdings durch die Ermittler nicht geklärt werden. Die Ermittler hätten keine Anhaltspunkte für eine Manipulation gefunden, hieß es von der Staatsanwaltschaft. Ohne Ergebnis wurden die Ermittlungen schließlich eingestellt.

Im Zuge der Verunreinigung soll die Brauerei insgesamt drei Millionen Flaschen zurückgerufen haben. Ein Imageverlust sei allerdings geblieben. Zusammen mit fehlender finanzieller Unterstützung durch die Politik in der Corona-Krise habe das schließlich zur Betriebsaufgabe geführt. Es gibt bereits mehrere Interessenten für das Brauereiareal am Rande der Bamberger Innenstadt.

Minkin schüttelte den Kopf. Großer Lokaljournalismus mit einem ordentlichen Schuss Regiokrimi. Lauge in einer Bierflasche. Ernsthaft? Wenn Minkin der nächste James Bond werden wollte, dann musste es schon eine Nummer größer sein. Irgendwas mit gestohlenen Codes für Atomsprengköpfe oder zumindest ein ordentliches Attentat auf einen amtierenden Kanzler. Sonst konnte es eng werden mit Minkins Ermittlerkarriere. Mit dem ganzen Ruhm, dem Applaus. Dem »fame«, wie die Jungen das nannten. Andererseits, scheiß drauf, wenn an der Sache mit der Lauge in der Bierflasche was dran war, dann war es eine ziemliche Sauerei, die man nicht durchgehen lassen konnte.

Jemand würde dafür bezahlen.

Minkin wandte sich an Goldberg: »Ich soll also nur dahinfahren, die Madonna rausholen und das war es?«

»Rein, das Paket schnappen und wieder verschwinden.«

Klang einfach. Zu einfach.

»Wann soll es losgehen?«, fragte Minkin.

Goldberg antwortete: »Was meinst du, warum wir dich gerade aus dem See gefischt haben?«

»Weil Sie mich mögen. Weil ich der verlorene Sohn bin, den Sie nie hatten? Sie eine Adoption erwägen?«

Goldberg schüttelte den Kopf. Entlockte ihm nicht mal ein müdes Grinsen.

»In acht Tagen ist die notarielle Beurkundung des Kaufvertrages über das Brauereigrundstück. Danach dürfte es vorbei sein mit dem Zugriff auf die Madonna.«

Die Antwort war wenig überraschend für Minkin.

»So was hatte ich mir schon gedacht, Goldberg. Obwohl Sie über das mit der Adoption noch mal nachdenken sollten.« Minkin machte eine kurze Pause. »Ich will nicht als das materialistische Schwein rüberkommen, das ich nicht bin, Goldberg. Aber was ist für mich drin?«

»Die Auftraggeber sind nicht kleinlich. Die Franconia zahlt 10.000 Euro als Vorschuss und noch mal 10.000, wenn du die Rote Madonna in Sicherheit bringst.«

»Die Franconia?«

»Die Franconia ist eine Brauerloge, eine Art Geheimbund der fränkischen Brauer.«

»Sowas wie die Freimaurer?«

»Machst du Witze?«

Die Replik konnte man so oder so verstehen. Minkin fragte besser nicht nach.

»Sie wollen diese Madonna haben. Sie hat einen ideellen Wert für die fränkischen Brauer, eine spirituelle Bedeutung für sie.«

»Das ist ein Haufen Kohle!«, entgegnete Minkin.

»Für dich auf jeden Fall.«

Goldberg versuchte, witzig zu sein. Immer auf Minkins Kosten. Minkin machte diesmal keine Sache daraus. Goldberg war der Boss.

»Diese Madonnenfigur ist eine Art Ikone für die fränkischen Brauer. Sie bezeugt das Wunder der Biervermehrung auf der Wallfahrt im Jahre 1830. Und die fränkischen Brauer glauben, dass die Rote Madonna die Mutter des Fränkischen Bierwunders ist. Der Vielzahl an Brauereien, der Vielfalt an Biersorten. Die Brauer haben Angst, all das zu verlieren. Sie glauben, wenn die Madonna verschwindet, endet auch das Fränkische Bierwunder.«

»Ernsthaft? Klingt nach den Galliern, die Angst haben, dass ihnen der Himmel auf den Kopf fällt.«

»Mag sein, aber es sind Franken!«

Minkin nickte.

»Die Region hat eine Menge kultureller Eigenheiten. Die Eingeborenen dort sind schrullig, verschroben. Mythen, Sagen, skurrile Geschichten haben sich dort länger gehalten als anderswo. Mag daran liegen, dass die Region Jahrzehnte lang ab vom Schuss war. Zonenrandgebiet. Jedenfalls nehmen sie das mit der Roten Madonna äußerst ernst. Also mach du das auch!«

Überflüssige Bemerkung. Vielleicht ordnete er nicht immer alles richtig ein, übersah Entwicklungen, die dann fatale Auswirkungen hatten. Ernst nahm er die Aufträge jedenfalls stets.

»Das Mariabräu, die insolvente Brauerei, ist der Franconia wurscht?«

»Richtig, sie wollen nur die Rote Madonna, mehr nicht.«

Minkin war kein Freund von großer Aufregung, mochte es, wenn sich die Sachen entwickelten. Meistens kam Bruder Zufall Minkin zur Hilfe. Das hier klang nach einer Fingerübung. Gab keinen ernsthaften Gegner, keinen Antagonisten, der ihm in die Quere kommen konnte. Die Absenz eines Widersachers würde den Fall für ihn nicht eben spannender machen, dachte Minkin. Seinen Job würde es deutlich vereinfachen.

»Wo gebe ich die Madonnenfigur ab, wenn ich sie habe?«, fragte Minkin.

»Du kannst die Brauerloge nicht kontaktieren, sie kontaktieren dich.«

Klang kryptisch.

»Sie sind auf mich zugekommen, haben mit mir Kontakt aufgenommen, weil sie unbedingt dich wollten, Minkin.«

»Mich?«, fragte Minkin erstaunt nach.

»Mir auch ein Rätsel, Minkin.«

Dem würde Minkin bei Gelegenheit auf den Grund gehen müssen. Was soll's, ich bin wieder im Geschäft, dachte er. Mehr musste er nicht wissen.

Besser wäre es gewesen.

»Wir haben dir für morgen Mittag einen Zug nach Bamberg gebucht. Und ein kleines Hotel. *Alt Wunderberg*. Sprich mit Dietmar, dem Hausmeister.«

Die Hotelmitarbeiter nahmen in Minkins Zufällen einen immer größeren Raum ein.

»Was weiß er?«

»Genug.«

»Vielleicht noch einen Tipp?«

»Fang mit Rauchen an, das sollte helfen.«

Selten einen schlaueren Ratschlag bekommen, dachte Minkin. Eine bierweinende Gipsfigur finden und in Sicherheit bringen. Mehr war es im Grunde nicht. Rein, das Paket schnappen, wieder raus. So hatte sich Goldberg ausgedrückt. Klang nach einem einfachen Job. Klang nicht nach großem Ärger. Obwohl Ärger die einzige Konstante in Minkins Zufällen war. Im Grunde war Ärger für Minkin das, was Christian Streich für den SC Freiburg war. Ein ständiger Begleiter. Ärger war sein Schatten, seine Nemesis. Christian Streich war eine Anomalie in der ultrakapitalistischen Unterhaltungsbranche Profifußball. Ein fahrradfahrender Anachronismus. Anderseits, solange es einen Typen wie Christian Streich an der Seitenlinie eines Bundesligisten gab, war eine Sache klar: Der Fußball war noch nicht völlig den Bach runter.

DER UNIMOG VORM *TREBER&TRESTER*

Am späten Abend, kurz vor 21 Uhr, erreichten Minkin, Goldberg und Cop Schneider Feuerbach. Cop Schneider fuhr einen Ford Mustang, logo, drunter machte er es nicht. Cop Schneider setzte Minkin vor seiner Bleibe am Feuerbacher Wilhelm-Geiger-Platz ab. Es war der Abend des 18. August 2022. Im dritten Jahr der Pandemie. Die Kneipen hatten wieder auf. Was so viel bedeutete wie, dass man sich mit dem Virus arrangiert hatte. Oder es gerade eine sommerliche Verschnaufpause einlegte. Doch satt war sie noch lange nicht. Die viröse *Raupe Nimmersatt*. Wer wusste schon, was für Varianten sie noch in ihrem Giftschrank parat hatte.

Minkin pflegte Rituale, bevor er einen Job anfing. Den Saarländer treffen, die Fakten abwägen. Dafür war diesmal keine Zeit. Musste man wohl hinterher machen. Ein weiteres Ritual war, der *Waldklause* einen Besuch abzustatten vor der großen Reise. Würde knapp werden. War aber möglich. Der Zug nach Bamberg fuhr am nächsten Tag um 14 Uhr. Könnte man noch einen schnellen Besuch in der *Waldklause* auf Termin setzen. Für heute war es schon ein wenig spät. Reichte noch für einen Besuch bei *Treber&Trester*. War nur ein paar Gehminuten von Minkins Bleibe entfernt. Gab mehrere Gründe für Minkin, dort hinzugehen. Im Sommer parkten die Betreiber, ein junges Brüderpaar, vor der Kneipe einen grünen Unimog am Straßenrand. Erinnerte Minkin an seine Kindheit auf dem Land. Der örtliche Bauhof und jeder Holzmacher, der etwas auf sich hielt, hatte einen Unimog im Fuhrpark. Das *Treber&Trester* nutzte die Ladefläche als Terrasse. Muss man auch erst mal draufkommen. Dann gab es noch das Bier, das die Brüder brauten. Man konnte sich stets auf Überraschungen gefasst machen. Und wurde selten enttäuscht.

Minkin holte sich an der Theke eine Halbe und stellte sich vor die Gastwirtschaft an den Unimog. War idyllisch gelegen. Direkt an der Straße. Hatten ein Schild dort aufgestellt. Einen Stopper. Drauf hatte jemand mit Kreide geschrieben: »Bier trinken ist wie Urlaub im Glas«. Das war mal ein kluger Gedanke. Von der CO_2-Bilanz ganz abgesehen. Minkin war dankbar für den Ausschank. Feuerbach hatte biertechnisch ordentlich zugelegt. Gab neben dem *Treber&Trester* in der Siemensstraße eine neue Braustätte. *ziemlichBESTEbiere.* Name war vielleicht etwas sperrig. Die Biere waren es nicht. Minkin mochte das 0711Lager. Die Brauerei an der Bahnlinie im Feuerbacher Industriegebiet zwischen Lagerhallen, türkischem Kleingewerbe und einer Moschee würde man eher in den Suburbs von Miami oder Brooklyn vermuten. Nicht am Stadtrand von Feuerbach. Das Leben war voller Überraschungen. Frag nach bei Olaf Scholz. Hatte vermutlich auch nie gedacht, dass er mal Angie ablöst.

Gegen 23 Uhr fiel Minkin nach zwei Halben erschöpft in sein Bett. Er träumte schlecht. Ging um den Tod durch Ertrinken. Verarbeitete da jemand was? Wasser war im Grunde das Trauma seines Lebens. Ein Trauma, das ihn auch dieses Mal wieder einholen sollte auf fürchterliche Art. Was für eine hirnverbrannte Idee das mit dem Surfkurs doch war. Danke dafür, Desiree. Danke für nichts.

WALDKLAUSE AM MORGEN

Gegen 10 Uhr am nächsten Morgen setzte sich Minkin in den 91er nach Botnang. Durchquerte das Feuerbacher Tal. War jedes Mal aufs Neue überrascht, wie grün es hier war. War nicht das ländliche Grün, das Minkin aus seiner Kindheit kannte. Eher ein infrastrukturell naherholungstechnisch voll erschlossenes Grün. Ein gentrifiziertes Grün. Trotzdem hatte es eine beruhigende Wirkung auf den menschlichen Geist. Selbst in den fünf Minuten, in denen einem der 91er die Eier durch das Feuerbacher Tal schaukelte. Minkin stieg an der Lindpaintner aus. Sissi, der Wirt der *Waldklause,* stand im Türrahmen und hielt nach Gästen Ausschau.

»Minkin, ist ja ewig her. Habe dich fast eine ganze Woche nicht gesehen! Wo warst du?«

»Einen Surfkurs machen.«

»Nimmst du mich auf den Arm?«

»Dafür bist du mir zu schwer.«

Der Witz war so alt, dass er nicht mehr out war.

»Wo hast du den Kurs gemacht, am Bärensee?«

»Unsinn. Kannst da doch keinen Surfkurs machen!«

»Wo dann?«

»Max-Eyth-See. Liegt hinter Cannstatt.«

»Was soll das bringen. Ein Surfkurs?«, fragte Sissi ungläubig nach.

»Keine Ahnung, war die Idee dieser Desiree. Meinte, ich sollte was tun, das mich hipper macht.«

»Hipper? Was meinst du damit?«

»Keine Ahnung, vergiss es. War 'ne Scheißidee.«

Sissi schüttelte verständnislos den Kopf. »Hätte ich dir vorhersagen können. Was trinken?«

»Hast du Kaffee?«

»Nur mit Schuss.«

»Meinetwegen.«

Minkin nahm im bayrischen Biergarten auf dem Pkw-Stellplatz vor der *Waldklause* Platz. Der Biergarten bestand aus zwei schweren Holzgarnituren. Die beiden Hofbräu-Schirme hatte Sissi eingetauscht gegen einen großen Schirm. Sah aus wie das hochpreisige Modell von Obi. Die Lichterkette war verschwunden. Mochte ein Zugeständnis sein an die Ukraine, an die Notwendigkeit, Energie zu sparen. Jedenfalls konnte sich Minkin nur ganz wenige Orte vorstellen, die noch mehr »German Gemütlichkeit« ausstrahlten als dieser Biergarten. Ein Stellplatz, idyllisch gelegen an einer Einfallstraße und an Bahngleisen. Überhaupt war die *Waldklause* ein Denkmal. Vielleicht war sie nicht die älteste Kneipe in der Stadt. Aber mit Sicherheit die am längsten unveränderte Kneipe in der Stadt. Sissi, der Wirt, machte das nun schon über dreißig Jahre. War in den Siebzigern angelangt. Sah man ihm nicht an. Gott möge ihm noch ein langes Leben schenken. Wenn Gott es nicht tat, dann wenigstens das Hofbräu.

Sissi stellte einen Becher Kaffee vor Minkin auf den Tisch und nahm Platz. Minkin nahm einen kräftigen Schluck und verbrannte sich Zunge und Gaumen. Immerhin beides, das hatte sich mal gelohnt.

»Und, gut?«

Minkin reckte den Daumen nach oben. Entfernt schmeckte das sogar nach Kaffee. In der Hauptsache jedoch nach Schuss.

»Ich habe einen neuen Fall.«

»Gratuliere, Minkin. Machst du das jetzt beruflich, das mit Ermitteln?«

Trottel, dachte Minkin, das ist mein Haupterwerb.

Zumindest das, was den Lebensunterhalt sicherte, seit Minkin vor mehr als fünf Jahren seinen Job bei der Staatsanwaltschaft quittiert hatte. Gab Leute, die behaupteten, er wäre dort rausgeflogen, weil er in der Mittagspause gerne mal ein paar Bierchen zischte. Aber das waren böse Leute. Leute, die keine Lieder kannten. Außer die von Lena und Mark. Privat sollen die beiden ja schwer in Ordnung sein. Aber der Herr möge uns vor einem Duett der beiden Verliebten bewahren, dachte Minkin.

»Wo geht es hin?«

»Bamberg, Franken.«

»Was gibt es dort?«

Vor allen Dingen gibt es dort eine Sache, von der du, mein lieber Sissi, so sehr ich dich schätze, leider wenig verstehst, dachte Minkin.

»Brauen dort gutes Bier.«

»So gut wie Hofbräu?«

»Das kannst du überhaupt nicht vergleichen.«

»Hofbräu ist einzigartig«, sagte Sissi.

Die Antwort war neutral. Musste man so stehen lassen. Minkin ließ Sissi in dem Glauben. Warum die gut gezapfte Illusion eines alten Mannes zerstören. Das war es nicht wert.

»Was machst du in Franken?«

»Na ja, kurz gesagt soll ich da eine 200 Jahre alte Madonna finden, aus einer Kapelle befreien und in Sicherheit bringen. Ich habe da so eine Idee, wo dieser Ort sein könnte.«

Sissi winkte ab: »Denk nicht einmal dran, Minkin.«

»War ein Witz.«

»Sissi, ich muss die Madonna abliefern beim Auftraggeber, keine Sorge.«

Minkin hatte einige der Artefakte aus seinen Abenteuern in der *Waldklause* zwischengelagert. Der schweinslederne Einband mit der Weltformel des Bieres stand im Regal. Neben einem Bildband der Stuttgarter Kickers. Die Formel war in Sicherheit dort. Gab niemanden in der *Waldklause*, der Bücher anrührte. Den Hirtenstab des alten Abbé Jean aus seinem letzten Abenteuer hatte Minkin im Schirmständer abgestellt.

Minkin trank den Kaffee zu Ende. Er stieg in die U29 Richtung Hauptbahnhof. Der Zug nach Bamberg über Würzburg ging um 14.07 Uhr. Kurz vor 18 Uhr sollte er in Bamberg sein. Aber wer regelmäßig mit der Bahn fuhr, der wusste, die Abfahrts- und Ankunftszeiten auf den Fahrplänen der Bahn hatten nicht mehr als den Charakter einer Empfehlung, einer Absichtserklärung. Zumal sie das Chaos auf den Bahnhöfen und in den Zügen mal wieder perfekt gesteigert hatten durch die Einführung eines 9-Euro-Tickets. War nichts dagegen zu sagen, dass man die Menschen entlasten wollte durch ein günstiges Angebot in Bussen und Bahnen. Hätte man nur die Infrastruktur dafür haben müssen, die Züge, das Personal, die Bahnhöfe, die Gleise und was man halt sonst noch so an Kleinigkeiten benötigt.

Minkin kam um 13.30 Uhr am Bahnhof an. Der Bahnhof platzte aus allen Nähten. Er hatte noch nichts gefrühstückt außer einem Kaffee mit Schuss. Was immer das war, es war hochprozentig. Gab vielleicht Gegenden, da geht das als Frühstück durch. Minkin jedenfalls hatte Hunger. Ihm stand der Sinn nach etwas Herzhaftem. Etwas in Richtung Fleischkäsebrötchen. War schwieriger als gedacht. Minkin hatte den Grillstand am Gleis 16 im Hinterkopf.

Fehlanzeige, die Bahnhofshalle hatten die Eigentümer komplett entbeint, wollten es immer noch schöner machen, loungiger. Würde vermutlich genauso gut klappen wie bei Harald Glööckler und seiner nächsten Beauty-OP. Der Grillimbiss am Gleis 16 war verschwunden und würde sicherlich in der neuen Erlebniswelt Bahnhof keinen Platz mehr haben.

Minkin ging Richtung Gleise. Der IC nach Nürnberg ging ab Gleis 16. Zumindest war das die Empfehlung auf dem Fahrplan. Am Gleis 16 gab es einen neuen Imbiss. Er nannte sich *dean&david*. So mussten die Essensstände heutzutage vermutlich heißen. Die Zeiten von *Moni's Grillimbiss, Rudi's Rote* oder *Udo Snack* gingen dem Ende entgegen. Anglizismen und Food-Diversity hatten auch an der Pommesbude Station gemacht. *dean&david* warben mit Freshmade Salads, Hot Bowls, Fresh Wraps, Sweets, Coffee, Juices & Smoothies. Schön und gut, dachte Minkin. Aber was gibt es zu essen? Wenn dir solche Sachen auffielen, war klar, du spielst nicht mehr auf der Höhe der Zeit. Gehörtest zur Spezies der alten weißen Männer. Musste man akzeptieren. Aber Bowls von *dean&david* waren für Minkin kein Ausweg. Bowls waren vermutlich überhaupt für niemanden ein Ausweg.

Minkin kaufte sich am Zeitungskiosk an Gleis 16 ein Bounty. Ein Sweetie, wie *dean&david* das nennen würden. Bestehend aus Kokosmasse mit Schokoladenüberzug. Benannt nach einem englischen Schiff, auf dem es während einer Fahrt in die Südsee zu einer Meuterei unter der Mannschaft kam. Ging um schlechte Arbeitsbedingungen und miserable Bezahlung. Die Welt hatte sich nur marginal geändert. Musste man nicht unbedingt nach Katar. Irgendein Lieferdienst hierzulande tat es auch. Minkin hatte es sich gerade im IC bequem gemacht, als die erste Durchsage kam. »Hier ist die Stimme von oben. Aufgrund einer technischen Störung am Zug verzögert sich die Weiterfahrt bis auf Weiteres.« Konkreter ging es nicht. Das war die Bahn.

Jetzt wäre eine gute Gelegenheit, das Rauchen anzufangen. Draußen auf den Bahnsteigen standen in der Hauptsache die Bahnbegleiter und zogen wie Süchtige an ihren Kippen. Da waren sie, die Eisenbahner. Sahen aus wie eine eingeschworene Gemeinschaft. Wie die irischen Cops des New York Police Department. Des NYPD. Aber vermutlich war das die romantische Sicht des einfachen Bahnkunden.

Nach einer weniger gefühlten als realen Dreiviertelstunde machte der Zug endlich Anstalten, Fahrt aufzunehmen. Bravo, das war doch mal ein Ansatz für ein Transportunternehmen.

BAMBERG, *ALT-WUNDERBERG*

Minkin erreichte Bamberg um kurz nach acht Uhr abends. Was spät war. Minkin ließ sich mit dem Taxi zu seinem Hotel fahren.

Dietmar saß draußen und rauchte. Minkin wusste nicht, ob es Dietmar war. Aber wer sonst sollte im *Hotel Alt Wunderberg* draußen sitzen und rauchen?

»Guten Abend, ich bin Minkin. Es müsste ein Zimmer für mich reserviert sein?«

»Augenblick, ich muss eben noch zu Ende rauchen.«

»Klar, keine Hektik.« Raucher gehörten eh zur gefährdeten Spezies mit deutlich verkürzter Lebenserwartung. Da sollte man nicht unnötig Stress aufbauen.

»Gute Anreise gehabt?«, fragte Dietmar.

»Aber sowas von.«

»Auch eine Zigarette?«

Jetzt wäre der Punkt, um Farbe zu bekennen. Alles auf eine Karte zu setzen. Minkin trank, musste er deshalb auch mit dem Rauchen anfangen?

»Danke, nein.«

Dietmar schüttelte den Kopf.

»Sie haben also reserviert?«

»Ja, nicht ich, aber es müsste ein Zimmer auf meinen Namen reserviert sein.«

»Gut, dann lassen Sie uns mal schauen.«

Minkin folgte Dietmar zum Empfang. Dietmar, der hier Concierge, Hausmeister und sonst was in Personalunion war, blätterte in einem Kalender.

»Minkin. Ein Zimmer. Für eine Woche.«

»Wenn Sie das sagen.«

»Steht hier«, sagte Dietmar.

»Wird wohl seine Richtigkeit haben.«

Derartige Gespräche konnte man endlos fortsetzen. Erforderlich war das nicht.

»Dann gehe ich mal auf mein Zimmer.«

»Hier, Ihr Schlüssel. Erster Stock. Zimmer 101.«

»Danke.«

»Sonst noch was?«, fragte Dietmar.

Minkin dachte nach. Kurz.

»Können Sie mir sagen, wo ich die Rote Madonna finde?«

Kurz zuckte Dietmar. Kurz.

»Möglich.«

»Gut.«

»Jetzt?«

»Haid loumer en Hägodd an goudn Moo sei.«

Na endlich, dachte Minkin. Den fränkischen Dialekt hatte er schon vermisst. Was Dietmar damit meinte, war, man solle nichts übers Knie brechen.

»Keine Eile«, sagte Minkin.

»Frühstück gibt es ab acht Uhr. Bis um zehn.«

»Wird mir ein Vergnügen sein.«

Es war jetzt kurz vor neun Uhr abends. Die einzige feste Nahrung, die Minkin zu sich genommen hatte, war ein Bounty.

Nicht gerade üppig.

»Eine Frage, gibt es hier in der Nähe noch was zu essen?«

»Nebenan die *Kornblume*.«

Kornblume! Hörte sich nach *dean&david* aus den Achtzigern des vorigen Jahrhunderts an. Da nannten sich die ersten vegetarischen Imbisse *Kichererbse*. Oder *Löwenzahn*.

Klangen nicht wie ein von David Beckham kuratiertes metrosexuelles Duftwasser. Oder wie eine Modelinie.

»Machen fei sehr gute Falafel in der *Kornblume*.«

Davon war Minkin überzeugt.

Aber nicht für mich.

Wer die *Kichererbse* in Tübingen kannte, für den war jede andere Falafel sekundär.

»Noch 'ne Alternative?«

»*Mahrs*. Wenn Sie Glück haben, dann ist die Küche noch offen.«

Glück? War praktisch Minkins zweiter Vorname.

»Ist nur ein paar Minuten von hier.«

Minkin ließ sich den Weg beschreiben, stellte sein einziges Reisegepäck, eine hellblau-weiße Adidas-Nylonsporttasche aus den Siebzigerjahren, in seinem Zimmer ab. Er ging nach unten. Auf der Treppe kam ihm ein junger Mann entgegen, der ihn freundlich grüßte.

Schon nach ein paar Minuten hatte Minkin das *Mahrs* erreicht. War eines dieser Wirtshäuser, in die man sich nur verlieben konnte. Ein lauschiger Hofbiergarten. Die Gaststube hatte Jahrhunderte auf dem Buckel. Minkin hatte Glück und erwischte einen Platz im Garten. Es war einer der wenigen, nicht zu heißen Sommertage im Jahr 2022. Der August meinte es gut. Zu gut. Noch bevor Minkin richtig Platz genommen hatte, stand schon die Bedienung vor ihm.

»Wissen Sie schon, was Sie wollen?«

Musste Minkin nicht lange nachdenken.

»Ein Helles und zwei Klöße mit Soße. Geht das?«

Die Bedienung sah in *so* an. Rollte die Augenbrauen nach oben. Wollte ihm damit sagen: Mein Kleiner, du bist hier in Bamberg. Im *Mahrs*. What the hell sollte uns daran hindern, dir zwei Klöße und ein Helles zu servieren.

»Na freili.«

Dauerte nur wenige Minuten, dann hatte Minkin das Helle auf dem Tisch. Dazu die Kartoffelklöße mit einem halben Laib Brot im Inneren. Minkin wusste nicht, was ihn mehr begeisterte. Das Helle, die Klöße oder die robuste fränkische Kellnerin mit dem bezaubernden Namen Sylvia.

Minkin trank sich noch ein wenig durch das Sortiment und blieb am Ende beim »aU« hängen, ohne den tieferen Sinn des Namens zu verstehen. Aber man musste nicht alles auf einmal kapieren. Das Leben war schließlich eine lange Strecke. Und die Fragen wurden nicht weniger. Besser, man teilte sich die Antworten ein.

Minkin schaffte es gegen kurz nach 23 Uhr im *Hotel Alt Wunderberg* aufzuschlagen. Fiel todmüde ins Bett.

Mit dem ersten Zwitschern der Vögel wachte er auf. Sah auf den Radiowecker, der auf seinem Nachttisch stand. War kurz nach acht Uhr. Die Vögel waren spät dran heute früh.

Minkin duschte ausgiebig. Im *Wunderberg* ging das Duschen aufs Haus. Zu Hause hielt er sich damit zurück, nachdem ihm seine Vermieterin die Nebenkosten drastisch erhöht hatte. Minkin wollte sich auf keine Diskussion mit seiner Vermieterin einlassen seit der Sache mit der Bachmann. Die Bachmann war kurzzeitig bei ihm eingezogen in seiner Bude in Feuerbach. Die Vermieterin war entzückt. Minkin weniger. Dann hatte Minkin es sich mit der Bachmann ordentlich versaut. Die Bachmann hatte Minkin inflagranti mit Desiree erwischt. Inflagranti bei *nichts*. Minkin ließ diesen Irrtum erst mal so stehen. Verschaffte ihm Zeit. Würde er irgendwann klarstellen müssen, sich mit der Bachmann aussprechen. Musste man nur Zeit mitbringen. Gespräche mit der Bachmann waren abgesehen vom Zeitfaktor auch sonst keine leichte Angelegenheit. Sie hatte diesen Heilbronner Singsang zu einem Kunstdialekt perfektioniert und sich aus dem Schwäbischen, dem Badischen und dem Fränkischen die jeweils schlechtesten Teile herausgenommen.

Minkin wusste, dass er der Bachmann nicht auf Dauer aus dem Weg gehen konnte. Würde sich bei ihr melden, die Sache geraderücken. Sie war im Grunde okay, patent auf ihre Art. Hatte Minkin schon hin und wieder mal aus der Klemme geholfen. Wäre gut, es sich nicht komplett zu verscherzen mit der Bachmann. Der Moment würde kommen, in dem sie von Nutzen sein konnte.

Er würde früher kommen, als Minkin dachte.

MÄNNER MÜSSEN WURST ESSEN

Frischgeduscht saß Minkin im Frühstückszimmer. Ein Raum mit allerhand kuriosen Ansammlungen, die man nur schwer einordnen konnte. Bilder. Figuren. Postkarten. Kunstblumen. Herrlicher Krimskrams, mit dem man einen ganzen Flohmarkt ausstatten konnte. Erinnerte Minkin an eine Pension in Bad Herrenalb im Schwarzwald, in der er in den Neunzigerjahren gelegentlich mit seiner Mutter Urlaub machte.

Außer Minkin war nur ein weiterer Gast anwesend. Der junge Mann, dem Minkin gestern Abend auf der Treppe begegnet war. Er grüßte Minkin freundlich, als er den Raum betrat.

Minkin nahm Platz.

»Sie mögen sicher Wurst. Männer müssen Wurst essen.« Die bezaubernde Hotelchefin stellte ihm einen Teller mit Wurstaufschnitt auf den Tisch. Lyoner, Salami, Schinken. Allerfeinste Ware. Wer konnte dazu schon Nein sagen? Minkin fiel das schwer, obwohl er sich aus verschiedenen Gründen vorgenommen hatte, den Fleischkonsum zurückzudrängen. Sollte gut sein gegen die Gicht, wenn man weniger Fleisch aß. Gut für das Klima war es auch. Wer wollte schon Gicht oder schlechtes Klima?

»Habs heut a weng eilich. Fahr zu meiner Schwester, wenn es recht ist.«

»In jedem Fall ist es recht.«

»Der Dietmar kümmert sich scho.«

»Bin bestens versorgt.«

»Schön, dass Sie uns besuchen. Wenn Sie irgendwas benötigen, sagen Sie es dem Dietmar.«

Was lief hier falsch, fragte sich Minkin. War das *Versteckte Kamera*? Der Franke an sich war nicht eben ein Ausbund an Freundlichkeit, Herzlichkeit. Zumindest waren diese Eigenschaften für Außenstehende nicht ohne Weiteres erkennbar.

Wenn der Franke etwas guthieß, dann brachte er allenfalls ein »Passd scho« über die Lippen. Häufig war schon sein unverständliches Grummeln Ausdruck seiner Zustimmung. Der Franke war nicht eben Vielredner. Weniger war mehr. Nicht die dümmste aller Lebensmaximen.

Nach dem dritten Kaffee nahm Minkin den verlorenen Faden des gestrigen Abends wieder auf, wandte sich an Dietmar, der den Aufschnitt am Frühstücksbüfett sortierte.

»Um noch mal auf die Rote Madonna sprechen zu kommen, Dietmar.«

»Ja?«

»Nun ja, wie gesagt, ich bin auf der Suche nach ihr. Können Sie mir dabei möglicherweise behilflich sein?«

»Das kann i fei scho.«

Minkin versuchte es mit verbaler Annäherung. »Täten Sie auch wollen?«

»Das kommt fei druff an.«

»Und auf was genau?«

»Uff die Umstände.«

Dietmar hatte über Nacht seinen Dialekt ausgebaut. Minkin fasste sich kurz und erklärte dem Dietmar, dass es darum ging, die Rote Madonna vorm Tod durch die Abrissbirne zu retten, was praktisch schon Grund genug war, ihm zu helfen.

Außerdem hatte Minkin den Wink mit den Umständen

durchaus zu deuten gewusst und legte einen Hunderter auf den Frühstückstisch.

»Vielleicht könnten Sie mich ja für eine kleine Aufwandsentschädigung hinbringen?«

»Des könnt ich fei scho. Ich hätte auch ein Auto.«

Guck dir den Dietmar an, der hat sogar ein Auto. Klang fast wie bei den Ärzten.

»Aber des is ned mein Job. Ich bin der Hausmeister und kein Ermittlungsgehilfe, damit des klar ist. Wir Hotelangestellten haben eine ganz klare Dätichkeitsbeschreibung.«

Dietmar schob den Hunderter wieder zurück. Wollte das Geld nicht haben.

»Stadtführungen und Schnüffeleien gehören ned dazu.«

Hatte Minkin andere Erfahrungen gemacht. Jaques, der ehemalige Fremdenlegionär und Nachtportier im *Malle Poste* in Rochefort war praktisch sein Partner in Crime gewesen bei seinem letzten Fall. Ein Komplize wie aus dem Lehrbuch für angehende Detektive. Dietmar wollte diese Rolle offensichtlich nicht übernehmen. Aber so war das eben. Hin und wieder wurden Erwartungshaltungen gebrochen.

Würde nicht die Letzte werden in dieser Geschichte.

»Alles klar, Dietmar. Wollte dir nicht zu nahetreten«, ruderte Minkin zurück.

»Abgesehen davon ist des Mariabräu praktisch fei uff der Nachbarschaft. Da kannst du zu Fuß hin.«

Bisschen Bewegung auf die Schritte-App bringen war sicher kein Fehler. Minkin besaß kein appfähiges Smartphone. War mehr im übertragenen Sinne gemeint.

»Wenn ich dort bin, Idee, wie ich reinkomme?«

»Tja, das ist fei scho a weng schwieriger. Der Baptist wird dich kaum reinlassen.«

»Der Baptist?«

»Jo, der Baptist, dem gehört des ganze Graffl.«

Baptist war der Noch-Eigentümer des Mariabräu, soviel hatte Minkin verstanden.

»Warum nicht?«

»Der Baptist ist a weng a schrächer Dübb. Er mochte de Menschen noch nie. Er ist meistens allein. Und, seit seine Brauerei dicht ist, mag er die Menschen noch viel weniger.«

Menschen nicht zu mögen ist nicht so schwer, dachte Minkin. War eigentlich sogar ziemlich leicht.

»Kann ich verstehen.«

»Freilich, aber auf Dauer ist keiner gern allein.«

»Hat er Familie?«

»Eine Tochter, die Vanessa.« Dietmar zögerte. »Aber da gabs ein Drama.«

»Was ist mit ihr passiert?«

»Die ist fei dafu?«

»Dafu?«

»Jo, mit dem Altenburger Brauer sein Bua.«

»Und des gefällt dem Baptist nicht?«

»Die beiden hassen sich schon ewig. Und der Baptist glaubt, der Altenburger Brauer und seine Bagage steckt hinter der ganzen Sabotage in seiner Brauerei.«

»Was ist mit der Frau vom Baptist?«

»Tod. Ertrunken in der Regnitz.«

»Oh«, sagte Minkin.

»Keiner weiß, was passiert ist damals.«

Kein Wunder war der Baptist verbittert, dachte Minkin. Die Frau tot, die Tochter weg, die Brauerei pleite. Klang ein wenig nach der fränkischen Hiobsversion.

»Und wo ist die Tochter?«

»Bin ich der Private oder du?«

Da war was dran.

»Hab eh schon zu viel gsacht.«

Dietmar war heute Morgen in Plauderstimmung. Ungewöhnlich für einen Franken. Möglichweise war er erst in der zweiten oder dritten Generation hier.

»Wie willst das angehen, mit der Madonna?«, fragte Dietmar.

Minkin hatte keine Ahnung.

Sagte: »Keine Ahnung, Dietmar.«

Dietmar war skeptisch. »Warum hat man ausgerechnet dich beauftragt?« Schwang ein klein wenig Spott mit in der Frage.

Minkin wollte so etwas loswerden wie, er sei gut, in dem was er tat. Wusste, dass ihm das keiner abkaufen würde. Schon gar nicht der Dietmar. Der am allerwenigsten.

»Etzderdla, geh kumm gemmer! I muss hier arbeiten, kann nicht den ganzen Tag mit dir ratschen. Und du hast auch was zu tun.«

Dann verschwand er in der Küche.

WENN DU BEIM *GARTEN DEHNER* BIST, BIST DU ZU WEIT GEGANGEN

Der andere Gast im Frühstücksraum hatte das Gespräch mitgehört. Er stand auf und setzte sich zu Minkin. »Darf ich mich setzen?«

»Gerne.«

»Ich bin der Marius. Ich kann dir sagen, wie du dorthin kommst.«

»Danke, ich bin Minkin.«

»Du hast kein Smartphone mit Google Maps drauf, nehme ich an?«

Minkin schüttelte den Kopf.

Marius packte eine Bambergkarte auf dem Frühstückstisch aus.

»Hier hast du eine Karte von Bamberg. Du musst den Stadtteil Wunderberg quasi einmal durchqueren. Nimm dir Zeit. Der Wunderberg ist ein historischer Stadtteil. Gibt viel zu sehen. Schau, das hier ist der Wunderberg.« Marius zeigte auf die Karte.

»Underberg?« Den Gag musste Minkin machen.

»Unsinn. Wunderberg. Du musst die große Straße hier entlang, die Theresienstraße, hier biegst du rechts ab. Gehst unter den Bahnschienen hindurch in die Moosstraße. Da gehst du immer geradeaus und dann kommt das Mariabräu irgendwann auf der linken Seite.« Marius zeigte Minkin auf der Karte den Weg.

»Wenn du beim *Garten Dehner* bist, dann bist zu weit gegangen.«

Das war ein Rat, den man sich auf alle Fälle merken musste. *Wenn du beim Garten Dehner bist, dann bist du zu weit gegangen.* Konnte man sicher irgendwann mal wieder brauchen, diese fränkische Weisheit.

»Danke, Marius. Wo hat der Stadtteil seinen Namen her?«

»Nix Genaues weiß man net. Aber angeblich stand hier früher einmal ein beeindruckendes Gebäude, das Bamberger bewunderten. Daher könnte der Name kommen.«

Bisschen lahme Erklärung, dachte Minkin.

»Auf dem Wunderberg gibt es noch zwei weitere Brauereien. Sind zwar nicht auf deinem Weg, solltest du aber unbedingt besuchen«, fuhr Marius fort. »Die Brauerei Keesman gibt es seit 1867. Ist nach wie vor in Besitz der Familie Keesmann. Und das Mahrs-Bräu. Braut seit dem 17. Jahrhundert. Gehört der Familie Michel. Über hundert Jahre in Familienbesitz.«

Das *Mahrs* kannte Minkin bereits.

»Bis 2008 gab es hier auch noch das Maisel-Bräu. Das hat dann leider dichtmachen müssen. Und bis vor wenigen Wochen hat noch das Mariabräu Bier gebraut.«

Maisel, kam Minkin bekannt vor. »Maisel? Sagt mir was?«

»Darfst du nicht verwechseln mit dem Maisel in Bayreuth.«

»Auf keinen Fall. Warum hat das Bamberger Maisel damals dichtgemacht?«

Marius kannte die Details. Anscheinend gehörte das hier zur Standardvorbereitung eines Bambergaufenthalts.

»Am Anfang standen Erbstreitigkeiten. Am Ende wurde die Brauerei an einen Investor verkauft. Das war's dann praktisch. 2008 hat die Brauerei Insolvenz angemeldet. Die Liegenschaften wurden verkauft und Bamberg hatte eine

Traditionsbrauerei weniger. Wenn du am Maisel vorbeigehst, schau dir das Areal an. Ein wunderschönes Industriedenkmal, das da seit über zehn Jahren vor sich hindämmert.«

»Woher weißt du den ganzen Kram, Marius? Bin beeindruckt.«

»Danke, ich bin Absolvent der Deutschen Bierakademie hier in Bamberg. Gehört zum Grundwissen, zu den *Basics*.«

Eine Deutsche Bierakademie. Irre, was es alles gab. Machten offensichtlich einen guten Job dort an der Akademie.

Minkin machte sich mit der Karte auf den Weg Richtung Mariabräu. Bewunderte das Gelände der ehemaligen Brauerei Maisel.

Marius hatte nicht zu viel versprochen. Ein astreines Industriedenkmal. Aber keine Brauerei mehr. Brauereien und ihre Biere waren identitätsstiftend. Für die Bewohner des Stadtteils. Für die Dörfer oder die Region, in der sie ihr Bier brauten. Die Einheimischen waren nicht selten stolz auf ihr regionales Bier. Sahen es als Kulturgut. Nicht wenige nahmen es persönlich, wenn eine Brauerei ihre Produktion einstellte. Nahmen die Schließung auf wie den Verlust eines nahen Angehörigen. Diese Geschichten gab es überall. In Stuttgart machte Mitte der Neunzigerjahre Schwabenbräu dicht, fusionierte mit Dinkelacker. Die Braustätte im Stadtteil Vaihingen prägte damals das Ortsbild, beschäftigte fast 700 Mitarbeiter. Bot sichere Arbeitsplätze. In Vaihingen ragten die Kamine der Mälzerei in die Höhe. Man roch das Malz durch den ganzen Stadtteil, je nach Wind- und Wetterlage. Jetzt stand auf dem ehemaligen Brauereigelände die Schwabengalerie. Ein *gesichtsloses Einkaufszentrum* mit den immer gleichen Läden, wie es in den letzten zwanzig, dreißig Jahren in jeder mittleren Stadt erbaut wurde. Man könnte kotzen, wenn man wusste, was dort früher einmal war.

Dem Mariabräu im Stadtteil Wunderberg stand die gleiche steile Karriere bevor.

Steil nach unten.

MARIABRÄU

Nach gut zwanzig Minuten stand Minkin vor dem Mariabräu. Kein Mensch zu sehen. Minkin machte sich an der schweren Eingangstür zum Brauereigebäude zu schaffen. Zugesperrt. Er ging am Backsteingebäude entlang zur Hofeinfahrt. Das Hoftor war ebenfalls verschlossen.

Und nun?, dachte Minkin. Warten war immer eine Option. Irgendwann würde Baptist rauskommen oder reinkommen.

Minkin setzte sich auf den Treppenabsatz des Brauereigebäudes. Was zum Lesen wäre nicht schlecht. Ein Buch zum Beispiel. Der neue Don Winslow war draußen. *City on Fire.* Minkin mochte die Art von Winslow. Der Autor pflegte einen knappen, prägnanten Stil. Viele Dialogszenen. Kam vermutlich daher, dass Winslow auch Drehbücher schrieb. Häufig mit reichlich Slang. Sein Tempo war rasant. Etwas, das Minkin von seinen Fällen nicht behaupten konnte. Nicht mal im Traum. Winslows Noir-Crime war hard-boiled. Er hatte den dunklen, hartgesottenen Ermittler fortgeschrieben. Diese archetypische Figur des anglo-amerikanischen Kriminalromans. Minkin war maximal slow-boiled. Das Einzige, das bei Minkins Fällen bis dato dunkel war, war das Schwarzbier. Das sollte sich auf fatale Weise ändern. Dunkelheit würde zu seiner Gefährtin werden. Schuld zu seiner Begleiterin. Nichts davon ahnte er, als er vor dem Haus des Brauers im Bamberger Stadtteil Wunderberg saß.

Nach einer halben Stunde stand Minkin auf und trat vor

das Gebäude. Blickte nach oben. Sah, wie sich hinter dem Vorhang etwas bewegte.

»Baptist«, fing Minkin an zu rufen. »Hallo!«

Minkin versuchte es lauter. Er schrie nach oben zum Fenster.

»Baptist, hallo!«

Ging ungefähr eine Minute, vielleicht auch zwei. Konnte man nicht so genau sagen, wie immer täuschte man sich bei Zeitangaben. Fünf Minuten Nachspielzeit konnten ewig dauern oder immer noch zu kurz sein.

Im ersten Obergeschoss öffnete sich ein Fenster.

»Hör mit dem Gschrei auf!«

Am Fenster sah man einen riesigen Schädel auf einem zu kleinen Oberkörper. Konnte man schlecht schätzen. Der Mann war entweder ein schlecht gealterter Siebziger oder ein kaputter Fünfziger.

Das musste Baptist sein.

»Herr Baptist, mein Name ist Minkin.«

»Und?«

»Hätten Sie einen Moment. Ich würde gerne mit Ihnen über Ihre Brauerei sprechen.«

»Die gibt es nicht mehr. Hätten's früher kommen müssen.«

»Ja, davon habe ich gehört. Mir geht es weniger um Ihre Brauerei als um die Rote Madonna in Ihrer Kapelle.«

»Die Madonna?«

»Ich würde gern zu ihr.«

»Sicher nicht, verschwinde von meinem Gelände.«

»Ich steh aufm Gehweg. Ist öffentlich.«

»Was bist denn du für ein Schlaumeier, du … mach das du hier fortkommst, bevor ich wütend werde.«

»Ist ja gut.«

Minkin wollte keinen Ärger.

»Ich gehe. Aber ich komme wieder. Dann sprechen wir darüber, wie die Lauge in die Bierflasche kam.«

Minkin drehte sich um. Besser verschwinden, bevor der Spinner noch seine Schrotflinte auspackte.

Er war schon einige Schritte entfernt, als ihm Baptist hinterherbrüllte: »Was weißt denn du über die Lauge? Einen Scheiß weißt du!«

Womit er ziemlich ins Schwarze traf. Was nicht ist, konnte noch werden, dachte Minkin. Sein Plan war wie immer schlicht gehalten. Brocken hinwerfen, schauen, was passierte. Der Zufall war immer noch sein bester Komplize.

»Ich komme morgen wieder. Arbeiten Sie an Ihrer Willkommenskultur, Herr Baptist!«, rief Minkin ohne sich noch mal umzudrehen.

Willkommenskultur hörte man wieder häufiger in den Nachrichten. Prinzipiell kein gutes Zeichen, dachte Minkin. Wenn die Willkommenskultur reüssierte, bedeutete das in der Regel, dass irgendwo auf der Welt die Kacke so am Dampfen war, dass Menschen von dort flohen, weil sie nicht länger in ihrer Heimat bleiben konnten. Diesmal waren es die Ukrainer, die fliehen mussten, weil Putin den Krieg in ihr Land gebracht hatte mit seiner »Spezialoperation«. Hatte das Zeug zum Unwort des Jahres. Es waren überwiegend Frauen und Kinder, die kamen, der Rest wurde gebraucht, um eine Waffe zu bedienen. Mit dem Krieg in der Ukraine verschwanden über Nacht die alten Gewissheiten von Frieden, von Wohlstand. Wie jede Krise brachte auch diese Krise das Beste und das Schlechteste in den Menschen hervor. Die Bereitschaft zu spenden und Menschen aufzunehmen waren enorm. Polen, das Nachbarland der Ukraine, für seinen mitunter bigotten Katholizismus und seinen Nationalismus permanent kritisiert, nahm innerhalb von wenigen Monaten etliche Millionen Menschen auf, versorgte sie mit dem Nötigsten. In Deutschland standen die Türen ebenfalls offen. Man diskutierte diesmal nicht über Obergrenzen. Gab die Oberschlaumeier, die nach dem Beigeschmack der neuen Willkommenskultur suchten. Nach dem Salz in der Suppe, wie Phillip Lahm das nannte. Vermutlich meinte er das Haar, aber hey, er war Fußballprofi, kein Sprachwissenschaftler. Die Besserwisser warfen ein, dass, wenn die Ukrainer lange Bärte und die Ukrainerinnen Burka tragen würden, es weitaus weniger weit her wäre mit der Hilfsbereitschaft. Selbst da kamen sie schon wieder mit latenten Rassismusvorwürfen. Konnten die Sache nicht einfach so stehenlassen. Als das nehmen, was es vermutlich war. Anteilnahme.

Minkins Vorfahren kamen aus der Ukraine. Hugenotten, die auf der Flucht Richtung Schwarzes Meer im 17. Jahrhundert im heutigen Lemberg gestrandet waren. Das Einzige, was Minkin noch mit sich herumtrug, war der Name. Minkin war ukrainischer Herkunft. So viel immerhin wusste er. Um mehr hatte er sich nie gekümmert. Ahnenforschung war nicht so sein Ding. Konnte sich jetzt ändern. Manchmal musste man nur warten, am Wegrand sitzen. Dann trieben die Sachen vorbei wie Schwemmholz der Geschichte. Alles kam wieder an die Oberfläche. Minkin hatte inzwischen den Eindruck, dass alle Ereignisse parallel abliefen. Nur auf unterschiedlichen Ebenen. Man schaffte es allerdings nicht, die Ebenen zu wechseln. Genau wie der HSV hing man in seiner Spielklasse fest. Das war ein Naturgesetz. Geschichte war im Grunde nur eine Kette von Ereignissen, die die Menschen im Nachhinein aufreihten, beschrieben, um die Gegenwart besser zeitlich einordnen zu können.

Zurück im Hotel traf Minkin wieder auf Dietmar, der draußen saß und rauchte. Erzählte ihm die Geschichte seiner Begegnung mit Baptist.

»Was sollte das mit der Laugenflasche im Landratsamt? Warum erzählst du ihm sowas, du weißt doch überhaupt nichts darüber?«, fragte Dietmar.

»Angelst du?«

Minkin hatte das fränkische Konversationsmuster, eine Frage mit einer Gegenfrage zu beantworten, rasch adaptiert.

»Angeln? Nein, du etwa?«

Konnte man sich bei Minkin kaum vorstellen.

Nicht mehr seit meiner Kindheit, dachte Minkin. Im Kindergarten hatten sie dieses Spiel. Mit kleinen Angeln, an denen sich Magnete befanden, konnte man nach Fischen angeln. Hatten unterschiedliche Punkte drauf. Je nach Größe. Für einen Hai gab es mehr als für eine Forelle. Minkin mochte das Angelspiel, eines der wenigen Sachen aus seiner Kindergartenzeit, die er in guter Erinnerung hatte.

»Nein, Dietmar, tue ich nicht, aber die Idee mit dem Köder hat mich schon immer fasziniert.«

»Du hast keinen Köder, Minkin.«

»Abwarten. Kennst du jemanden auf dem Landratsamt in Bamberg?«

»Was willst du auf dem Landratsamt?«

»Den Köder besorgen. Dort hat jemand die mit Lauge verunreinigte Flasche des Mariabräu abgegeben. Stand in der Zeitung, im *Fränkischen Tag*. Jetzt muss ich nur noch rauskriegen, wer und warum.«

»Landratsamt, nein, kann ich dir nicht helfen, kenne ich niemanden.«

»Aber du weißt, wie ich dorthin komme?«, fragte Minkin.

»Praktisch fußläufig von hier, gegenüber dem Bahnhof in der Ludwigstraße.«

Bamberg war offenbar die Stadt der kurzen Wege.

EIN DEUTSCHES LANDRATSAMT

Minkin machte sich auf den Weg zum hiesigen Landratsamt. Das Landratsamt war eine ziemlich deutsche Angelegenheit. Dort wurden die Landkreise stoisch vor sich hin verwaltet. Der Landrat hatte dort seinen Sitz. War zuständig für die Gefahrenabwehr im Landkreis.

Irgendjemand war auf die Idee gekommen, dort eine Flasche des Mariabräu abzugeben. In der Flasche befand sich mehr Lauge als Bier.

Warum die Sache beim Landratsamt und nicht bei der Stadt Bamberg als kreisfreie Stadt bearbeitet wurde, war Minkin nicht klar. Sollte man sich darüber den Kopf zerbrechen? Das wäre eher was für die Verwaltungshochschule oder für das erste Semester in Verwaltungswissenschaften. Und da wollte man nun wirklich nicht hin.

Nach einer guten Viertelstunde hatte Minkin das Landratsamt erreicht. Das Landratsamt Bamberg bestach durch nichts, wenn man es genau nahm. Ein Zweckbau aus Glas, Beton und Steinen. Stammte vermutlich aus den Achtzigerjahren des vorigen Jahrhunderts. Verschlang mit Sicherheit Unmengen an Energie. Geplant in einer Zeit, in der man sich um den Aspekt Energieverbrauch nicht groß kümmerte, obwohl man es hätte besser wissen können. Im Nachhinein war es erstaunlich, wie sorglos die Verantwortlichen mit den Aspekten Nachhaltigkeit, Klimaschutz, Energieverbrauch umgingen. Die wenigen Planer, die diese Punkte damals schon auf dem Schirm hatten, wurden als Ökospinner abgetan. Heute waren sie Visionäre. Das

Landratsamt hatte jedenfalls nichts von einer Vision. Und wenn, dann von keiner guten.

Aber es hatte Pause. Zumindest die zuständige Abteilung für Gesundheitsschutz machte gerade seine tarifvertraglich vereinbarte Brotzeit, wie ihm die Dame am Empfang mitteilte.

»Kommen's in 'ner halben Stunde wieder. Aber net nach zwölf, da haben wir Mittag.«

Es gab einen kurzen Slot zwischen Brotzeit und Mittagspause, den man erwischen musste. Immerhin, es gab ihn.

Minkin bedankte sich für diese präzise Info.

»Gehen's dann direkt zur Frau Stühlmeyer. Zweiter Stock, erste Tür links.«

Soweit hatte es Minkin geschafft, dass ihn seine Zufälle ins zweite Stockwerk eines Landratsamts katapultierten. Was sollte danach noch kommen? Aufregender konnte es kaum mehr werden.

Minkin dachte darüber nach, wie er die halbe Stunde verbringen sollte. Er ging einmal um den Block, fand eine Bäckerei. Holte sich einen Kaffee und eine Brezel. Nahm im Außenbereich Platz. Vor dem tristen Waschbetongebäude hatten die Betreiber ein paar unbequeme Metallstühle und einige Tische aufgestellt. Passte wie die Faust aufs Auge. Am Nebentisch saß eine Familie in Ausflugsmontur. Funktionskleidung, waren für alle erdenklichen Wetterkapriolen in der Bamberger Innenstadt gerüstet. Hatten zwei Kinder dabei, die sich um eine Brezel stritten. Mochten vielleicht zehn Jahre alt sein. Minkin war nicht sonderlich geübt im Abschätzen von Kindesalter. Das Geschrei nervte jedenfalls mächtig. Den Vater mindestens genauso wie Minkin.

»Gebt jetzt endlich Ruhe! Sonst besichtigen wir den ganzen Tag Kirchen!«

Die Drohung mit der Kirchenbesichtigung wirkte. Maximale Abschreckung. Wie im Kalten Krieg. Anscheinend gab es einen Erfahrungsschatz in Sachen Besichtigungen, den der Nachwuchs als wenig unterhaltsam abgespeichert hatte.

Minkin konzentrierte sich auf seinen Kaffee und die Brezel. Die Brezel war den Streit nicht wert. Gab wenig, das sie in Stuttgart und Umgebung richtig gut hinbekamen. Die Brezel gehörte dazu.

Nachdem Minkin den Kaffee geleert hatte, versuchte er sein Glück bei Frau Stühlmeyer im zweiten Stock. Er klopfte an der Bürotür.

»Ja!«

Minkin öffnete die Tür und trat ein.

»Was wollen Sie?«

Das war sie wieder, die fränkische Herzlichkeit. Versteckt im Gewand einer Verwaltungsfachkraft.

»Ich will Sie nicht bei Ihren wichtigen Amtsgeschäften stören, Frau Stühlmeyer. Mein Name ist Minkin.«

»Sagt mir nix!«

Minkins Charmeoffensive verfing nicht.

»Muss es auch nicht, geht nicht um mich, sondern um das Mariabräu.«

Die Erwähnung des Mariabräu führte zu einer kurzen Aufmerksamkeitsspanne bei der Sachbearbeiterin Stühlmeyer im Dezernat Hygiene und Gesundheitsschutz.

»Was ist damit?«

»Ich vertrete die Interessen des Inhabers des Mariabräu.«

So konnte man das interpretieren.

»Wenn Sie Akteneinsicht wollen, dann brauchen Sie eine Vollmacht. Haben Sie eine Vollmacht? Ohne Vollmacht kann ich gar nichts dazu sagen.«

»Frau Stühlmeyer, soweit ich weiß, hat jeder Bürger

Anspruch auf Zugang zu amtlichen Informationen, sofern keine Interessen Dritter entgegenstehen.«

Ein bisschen was war bei Minkin hängen geblieben aus den Verwaltungsrechtsvorlesungen.

»Wir sind in Bayern. Hier gibt es kein Bürgerrecht auf Akteneinsicht.«

Ein Versuch war es wert. Minkin hatte vom Informationsfreiheitsgesetz gehört. Sperriger Name, aber im Kern ging es darum, dass die Bürger Einsicht in Akten bekamen. Auch wenn sie nicht unmittelbar betroffen waren. Die Verwaltung sollte transparenter werden.

Nicht in Bayern.

»Und eine Nummer kleiner geht es nicht? Ich meine, ich will ja nicht die ganzen Akten lesen. Mir würde schon reichen, wenn Sie mir erzählen, wer die Flasche mit der Lauge hier vorbeigebracht hat.«

»Kann ich Ihnen aus Datenschutzgründen nicht sagen.«

Hatte Minkin auch nicht erwartet. Datenschutz war noch das naheliegendste Argument. Immer dann, wenn irgendwer kein Bock hatte, irgendwelche Informationen zu teilen, kam das mit dem Datenschutz. Musste für alles und jeden herhalten. Auch wenn es meistens an den Haaren herbeigezogen war. Wie gesagt, Minkin hatte nicht erwartet, dass die Sachbearbeiterin Stühlmeyer aus dem Dezernat Hygiene und Gesundheitsschutz ihm irgendeine Art von Auskunft erteilt. Er hatte weder den Charme eines Sean Connery noch das Aussehen eines Daniel Craig. Er kam nicht mal in die Nähe. Gab keinen Grund, ihm irgendwas zu erzählen.

Minkin hoffte, mit seiner Nachfrage etwas in Gang zu setzen. Eine Kette von Ereignissen. Schon der Flügelschlag eines Schmetterlings in Brasilien konnte in Texas einen Orkan auslösen. Das nannte man den Schmetterlingseffekt. War einer der Minkinschen Ermittlungsansätze.

Ein weiterer war das Warten. Das Warten-Können war im Grunde eines der am meisten unterschätztesten Talente. Ein Soft Skill, wie die Personalberater das nannten. Wer wartete, sah einem zukünftigen Ereignis entgegen, dessen Eintritt er in der Regel nicht beeinflussen konnte. Das Warten war gekennzeichnet durch Untätigkeit. Das echte Warten, nicht das gefakte Warten, bei dem die Menschen doch irgendetwas taten, um sich abzulenken. Dann war es kein echtes Warten mehr, wenn der Mensch Zeitung las oder auf seinem Smartphone herumtippte. Warten gab den meisten Menschen das Gefühl, Zeit zu verlieren. Warten war ein enormer Störfaktor in der durchökonomisierten Welt. Nicht, dass Minkin es gefiel, wenn er in der Kassenschlange stand oder in einer Telefonhotline, aber es machte ihm auch nichts aus. Außer wenn er Durst hatte und sich die Schlange am Zapfhahn nicht bewegte, dann schon. Aber da ging es um Existenzielles. Das war die Ausnahme. Und in der Botnanger *Waldklause* gab es keine Wartezeiten.

»Datenschutz, mehr fällt Ihnen nicht ein?«

»Reicht doch.«

Hatte sie recht. Datenschutz war das definitive K.-o.-Argument für alles.

»Falls Sie es sich anders überlegen. Sie erreichen mich im *Hotel Wunderberg*. Wenn Sie eine Nachricht hinterlassen, kommt die in jedem Fall an.« Die Vermieterin und der Dietmar waren allererste Sahne. Konnte praktisch nichts verloren gehen. »Auf Wiedersehen, Frau Stühlmeyer.«

Frau Stühlmeyer verabschiedete ihn grußlos.

Minkin hatte bei der Sachbearbeiterin Stühlmeyer aus dem Dezernat Hygiene und Gesundheitsschutz mit seinem Schmetterlingsflügel geschlagen.

Der Tornado ließ nicht lange auf sich warten.

DER HERR LANDRAT

Kaum hatte Minkin die Amtstube verlassen, griff die Sachbearbeiterin Stühlmeyer aus dem Dezernat Hygiene und Gesundheitsschutz zum Telefonapparat.

Dauerte eine Weile, bis am anderen Ende der Leitung jemand abnahm.

»Ja?«

»Verzeihung, Herr Landrat, dass ich anrufe, ich bin es, die Frau Stühlmeyer aus dem Dezernat Hygiene und Gesundheitsschutz. Sie erinnern sich?«

»Frau Stühlmeyer, sicher, wie könnte ich Sie vergessen. Die Stütze unserer Kreisverwaltung.«

Die Sachbearbeiterin Stühlmeyer aus dem Dezernat Hygiene und Gesundheitsschutz wurde rot.

»Was haben Sie auf dem Herzen?«

»Nun, ich weiß nicht, ob es wichtig ist, aber es hat sich jemand nach der Flasche erkundigt.«

»Nach welcher Flasche?«

»Die Flasche mit Lauge, die bei mir abgeben wurde, Sie erinnern sich, die aus dem Mariabräu?«

»Sicher, ist nicht lange her mit der Flasche.«

»An und für sich sind wir ja nicht zuständig, aber Sie haben gemeint, wir sollen das bei uns im Landratsamt behalten und untersuchen lassen, es betrifft die Sicherheit aller Bürger.«

»Mindestens, wenn nicht sogar die nationale Sicherheit, Frau Stühlmeyer, da haben Sie vollkommen angemessen reagiert. Und wer hat sich erkundigt, die Presse?«

»Ein Herr Minkin, wobei ich nicht weiß, ob das ein Vorname oder Nachname ist.«

»Minkin? Sagt mir nichts.«

»Er vertritt die Interessen des Inhabers des Mariabräu.«

»Ein Anwalt?«

»Sah nicht aus wie einer.«

»Wie sieht ein Anwalt Ihrer Meinung nach aus?«, fragte der Landrat nach.

»Na, wie die halt daherkommen mit ihrem ganzen Habitus. Weißes Hemd mit Haifischkragen, dunkler Anzug. Krawatte bis zur Gürtelschnalle. Wenn sie witzig sein wollen, hat die Krawatte ein Comic-Muster. Straffer Knoten. Schwarzer Gürtel, schwarze Socken und immer frisch gewichste Schuhe, passend zum Gürtel. Die sehen immer aus wie frisch aus dem Quellekatalog.«

»Den Katalog, den es seit mindestens zehn Jahren nicht mehr gibt, Frau Stühlmeyer.«

»Was schade ist, war nicht alles schlecht, was aus Fürth kam.«

»Wie sah dieser Minkin aus?«

»Ungepflegt. Ein unangemessener Auftritt. Ich meine, wir sind hier das Landratsamt, nicht irgendeine untere Verwaltungsbehörde, nicht wahr, Herr Landrat?«

»Ganz und gar nicht, Frau Stühlmeyer, ganz und gar nicht sind wir das.«

»Ich meine, er muss sich ja nicht herausputzen wie ein blasierter Herr Rechtsanwalt, aber angemessene Kleidung kann man doch schon erwarten.«

»Das ist das Mindeste, Frau Stühlmeyer.«

»Und hier nicht wie ein dahergelaufener Gammler erscheinen …«

Das Wort »Gammler« war aus der Mode gekommen. Schade, es traf den Nagel auf den Kopf. Obwohl sich auch der Gammler an sich verändert hatte. Konnte man nicht mehr drauf wetten, wer hier welcher Einkommensschicht zugehörig war. Neuerdings machten die Punks Wochenendurlaub auf Sylt. Oder in Minkins Wohnort Feuerbach gab es einen top sortierten Biosupermarkt. Organix. Verkauften dort das Bier der Brauerei Härle aus Isny. Allein dafür lohnte sich schon der Besuch. Davor lungerten manchmal Punks in ihrer Freizeit oder Mittagspause herum. Tranken Rotwein. Aus biologisch-dynamischem Anbau. Waren vermutlich Biopunks.

»Frau Stühlmeyer«, unterbrach der Landrat die in Rage über Minkins Erscheinungsbild geratene Sachbearbeiterin Stühlmeyer aus dem Dezernat Hygiene und Gesundheitsschutz. »Und dieser Minkin, was wollte der?«

»Akteneinsicht wollte der. Wegen Informationsfreiheitsgesetz.«

»Akteneinsicht?«

»Freilich, aber da ist er bei mir an der ganz falschen Hausnummer, habe ich ihm gesagt, nicht mal in der richtigen Straße ist er da. Sowas wie ein Recht auf Akteneinsicht haben wir hier nicht, ich mein', wir sind doch nicht in Schweden oder im Saarland.«

Der Landrat vermied eine Nachfrage bezüglich der Schweden oder der Saarländer. Wusste, es würde die Sache nur unnötig in die Länge ziehen.

»Mehr wissen Sie nicht über diesen Minkin?«

»Nein, weiß ich nicht, vielleicht war es ein Privatdetektiv oder sowas.«

»Wie kommen Sie denn darauf?«

»Keine Ahnung, offiziell sah er jedenfalls nicht aus. Mehr wie aus diesen alten amerikanischen Fernsehserien. Und er wohnt im *Hotel Alt Wunderberg*. Ich meine, das sagt doch schon alles.«

»Im *Alt Wunderberg*?«

»Ja.«

»Tja, dann Frau Stühlmeyer, danke ich Ihnen. Wieder einmal haben Sie sich als die Stütze unserer Verwaltung erwiesen und vollkommen richtig und ermessensfehlerfrei agiert. Wenn wir mehr von Ihrer Sorte hier hätten, ich kann Ihnen sagen, ich wüsste nicht, wie weit wir dann als Verwaltung schon wären. Will ich mir gar nicht ausmalen.«

Der Landrat zog beim Abschied durch die Telefonleitung eine ordentliche Schleimspur hinter sich her.

Die Sachbearbeiterin Stühlmeyer aus dem Dezernat Hygiene und Gesundheitsschutz nahm die Spur gierig auf.

EIN LANDRAT WIRD NERVÖS

Nachdem der Landrat das Gespräch mit der Sachbearbeiterin Stühlmeyer aus dem Dezernat Hygiene und Gesundheitsschutz beendet hatte, wählte er eine andere Nummer. Dauerte ein wenig, bis sich eine Männerstimme meldete.

»Ja?«

»Ich bin es.«

»Herr Landrat, was für eine Freude, was kann ich für Sie tun?«

»Wir haben ein Problem mit dem Mariabräu!« Der Landrat klang beunruhigt.

»Haben wir das? Kann ich mir kaum vorstellen«, sagte der Mann am Telefon.

»Ja, verdammt noch mal, das haben wir!«, antwortete der Landrat erregt.

»Herr Landrat, Ihre Ausdrucksweise, ich muss doch sehr bitten, wo bleibt Ihre gute Kinderstube.«

Das war es, was der Landrat an dem Kerl hasste, dessen affige Manieriertheit.

»Sparen Sie sich ihr Gehabe, ich nehme Ihnen das nicht ab!«

»Sie sollten ruhiger werden, Herr Landrat. Nicht gut für Ihre Gesundheit. Mit dem Mariabräu läuft alles rund, in ein paar Tagen haben wir den Notartermin. Der Brauer ist ein Trottel, er hat nichts außer ein paar Verschwörungsfantasien, dass ihn seine Brauerkollegen aufs Kreuz gelegt hätten. Der Mann ist durch, ein Wrack, vergessen Sie ihn.«

»Um den Brauer mache ich mir weniger Sorgen.«

»Um wen dann?«

»Jemand schnüffelt in der Mariabräu-Sache herum.«

»Heißt?«

Jetzt hatte der Landrat zumindest die Aufmerksamkeit des Gegenübers.

»Ein Kerl namens Minkin war auf dem Landratsamt, hat sich nach der Laugenflasche aus dem Mariabräu erkundigt, wer sie abgegeben hat. Wollte Auskünfte haben. Einsicht in die Akte.«

»Und? Hat er welche bekommen?«

»Unsinn. Ich habe eine fähige Kraft in dem Dezernat. Die Stühlmayer ist noch vom alten Schlag.«

»Was erwarten Sie von mir, Herr Landrat?«

»Dass Sie sich schleunigst um die Angelegenheit kümmern. Dafür sorgen, dass niemand der Sache auf den Grund geht. Keiner wird auch nur irgendetwas davon mitbekommen, das waren Ihre Worte! Der Kauf ist noch nicht mal vollzogen und schon steckt jemand seine Nase in die Angelegenheit. Ich habe Ihnen geholfen, dass die Sache mit der Lauge publik wird. Jetzt sind Sie dran. Ich bin gerne Landrat und will es auch bleiben, verstehen Sie das?«

»Mäßigen Sie sich, Herr Landrat. Wir haben die gleiche Interessenlage, das ist der einzige Grund, warum ich mit Ihnen Geschäfte mache. Denken Sie immer daran, wem Sie es zu verdanken haben, dass Sie auf diesem Stuhl sitzen. Ich habe Ihre Kampagne finanziert. Und Sie helfen mir bei meinen politischen Ambitionen in dieser Stadt. Wenn ich der nächste Oberbürgermeister bin, dann wird es nicht Ihr Schaden sein.«

Der Landrat schwieg. Wusste, dass es genauso war. Er hatte seinen Job nicht, weil er der beste Bewerber war. Er hatte ihn, weil sein Gegenüber im Hintergrund die Strippen gezogen und an die richtigen Organisationen Geld verteilt hatte. Und vor allen Dingen, weil er ein feines Netz aus gegenseitigen Abhängigkeiten geschaffen hatte, dem keiner entkam.

»Ich werde mich darum kümmern. Wie heißt der Kerl?«

»Minkin, er wohnt im *Hotel Alt Wunderberg*.«

Der Mann am Telefon lachte zynisch. »Nicht die erste Adresse für eine Übernachtung in Bamberg. Was immer er beruflich macht, sonderlich erfolgreich scheint er darin nicht zu sein. Wir regeln das, er wird keine Schwierigkeiten machen.«

Nachdem er das Telefonat mit dem Landrat beendet hatte, erhob der Mann sich von seinem Winchester-Schreibtisch und ging in das Büro nebenan. Dort saß seine Assistentin. Eine junge Frau im grauen Businesskostüm. Dunkler Pagenschnitt, strenges Aussehen.

»Wir haben möglicherweise ein kleines Problem, Linda.«

»Welches Problem sollten wir haben, Herr Senator?«

»Es gibt da jemanden, der sich für die verunreinigte Bierflasche aus dem Mariabräu interessiert, die ein besorgter Bürger beim Landratsamt abgegeben hat.«

»Nicht gut.«

»Nein. Könnte ein Zufall sein, könnte aber auch jemand sein, der uns in die Quere kommen will. Sie kennen unsere Branche, da ist dem Mitbewerber jede Niederträchtigkeit zuzutrauen«, sagte der Mann zynisch.

»Da haben Sie ganz sicher recht. Die Konkurrenz ist *so* rücksichtslos!«, entgegnete Linda ironisch. »Wie kann ich helfen?«

»Der Kerl heißt Minkin, wohnt im *Alt Wunderberg*. Fahren Sie hin. Reden Sie mit ihm, finden Sie heraus, was er weiß und was er will.«

»Kein Problem.«

»Und sorgen Sie dafür, dass er aufhört, Fragen zu stellen.«

»Wie weit soll ich gehen?«

»Nehmen Sie den Braunen mit.«

»Sind Sie sicher? Er ist unkontrolliert, hat einen Hang zu körperlicher Gewalt.«

»Genau deshalb soll er mitkommen!«

FÄSSLA-KELLER

Nach dem Besuch im Landratsamt ging Minkin zurück ins Hotel. Ging nicht über Los. Allerdings machte er einen Abstecher im *Fässla-Keller.*

Früher gehörte der Keller zur Brauerei Maisel aus Bamberg. Die hatte dichtgemacht, wie ihm Dietmar beim Frühstück im *Alt Wunderberg* erzählt hatte. Minkin kannte das Industriedenkmal bereits. War am Vormittag dran vorbeimarschiert. Die Brauerei war dicht. Den *Maisel-Keller* hatte man gerettet. Und nicht in Luxusappartements verwandelt, sondern positionsgetreu ersetzt durch die Bamberger Brauerei Fässla.

Der Keller lag nordostwärts der Bahnlinie. War ein kleiner Fußmarsch unter der Bahnlinie hindurch bis hinauf in die Moosstraße. Ein klassischer Keller, alte Kastanien, Kiesboden, Biergarnituren. Angeschlossen eine kleine Gaststube. Auffällig war das Logo der Brauerei. Ein Zwerg mit roter Zipfelmütze, der ein Bierfass herbeirollte. Sah so aus, als ob er schon ordentlich einen in der Krone hatte.

Minkin nahm an einem der freien Biergarnituren Platz. Dauerte einen Augenblick, dann war die Bedienung bei ihm am Tisch.

»Was darf ich dem jungen Mo bringen?«, sagte die Bedienung aufs Allerfreundlichste.

»Ein Lager, bitte.«

»Sehr gerne.«

Minkin war zum wiederholten Male fast schon entsetzt über die Freundlichkeit. Wenn sie jetzt noch lächelte, konnte man meinen, man wäre in Japan, wo die Menschen vor Höflichkeit fast implodierten. Aber hey, das hier war immer noch Franken.

Das Lager kam innerhalb weniger Minuten. Kräftige Farbe, goldgelb, fast schon Richtung Bernstein. Funkelte ordentlich in der Mittagssonne. Minkin nahm einen Schluck. War definitiv eines dieser Biere, bei dem es nicht bei einem bleiben würde. High drinkability. Minkin musste sich am Riemen reißen. Es war gerade mal Mittag. Fragte sich nur, wo er den Riemen fand. Andererseits hatte er heute sein Tagwerk schon erreicht. Flügelschlag, Schmetterling, Tornado und so. Minkin kippte das Lager zur Hälfte und entschied sich rasch für ein zweites. Ging ratzfatz mit der Entscheidung.

Entscheidungsfähigkeit war einer der wenigen Soft Skills, mit denen Minkin ausgestattet war. Zumindest am Tresen. Soft Skills. Allein, dass Minkin dieses Wort in seinem Gedankenreservoir fand, machte ihn wütend auf sich. Softeis, ja, das war okay. Da machte das Wort »soft« ernsthaft Sinn. Minkin hatte die allerbesten Erinnerungen an Softeis. Gegenüber dem Wollhaus-Center in Heilbronn gab es in den Achtzigerjahren eine Softeismaschine mit den Sorten Erdbeer und Vanille. Reichte völlig aus. Wenn man es ganz wild haben wollte, wurde das Softeis in flüssige Schokolade getunkt. Eismohr nannten die das damals.

Vom Softeis zurück zu den Soft Skills. Was vom Durchschnittsarbeitnehmer inzwischen erwartet wurde, war enorm. Teamfähigkeit, Kommunikationsstärke, Kritikfähigkeit, analytisches Denken, geistige Flexibilität, Kreativität, Empathie, Organisationstalent. Keine dieser Eigenschaften war bei Minkin sonderlich ausgeprägt. Nur in Sachen Entscheidungsfähigkeit bei der Getränkeauswahl war er stark. Am Anfang der kurzen Entscheidungskette stand bei Minkin die klare Analyse: Bierdurst. Dann war Kommunikationsfähigkeit gefragt. Wie schaffte man den Wunsch nach einer Getränkebestellung situationsgerecht umzusetzen?

Der Bamberger machte sich in der Regel keinen allzu großen Kopf drum. Minkin war bei seinem Aufenthalt im *Mahrsbräu* die kurze fränkische Bierbestellung aufgefallen. Bestand aus den zwei Buchstaben. Einem »a« und einem »u«. »aU«. Stand nicht für Arbeitsunfähigkeit, sondern bedeutete: ein Ungespundetes. Die Arbeitsunfähigkeit kommt erst nach zu vielen Ungespundeten. Auf das Kürzel musste man nicht sofort kommen als Außenstehender. Das Ungespundete war ein Bier mit einem geringeren Kohlensäuregehalt. Der Name leitete sich vom Spundloch ab. Dieses Loch an der Oberseite des Fasses diente bei Holzfässern während des Gärungsprozesses zum Druckausgleich. Im Fass entsteht durch die alkoholische Gärung Kohlensäure und damit ein Überdruck, der das Fass bersten lassen würde. Ungespundetes Bier gärt ohne einen Holzzapfen als Verschluss des Loches. Es besitzt daher einen geringeren Kohlensäuregehalt. Ist nicht jedermanns Sache.

Minkins schon. Der Franke stieß das Getränk ebenfalls nicht von der Tischkante. Noch dazu war er maulfaul, kürzte die Dinge gerne ab. Und es gab noch eine hohe praktische Komponente. Die zwei Buchstaben »aU« schaffte man easy, wenn es mit der Artikulation im Allgemeinen schon etwas haperte.

»So, junger Mo. Ihr zweites Lager. Sie haben einen guten Durscht.«

Durst hatte Minkin, ob er gut war? Musste seine Hausärztin beurteilen. Der einzige Rat, den seine Hausärztin in Sachen Bierkonsum für ihn parat hatte, war, »Finger weg von harten Sachen. Und versuchen Sie, kontrolliert zu trinken. Zwei Bier am Tag als Regel, zwei Tage Alkoholpause die Woche«. Mochte keiner glauben, aber tatsächlich war das für Minkin die Richtschnur. Meistens machte er drei Tage Pause und schlug die zwei gesparten Biere bei einem anderen Tag drauf.

Bisschen Selbstbetrug gehörte dazu.

»Ja, hoffe, das ist kein Problem mit dem Durst?«, wandte sich Minkin an die Bedienung.

»Im Gegenteil. Freut uns, wenn die Jugend Leistung zeigt. Auch was zum Essen, der junge Mo?«

Minkin fand, dass es die Bedienung ein wenig übertrieb mit ihrem Jugendwahn. Sie mochte allenfalls ein paar Jahre älter sein als er. Wenn überhaupt. Vielleicht war auch er hier der Alterspräsident.

»Empfehlung?«, fragte Minkin.

»Freilich, des Schäuferla ist sehr zum Empfehlen.«

Was eine Überraschung! Minkin war ausnahmslos ein großer Verehrer der fränkischen Gasthauskultur. Und das Schäuferla gehört praktisch zum Gründungsmythos, zum festen Bestandteil der Kultur. Aber mit dem Teil der Kulturelite konnte sich Minkin nicht anfreunden. War ihm zu heftig, der Knochen, die Form.

»Sicher eine hervorragende Wahl. Aber Schäuferla ist mir jetzt zu mächtig. Dann ist der Tag gelaufen, wenn Sie verstehen.«

Gutes Argument, Minkin, gerade wenn man sich um die Mittagszeit das zweite Bier reinkippte.

»Unser Saladdeller mit Budensdreifen wird von den Wechetariern gern bestellt.«

Jetzt war Minkin fast ein wenig eingeschnappt. Sah er ernsthaft so aus, als ob er einen Salatteller mit Putenstreifen bestellen würde? Womit kam sie als Nächstes an? Einem Tipp für ein Yogastudio in Bamberg?

»Bringen Sie mir doch bitte einfach zwei Klöß mit Soß.«

»Gerne.«

Mit Klößen in Franken ging man praktisch kein Risiko ein. Eine sichere Bank. *Sort of homecoming.* Warum kriegte der Rest des Planeten das mit den Klößen nicht hin?

Wenig später hatte er zwei Lager und zwei Klöße mit Soße intus. War gut satt. Und ein wenig beschämt über die niedrige Zeche. Gab ordentlich Trinkgeld.

»Kommen's bald wieder, junger Mo«, gab ihm die Bedienung mit auf den Weg.

»Damit müssen Sie jederzeit rechnen.«

Auch wenn Minkin ahnte, dass hier irgendetwas nicht stimmen konnte. Gestern die bezaubernde Fachkraft im *Mahrs*. Heute das hier. Das war nicht die fränkische Art, die Minkin von früheren Besuchen kannte. Vielleicht hatte er bei den Bedienungen nur Pech gehabt. Oder hatte heute einen guten Tag erwischt. Würde er in jedem Fall verifizieren müssen bei nächster sich bietender Gelegenheit.

Minkin erhob sich und verließ den Biergarten. Betrat den Gehweg an der Moosstraße.

Kurz, nachdem er den *Fässla-Keller* verlassen hatte, trat ein mittelalter Mann auf den Gehweg der gegenüberliegenden Straßenseite. Groß gewachsen, stämmig. Auffällig an ihm war seine Tracht aus abgewetztem Leder. Er folgte Minkin im Abstand von circa fünfzig Metern.

Was Minkin davon mitbekam? Ist das eine ernst gemeinte Frage?

DER BESUCH DER JUNGEN DAME

Minkin machte sich auf den Weg Richtung *Alt Wunderberg*. Kleines Nickerchen wäre hilfreich.

Das Hotel war ausgestorben. Von Dietmar keine Spur. Minkin legt sich für ein kurzes Schläfchen auf sein Hotelbett. War gegen 13 Uhr. Als er aus unruhigen Träumen erwachte, war es kurz nach 17 Uhr. Musste man erst mal auf die Reihe kriegen. So einen ganzen Nachmittag. Minkin sah auf sein Handy, waren mehrere Anrufe drauf. Erkannte die Telefonnummer von Goldberg. Minkin hatte das Handy wie immer auf lautlos gestellt. Kein Wunder also, dass er den Anruf verpasst hatte.

Jedes Mal, wenn Minkin mit Goldberg telefonierte, gab es erst mal ordentlich Lamento in Minkins Richtung. Warum hast du ein Handy, wenn du sowieso nie dran gehst. Die Antwort war einfach. Minkin hatte ein Handy, weil Goldberg ihn dazu genötigt hatte. Er hatte ihm das Ding gekauft.

Minkin sah aus dem Fenster. Vor dem Hotel kam mit quietschenden Reifen ein Wagen zum Stehen. Fünfer BMW. Schwarz. Sah aus wie im Film. Oder wie in einem schlechten Roman. Minkin dachte sich nichts dabei. Wie auch, das war die Bamberger Vorstadt. Hier war verdammt noch mal alles möglich.

Minkin ging zur Toilette, das Lager machte sich bemerkbar. Mit der Blasenfestigkeit war es nicht mehr so weit her wie früher. Weniger »müssen« müssen. Wäre gut. Minkin war kurz davor, auf die Werbung für ein Männerprodukt aus einer Fernsehzeitschrift anzuspringen. Nächste Stufe wäre dann der Treppenlift. Minkin hatte sich gerade die Hände getrocknet, als es an seiner Tür klopfte. Er ging zur Tür und öffnete.

Vor ihm stand ein großgewachsener Kerl, Glatze. Der Typ hatte zwei riesige Ohrlöcher mit Ringen drin. Fleischtunnel, durch die eine Spielzeugeisenbahn passen würde. Und zwar die Größe von Spielzeugeisenbahn, auf der Kinder Platz nehmen konnten. Daneben eine Frau mit Kurzhaarfrisur im grauen Kostüm, die ungefähr halb so groß war wie der Kerl. Wirkte dafür doppelt so energisch. Minkin schätzte sie auf irgendwas Ende zwanzig, Anfang dreißig.

»Sind Sie Minkin?«, fragte die Frau ihn.

Schneidiges Stimmchen. Minkin wusste nicht, ob er das gut fand.

»Wer will das wissen?«

»Schnauze, Arschloch.« Der Kerl stand schon im Zimmer und stieß Minkin vor die Brust.

Minkin stolperte nach hinten. Wird mit jedem Mal einfacher, mich selbst in Schwierigkeiten zu bringen, dachte Minkin.

»Ruhig, Brauner«, sagte das schneidige Stimmchen zu ihrer ohrgelochten Bulldogge.

Brauner, dachte Minkin, genauso sah er auch aus.

»Mein Kollege hat mitunter eine forsche Art.«

»Ach was«, sagte Minkin. »Mir überhaupt nicht aufgefallen.«

Der Braune machte einen Schritt auf Minkin zu. Seine Visage war vielleicht dreißig Zentimeter von Minkins Gesicht entfernt. Minkin konnte den schlechten Atem buchstäblich riechen. Eine Mischung aus unverdautem Döner und kaltem Rauch. Minkin versuchte, die Luft anzuhalten.

»Odol könnte helfen«, sagte Minkin dann doch.

»Was meinst du?«, herrschte ihn der Braune an und hatte eine Hand an Minkins Hals.

Er stank nicht nur aus dem Maul, sondern hatte offenbar auch eine ziemlich lange Leitung, die noch dazu im Nirgendwo endete.

»Lass ihn«, zischelte die junge Frau. »Wir wollen nur mit ihm reden. Vorerst.«

Der Braune ließ ihn vom Haken, machte einen Schritt zurück.

»Also, Minkin. Wir haben eine Frage an dich.«

»Jetzt bin ich gespannt.«

»Du warst heute Morgen im Landratsamt und hast dich nach der Laugenflasche erkundigt, richtig?«

»Das haben Sie brillant zusammengefasst.«

Die junge Frau blieb ruhig. Der Braune schnaubte. Hatte eine kurze Lunte. Explodierte schnell.

»Was interessiert dich die Sache?«

Daher wehte der Wind. Die Sache mit dem Schmetterling und dem Tornado funktionierte schneller als gedacht.

Minkin überlegte, auf Zeit zu spielen. Brachte meistens nichts.

»Die Lauge ist mir egal. Ich bin wegen der Madonna hier.«

»Madonna?«

Das Frauchen und der Braune sahen sich fragend an. Konnten mit der Info wenig anfangen.

»Was für eine Madonna?«

»Die Madonna aus der Brauereikapelle des Mariabräu, eine Gipsfigur, circa sechzig Zentimeter hoch.«

»Burschi, du segelst hart am Wind. Verarsch uns nicht!«, drohte ihm der Braune.

»Würde mir im Traum nicht einfallen«, sagte Minkin. Minkin hielt seine Aussagen gerne in der Schwebe. Konnte man hinterher immer sagen, es war ironisch gemeint. War modern. Sich hinterher auf Ironie zu berufen.

»Was ist das mit der Madonna?«, fragte die Frau.

Minkin fasste sich kurz. »Eine Gipsfigur, knapp zweihundert Jahre alt. Die Schutzpatronin der fränkischen Bierbrauer. Befindet sich auf dem Gelände des Mariabräu in der Brauereikapelle.«

»Was hast du damit zu tun?«

»Ich habe einen Job zu erledigen. Die Madonna finden. In Sicherheit bringen. Ist eine Art kulturhistorischer Schatz. Eine Ikone für die fränkischen Brauer. Ich will da nur rein, das Paket abholen und wieder raus.«

Minkin wollte klingen wie Dwayne Johnson aus *Fast and Furios*. Hörte sich bei ihm aber eher an wie der Paketbote von DHL.

»Was bist du?«, fragte die junge Dame.

Gott, fing das wieder an. Die leidige Diskussion über seine Berufsbezeichnung. Sein Jobprofil. Sind wir hier auf LinkedIn?

Am besten gefiel ihm der Begriff »Privatdetektiv«. Klang nach amerikanischer Kriminalliteratur. Nicht nach Feuerbach, Wilhelm-Geiger-Platz.

»Logistikpartner.« Minkin entschied sich kontextbezogen für die weniger aufregende Variante. Logistikpartner konnte alles bedeuten. Und nichts. Damit gaben sich der Braune und die Frau erst mal zufrieden.

»Was hat die Laugenflasche damit zu tun?«

»Ich will die Gipsfigur, aber Baptist vom Mariabräu ist nicht allzu offen. Wittert überall Verschwörungen. Dachte, ich liefere ihm ein bisschen Input über die Sache mit der Laugenflasche, im Gegenzug gibt es dafür Zutritt zur Kapelle.« Einfache Logik, minkinesk eben.

»Was herausgefunden über die Laugenflasche?«

Als ob ihr das nicht wüsstet, dachte Minkin. Nullkommanull. Die Sachbearbeiterin Stühlmeyer aus dem Dezernat Hygiene und Gesundheitsschutz war ganz Beamtin, das heißt wenig serviceorientiert.

»Nicht die Bohne.« Schöne, alte Redewendung, nicht die Bohne. Auch wenn die Bohne dabei für Minkins Geschmack etwas zu schlecht wegkam.

»Weil es nichts herauszufinden gibt«, sagte der Braune.

Der Besuch der jungen Dame samt Bulldogge überzeugte Minkin vom Gegenteil.

»Du willst also nur in die Kapelle, die Figur holen?«

»Mehr interessiert mich und meine Auftraggeber nicht.« Die fränkische Brauerloge, die Franconia, hatte ein ideelles Interesse an der Madonnenfigur.

»Nun, vielleicht habe ich eine Idee, Minkin, so heißt du doch, nicht wahr!«

»Bin für jede Hilfe dankbar.«

Was nicht stimmte, aber für den Moment kam ihm eine Allianz mit den beiden hier nicht als die schlechteste Alternative vor. Würde Minkin mit Sicherheit irgendwann auf die Füße fallen. War doch meistens so, wenn man auf die falschen Partner setzte. Wie die Regierung jahrelang auf Putin und sein Gas vertraut hatte, ihm eine zweite Pipeline baute. Jetzt musste Habeck den neuen arabischen Partnern in den Hintern kriechen, damit im Winter hier die Heizung nicht ausging. Großartige Idee, den Teufel mit dem Beelzebub austreiben. Ein Übel mit einem anderen Übel bekämpfen. Wer den Sumpf trockenlegen wollte, der sollte am besten nicht die Frösche fragen und die nächste Abhängigkeit schaffen. Noch dazu von Ländern, die auch nicht gerade als lupenreine Demokratien verrufen waren.

»Dann halt die Füße still.« Der Braune trat an ihn heran. »Wir würden dich ungern in Schwierigkeiten sehen!«

»Wollt ihr mir drohen?«, fragte Minkin.

Die Frau und der Braune sahen sich gegenseitig an. »Drohen, wo denkst du hin, wir kümmern uns nur um dich.«

»Eure Sorge rührt mich.«

»Sollte sie auch.« Der Braune war nun ganz nah an Minkins Gesicht herangekommen, Minkin bekam nochmals die volle Ladung Mundgeruch ab. Wollte, dass es schnell vorbei ist. Trat den Rückzug an.

»Ist ja gut, ich habe es kapiert.«

»Hör zu, Minkin. Wenn es dir ausschließlich um die Madonna geht, können wir dir behilflich sein, können dich in die Brauereikapelle bringen. Unser Unternehmen, die Senator Immobilienentwicklung, fördert Kunst und Kultur. Das ganze Areal des Mariabräu wird von unserer Firma gekauft werden, um dringend benötigten Wohnraum zu schaffen. Ich denke, wenn wir der Kultur mit der Madonna etwas Gutes tun, sollte da niemand was dagegen haben. Sofern du es bei der Madonna belässt.«

»Absolut, ich meine, wir beide haben die gleiche Interessenlage.«

»Wir betrachten das als Deal, Minkin. Wir melden uns. Halt solange die Füße still.«

Nachdem die beiden aus Minkins Zimmer verschwunden waren, riss Minkin das Fenster sperrangelweit auf. Der Gestank, den der Braune hinterlassen hatte, war unerträglich.

Wie hielt es die junge Frau nur mit diesem Idioten aus?

ALLES IM FLUSS

Es war früher Abend, von Dietmar keine Spur. Das Hotel lag da wie ausgestorben. Minkin fragte sich, ob er inzwischen der einzige Übernachtungsgast war. Er zog sich Schuhe an und trat vor die Tür, zog in Erwägung, ein paar Schritte zu gehen. Bewegung konnte nicht schaden. Kopf freikriegen, das soeben Erlebte sortieren. Minkin entschied sich nicht für die Hauptroute in die Innenstadt, ihm stand der Sinn nach Grün.

Er hatte auf der Stadtkarte, die Marius ihm gezeigt hatte, einen Park ausgemacht, der von den beiden Armen der Regnitz umschlossen war. Minkin ging an den Brauereien Keesmann und Mahr vorbei. Überquerte die Marienbrücke und war dann im Gerichtsviertel am Wilhelmsplatz. Erst kam das Landgericht Bamberg, dann das Amtsgericht Bamberg. Repräsentative Bauten allemal, dachte Minkin. Er hielt sich am Wilhelmsplatz links und erreichte nach einer halben Stunde den Hain. Er war nassgeschwitzt. Idee mit dem Spaziergang war vielleicht nur halb so gut an einem Tag bei über 30 Grad Celsius.

Minkin hatte ordentlich Durst. Im Hain entdeckte er am Regnitzufer das *Bootshaus*. Malerischer Biergarten am Fluss gelegen. Fast zu schön, um wahr zu sein. In Minkins Heimatstadt Stuttgart würden die Wirte für so eine Location töten. Da waren sie happy, wenn sie ein paar Biertische am verdreckten Neckarufer in Cannstatt aufstellen durften.

Minkin fand einen freien Platz mit Blick aufs Wasser. Zu seiner Überraschung badeten hier Menschen im Fluss.

Erzähl das mal jemandem, der aus Stuttgart kommt. Halten dich für irre. Dort hatte man immer noch den Eindruck, Flüsse seien einzig zum Verklappen von Fäkalien und Industrieabwässern gut. Keiner käme auf die Schnapsidee, in Cannstatt in den Neckar zu steigen. Außer er war lebensmüde. Da gab es immerhin Potenzial in Cannstatt.

Minkin orderte im *Bootshaus* ein Weiherer Lager. Kam vom Kundmüller aus Viereth-Trunstadt. Das Lager kam Minkin vor wie die Mutter aller Weiherer Biere. Im Glas goldgelb. Roch nach Getreide. Beim Trinken kam eine leichte Hopfenbittere hinzu. Hatte nicht allzu viele Umdrehungen. Das perfekte Bier gegen den Durst.

Minkin studierte die Speisekarte. Entschied sich für die Rindsroulade mit Klößen. Die Rindsroulade war gefühlt von der gesamtdeutschen Speisekarte verschwunden. Minkin verband damit Erinnerungen an seine Kindheit. An Sonntagen machte seine verstorbene Mutter hin und wieder eine Rindsroulade mit Rotkraut und Kartoffelbrei. Nicht, dass seine Mutter eine passionierte Köchin gewesen wäre. Aber ein paar Gerichte gelangen ihr ganz gut. Die Roulade gehörte dazu. Minkin liebte es als Kind, auf dem Kartoffelbrei mit dem Löffel einen See zu formen. Einen Vulkankrater, der mit brauner Bratensoße gefüllt war. Mit der Gabel machte er dann ein kleines Loch in den Kraterrand, damit die Lava abfließen konnte. Jeder Mensch hat einen Haufen Erinnerungen, die untrennbar mit der Kindheit verbunden sind. Dieses Kartoffelbrei-Bratensoßen-Ding gehörte für Minkin dazu.

Das *Bootshaus* im Hain war gestopft voll, der Service trotzdem schnell. Keine Ahnung, wie die das hier hinbekamen in Franken. Hier waren offensichtlich noch nicht alle Servicekräfte in die Industrie abgewandert.

Die Rinderroulade war perfekt. Dünnes, mageres Rindfleisch. Gefüllt mit Speck, Zwiebeln und Gurken. Minkin legte im Allgemeinen wenig Wert auf Essen. Sieben Bier waren auch eine Mahlzeit. In Bamberg musste man die Regel noch mal überdenken. Neu formulieren. Sieben Bier *und* eine Mahlzeit.

Minkin versenkte den Rest des Tages buchstäblich im *Bootshaus*.

WIE HÄLTST DU'S MIT DER RELIGION?

Am nächsten Tag wachte Minkin mit einem ersten Kater seit langer Zeit auf. War nicht so schlimm wie erwartet. Matschbirne, okay. Mulmiges Gefühl in der Magengegend. Nichts Ernstes. Nicht dieses Ding, wo man schwört, nie wieder was anzurühren.

Minkin ging zum Wasserhahn und trank ein großes Glas. Blieb drin. Schon mal der erste Erfolg des Tages.

Er unternahm den Versuch, sich mit einem Einwegrasierer zu rasieren. Schnitt sich dabei. Ließ es bleiben. Interessierte vermutlich eh keinen, ob er rasiert war oder nicht. Er schaute auf die Uhr. War kurz nach neun.

Minkin hatte eine unkonkrete Vorstellung, wie er vom *Bootshaus* nach Hause gekommen war. Immerhin war er nicht in der Regnitz gelandet. Er zog ein sauberes dunkles T-Shirt an, einigermaßen saubere Jeans und die neuen Samba-Schuhe. Die Turntreter von Adidas. Seit ein paar Jahren gingen diese Schuhe als Sneaker durch, obwohl es die gleichen Schuhe waren wie vor fünfzig Jahren. Hatte Adi Dassler vermutlich noch höchstselbst entwickelt. Adolf »Adi« Dassler. Nur mal so für die Jüngeren zur Klarstellung, wo der Name Adidas herkommt. Adi war gemeinsam mit seinem Bruder Rudolf der Gründer des gleichnamigen Sportartikelherstellers aus dem fränkischen Herzogenaurach. Gab irgendwann Stress mit seinem Bruder. Hing mit einer Frau zusammen. Der Bruder ist dann raus und hat Puma gegründet. Paar Jahre nach dem Tod von Adi Dassler haben es seine Nachfahren versemmelt. Das Unternehmen war kurz vor der Pleite und die Erben mussten die Anteile für ein Nasenwasser verkaufen. Bissen sich heute vermutlich in den Arsch deswegen.

Minkin betrat den Frühstücksraum. Das Frühstücksbüfett schwitzte vor sich hin. Minkin war der einzige Gast. Er holte sich einen Kaffee aus einer Thermoskanne. Trank ihn sogar. Machte keinen Spaß. Das war auch nicht der Sinn. Essen ließ Minkin erst mal bleiben. Den Magen nicht unnötig reizen. Dietmar, der Concierge, Hausmeister, Mädchen für alles, erschien auf der Bildfläche. Musterte Minkin:

»Harten Abend gehabt?«

»Möglich.« Minkin kramte noch nach den Details.

»Wie war es beim Mariabräu gestern?«

»Läuft so gut, dass ich heute noch mal rübermache.«

»Bist du fit?«

»Topfit«, sagte Minkin und hob den Daumen nach oben.

Dietmar war nicht überzeugt. Verkniff sich eine Bemerkung über Minkins Zustand.

»Nimm noch was vom Büfett, bevor wir es abräumen.«

»Allerliebst, aber ich bin nicht so der Frühstücksmensch.«

Stimmte in Allgemeinen wie auch hier und heute im Besonderen.

Für einen Bankraub sollte man bequem angezogen sein, hatte Minkin gelesen. Was trägt man auf, wenn man die Jungfrau Maria entführt? Minkin trug dunkel, konnte man nicht viel falsch machen. Zumal er in seiner Reiseausstattung wenig Optionen hatte.

Minkin nahm nach einer weiteren Tasse Kaffee aus der Thermoskanne dieselbe Strecke zum Mariabräu wie am Vortag. Routine war die halbe Miete in seinem Job, Abwechslung die andere Hälfte. Regel *Numero uno* aus dem Handbuch der angehenden Privatdetektive.

Dauerte eine knappe Viertelstunde, dann stand Minkin vor der Brauerei. Das Geschrei auf dem Gehweg konnte er sich heute schenken. Baptist, der Eigentümer, erwartete ihn an der Hofeinfahrt. Noch war er Eigentümer. Die Karthäuser hatte das ganze Areal aber so gut wie erworben, musste praktisch nur noch notariell beurkundet werden.

»Du schon wieder«, begrüßte Baptist ihn.

»Hatte ich Ihnen doch versprochen«, sagte Minkin.

»Was gibts?«

»Neuigkeiten über die Flasche, denke, Sie sollten Ihre Einstellung zu mir überdenken.«

»Was weißt du?«

»Sollen wir das hier draußen besprechen?«

»Komm rein, aber wenn du mir Scheiße erzählst, trete ich dir in den Arsch.«

»Warten Sie es ab.«

»Streif deine Schuhe ab, mach keinen Dreck. Habe gerade geputzt.«

Sah nicht danach aus.

Baptist ging voraus und führte ihn in die Braustube. In eine Zeitkapsel, wie man sie hin und wieder noch vorfand in Franken. Holzvertäfelte Wände, Butzenscheiben in den Fenstern, abgewetzte Tische und Stühle, ein durchgetretener Eichendielenboden, historische Requisiten an den Wänden. Ein Porträt von Franz Josef Strauß. Jedes Heimatmuseum würde vor Glück weinen. Eine Sünde, dass das hier bald plattgemacht werden sollte.

»Setz dich.«

»Danke.«

Minkin nahm an einem der Tische Platz, dachte das Naheliegende, an ein Getränk. Baptist kam ihm zuvor.

»Du bist nicht zum Saufen hier. Also, was hast du?«

»Nun ja…« Minkin suchte nach diversen Füllwörtern.

»Irgendetwas stimmt nicht an der Geschichte mit der Laugenflasche.«

»Deshalb bist du hier, um mir das zu sagen?«, schnaubte Baptist bereits sichtlich ungehalten. Der Mann musste dringend mal einen Gang runterschalten. Irgendwohin zur Entschleunigung. Wandern. Oder Waldbaden.

»Ich habe keine Fakten, keine Beweise.« Wäre auch bisschen viel verlangt von Minkin, wäre nicht minkinesk.

»Habe ich von dir auch nicht erwartet.«

Erwartungsmanagement stimmte schon mal.

»Ich war auf dem Landratsamt hier in Bamberg«, sagte Minkin.

»Und?«

»Spröder Ort. Ungeschmeidiges Personal.«

Wollte Baptist ein wenig auf den Sack gehen mit seinen Ausführungen.

Der rollte mit den Augen.

»Jemand hatte was dagegen, dass ich auf dem Amt war und mich nach der Flasche mit Lauge erkundigt habe. Ich hatte Besuch.«

»Was für Besuch?«

»Keinen von der angenehmen Sorte.«

Minkin fasste sich kurz, schilderte seinen Besuch beim Landratsamt, sein Gespräch mit Frau Stühlmeyer. Den Auftritt der jungen Frau und ihres Begleiters im *Alt Wunderberg*. Dann sah er Baptist fragend an. Der war nicht sicher, was er davon halten sollte.

»Ist das Zufall?«, fragte Minkin.

»Natürlich nicht. Die Drecksäcke wollen verhindern, dass die Sauereien rauskommen. Die Lauge, die Sabotage auf der Kärwa und hier im Betrieb. Die stecken doch alle unter einer Decke.«

Jetzt hatte Minkin ihn: »Definitiv, alles ein Dreckspack.«

»Du scheinst da auf was gestoßen zu sein. Wenn du rausfindest, wer hinter den Sauereien steckt, dann soll es nicht dein Schaden sein.« Baptist rieb dabei Daumen und Zeigefinger aneinander. Das international anerkannte Zeichen für Zaster.

Minkin wollte reflexartig ablehnen, hatte aber seit seinem letzten Auftrag dazugelernt. Der Kluge lernt aus seinen Fehlern, der Dumme macht sie beim zweiten Mal nur noch besser. Minkin hielt die Klappe und nickte.

»Nichts dagegen.«

»Ich habe dich wohl unterschätzt. Du hast scheint es Potenzial.«

Es gab viel, das man Minkin nachsagen konnte. Potenzial?

»Wie heißt du eigentlich?«

»Ich bin Minkin.«

»Ich bin der Baptist.« Baptist streckte ihm die Hand entgegen. Minkin schlug ein.

»Freut mich, Baptist. Ich werde sehen, was ich tun kann, was ich finde. Gibt da aber noch eine Sache, die mich interessiert, abgesehen von einem Honorar.«

»Was denn?«

»Die Madonna aus der Kapelle.«

»Die Gipsfigur?«, fragte Baptist erstaunt. Schickte spöttisch hinterher: »Was willst du mit dem alten Gelump? Nimm Bargeld. Ist beständiger.«

Bei der Inflationsrate, weiß nicht, dachte Minkin. Das Bargeld verlor gerade rasant an Wert. Außerdem bestand sein originärer Auftrag darin, die Rote Madonna zu holen und bei der Franconia abzuliefern, die das Ding als ihre Schutzpatronin und Mutter des Fränkischen Bierwunders feierte. Für die fränkischen Brauer war das ein Kulturgut. Ein Schatz, wie für Gollum der Ring der Macht.

»Ich würde das Bargeld *und* die Madonna nehmen«, ergänzte Minkin.

»Wenn du meinst. Muss ich weniger Sperrmüll entsorgen.«

Mit der Religion hatte es der Baptist offenbar nicht so. Baptist, der Täufer? Sein Vorname passte nicht zu seiner Gesamteinstellung.

»Wir haben eine Abmachung?«, versicherte sich Minkin.

»Freili. Die Figur hat mir nur Unglück in mein Haus gebracht. Vielleicht hört das auf, wenn des Weib endlich von hier verschwindet.«

Minkin fragte nicht nach. Er kannte Baptists Hiobsgeschichte in groben Zügen. Die Ehefrau ging vor einigen Jahren in den Fluss. Ihre Leiche wurde nie gefunden. Die Tochter brennt mit dem Junior des Erzfeindes durch. War ebenfalls weg. Die Brauerei war pleite. Eine lange Familientradition ging damit zu Ende.

Dumm nur, dass die Typen immer glaubten, wenn die Frau weg wäre, würde alles besser werden. Das Gegenteil war meistens der Fall.

»Kann ich sie sehen?«

»Erwarte nicht zu viel. Ist keine Schönheit.« Baptist ging nach draußen.

Minkin folgte ihm über den Innenhof. Am anderen Ende des Betriebsgeländes stand eine alte Halle, ein riesiger Schuppen.

»Das ist die Kapelle?«, fragte Minkin.

»Da drin befindet sich die Kapelle. Kapelle ist zu viel gesagt.«

Umständlich öffnete Baptist das Tor zum Schuppen, das mit einem großen Vorhängeschloss abgesperrt war, mit einem alten, rostigen Schlüssel. Im Schuppen war trotz des schummrigen Lichts im Seitenschiff, um in der klerikalen

Diktion zu bleiben, eine Nische zu erkennen. Mochte nicht mehr als sechs bis acht Quadratmeter groß sein. War nicht das, was man von einer Kapelle erwartet hätte. Hatte den morbiden Charme einer Abstellkammer. Lag daran, dass sie genau als solche genutzt wurde. Stand allerhand Gerümpel darin herum, kaputte Stühle, Leergut, eine Reklametafel. Ein Emailschild. Abgebildet war ein Bauer mit Sense. Drauf stand: *Wer Bier trinkt, hilft der Landwirtschaft.* Am Ende der Nische befand sich in der Wand eingelassen eine kleine Grotte aus Naturstein. Mochte ein Meter hoch sein. Vielleicht einen halben Meter breit.

Minkin war gespannt, fast schon körperlich erregt. Wollte die Frau endlich kennenlernen. Problem: Die Grotte war leer. Fehlanzeige. Nada. Nichts. Nothing. Minkin sah fragend zu Baptist hinüber.

Der zuckte mit den Schultern. Ging ihm offensichtlich am Arsch vorbei: »Hat sich wohl aus dem Staub gemacht.«

Minkin verstand nicht auf Anhieb. »Heißt?«

»Keine Ahnung. Ist weg, siehst du doch.«

»Du weißt nicht, wo die Madonna ist?«

»Ich habe keinen blassen Schimmer.«

Das war der Zeitpunkt, an dem der Job ein wenig komplexer werden konnte, dachte Minkin. Nicht unlösbar. Aber komplexer.

»Irgendeine Idee?«

»Was kümmert es dich überhaupt?«

Konnte und wollte Minkin ihm nicht sagen.

»Was weiß denn ich, wo die Figur hin ist.«

»Genau das versuche ich ja herauszufinden«, sagte Minkin. »Wann hast du die Figur zum letzten Mal gesehen?«

Mann, Mann. Jetzt klang Minkin schon wie der junge Derrick. So sollte es nicht enden mit seiner Ermittlerkarriere. Fehlte bloß noch: »Harry, fahr den Wagen vor.«

Baptist antwortete mürrisch. »Weiß denn ich. Wie du gemerkt hast, komme ich nicht jeden Tag hierher, um ihr eine Kerze anzuzünden.«

Hatte sich Minkin fast gedacht.

»Als ich die Brauerei vorigen Monat dichtgemacht und die Sachen hier reingetragen habe, da stand sie noch in ihrer Grotte.«

Minkin überlegte. »Schätze mal, nachdem du die Brauerei dichtgemacht hast, war hier keiner mehr drin.«

»Hier ist niemand mehr auf den Hof gekommen. Außerdem ist der Schuppen abgesperrt. Da hab nur ich den Schlüssel an meinem Bund.«

»Wohnst du allein?«

»Ganz allein, seit meine Tochter mich verlassen hat.«

»Wie lang ist das her?«

»Drei Wochen, ein Tag und vier Stunden.«

Schien ihm nicht komplett egal zu sein, dass seine Tochter weg war. Erinnerte Minkin an den Song *Emely Kane* der britischen Band *Art Brut.* Geht darin um eine verpasste Jugendliebe. Der Sänger weiß auf die Sekunde genau, wie lang es her ist, seit er diese Emely zum letzten Mal gesehen hat. »Ich habe sie nicht mehr gesehen seit zehn Jahren, neun Monaten, drei Wochen, vier Tagen, sechs Stunden, dreizehn Minuten, fünf Sekunden.« Muss vermutlich was Großes gewesen sein. So ähnlich hörte sich das bei Baptist und seiner Tochter an.

»Könnte sie die Madonna haben?«

»Möglich.«

»Wie hält sie es mit der Religion?«

Baptist schüttelte den Kopf: »Sie glaubt an den Schwindel. Da ist die Mutter schuld und ihre Betschwestern, die hat sie jeden Sonntag in die Kirche geschleppt. Sommers auf die Wallfahrt nach Gößweinstein. Ich habe sie öfters hier erwischt, wie sie vor der Madonna kniete. Die Rote Madonna war für Vanessa eine Art Ersatzmutter, muss man sich mal vorstellen. Dass Vanessa nicht ins Kloster gegangen ist, das ist alles. Aber da hat ja der junge Altenburger Brauer dafür gesorgt, dass nichts draus wird«, endete Baptist sarkastisch.

»Hast du eine Idee, wo sie sein könnte?«

»Da fragst du den Lümmel. Mit dem wird sie durchgebrannt sein.«

Minkin hatte langsam genug von Baptist und seiner zur Schau gestellten Abneigung gegen den Freund seiner Tochter.

»Nichts gegen ein gut gepflegtes Vorurteil, Baptist, aber kennst du den Jungen überhaupt?«

»Ich kenne seinen Vater, den Drecksack. Das langt mir allemal. Ich habe des Mensch seit Wochen nicht gesehen. Von mir aus kann das so bleiben.«

Harte Worte, dachte Minkin. Die auf jeden Fall gelogen waren. Welcher Vater würde seine Tochter aufgeben, weil sie mit dem Sohn des Erzfeindes durchbrannte? Musste man schon ziemlich verbohrt und dumm sein. Konnte man bei Baptist nicht ganz ausschließen. Trotzdem kaufte Minkin ihm das nicht ab. Bohrte nach.

»Deine Frau ist vor einigen Jahren gestorben, jetzt die Tochter fort. Und du erzählst mir, dass dir das Verschwinden nichts ausmacht? Ehrlich jetzt?«

Baptist sah ihn an. War das Pipi in den Augen? Minkin hatte es wohl übertrieben.

»Glaubst du, das tut es nicht?«, sagte Baptist.

»Kaum«, schüttelte Minkin den Kopf. »Ich frage mich eher, wie du weitermachst.«

Baptist blickte zu Minkin herüber, sagte mit müden Augen: »Ich mache weiter, so gut es eben geht. Wie wir alle.«

Minkin verließ den Schuppen. Schwerer, als er ihn betreten hatte. Stand draußen auf dem Brauereiareal. Froh, wieder an der frischen Luft zu sein. Blickte umher.

»Wie groß ist das Grundstück hier?«

»An die 20.000 Quadratmeter.«

Waren fast drei Fußballfelder. Im Mittelpunkt stand der rote Backsteinbau mit seinem Stufengiebel. Gründerzeitarchitektur. War damals modern und war immer noch beeindruckend anzusehen. Das Gelände bot vermutlich eine der letzten Flächenreserven in der Nähe der Innenstadt.

»Was soll mit dem Gelände passieren?«

»Da fragst du den neuen Eigentümer, die Karthäuser oder die Senator Immobilienentwicklung.«

Im Grunde wusste er es schon. Auf drei Fußballfelder konnte ein Immobilienentwickler jede Menge exklusive Lofts mit Gründerzeitambiente hinstellen. Das war bedauerlich, aber nicht Minkins Problem. Er musste die Tochter von Baptist finden, um an die Madonna heranzukommen. War zumindest eine Spur.

Die Madonna war das Einzige, das ihn interessierte. Minkin hatte sich auf ein doppeltes Spiel eingelassen. Wenn ihm die junge Frau aus dem Hotel die Madonna lieferte, würde er nicht weiter nachbohren, was es mit der Sabotage beim Mariabräu auf sich hatte. Okay, das war nicht Minkins Stil, eigentlich. Er hoffte, dass der Zweck diesmal die Mittel heiligte.

Aber wann ging der Quatsch jemals auf?

Minkin ging Richtung Ausgang, wollte das Brauereigelände verlassen, als Baptist ihm hinterherrief: »Was ist mit mir? Du wolltest mir bei der Laugenflasche helfen. Bei der Aufklärung der Sabotage. Wir haben eine Abmachung.«

»Die *hatten* wir. Du hast deinen Teil schon mal verkackt.«

Klang härter als Minkin tatsächlich war. Minkin hatte Dutzende von Krimis mit einsamen Außenseitern gelesen. Privatdetektive, die dem Alkohol verfallen waren. Die Leber war verrutscht, aber das Herz trugen diese Jungs am rechten Fleck. Minkin tendierte in diese Richtung, hatte aber außer seinem Hang zu geistigen Getränken wenig Gemeinsamkeiten mit den Ermittlerfiguren. Außer Beharrlichkeit. Diese Eigenschaft konnte man ihm nicht absprechen. Wenn er einmal angefangen hatte, in einem Misthaufen zu wühlen, dann wollte er die ganze Scheiße sehen. Würde bei der Sache mit dem Laugenflaschenattentat nicht anders werden. Irgendjemand hatte die mit Lauge präparierte Bierflasche des Mariabräu am Landratsamt abgegeben. Den Untergang damit ins Rollen gebracht. Minkin würde herausfinden, wer. Auch wenn es wie immer nicht mehr als ein Zufallsfund werden würde, ein ermittlungstechnischer Beifang. Zuallererst musste Minkin aber die Madonna finden. Das war sein Job. Darauf kam es jetzt an.

Wir müssen gewinnen. Alles andere ist primär. Um es mit dem ehemaligen österreichischen Fußballspieler Hans Krankl zu sagen.

SCHLENKERLA

Eine halbe Stunde später stand Minkin vor dem *Schlenkerla*. Marius, der junge Mann aus dem Hotel, hatte ihm geraten, dort einen Abstecher zu machen. Gehörte zum Pflichtprogramm.

Das *Schlenkerla* lag mitten in der Altstadt, praktisch zu Füßen des Doms. Der Innenhof war schon um die Mittagszeit rappelvoll. Asiaten, Amerikaner, jede Menge Touristen. Die Brauerei war weltberühmt. Minkin traute dem nicht ganz. Gab vermutlich bessere Orte in Bamberg, um Bier zu trinken. Allerdings fühlte sich ein Bambergaufenthalt ohne ein *Schlenkerla* seltsam an, da lag Marius richtig.

Minkin nahm drinnen Platz. Orderte bei der Bedienung ein Rauchbier. Während er auf sein Getränk wartete, ließ er seinen Blick durch den Raum schweifen. Der Raum sah aus wie eine Kapelle mit seinem Kreuzgewölbe, den Deckenmalereien.

War einigermaßen beeindruckend.

»Ist hier noch frei?«

Vor ihm stand ein groß gewachsener, stämmiger Typ in Ledertracht. War denn schon wieder Fasching? Minkin wollte seine Ruhe haben, den Fall sortieren. Die Gaststube war im Vergleich zum Innenhof geradezu verwaist. Ein paar Rentner beim Mittagstisch.

Warum wollte der Typ hier sitzen?

Minkin nickte widerwillig.

Der Trachtenträger nahm Platz und hob zu einem Monolog über die Brauerei an.

»Das hier ist die Dominikanerklause. Die Klause war früher die Hauskapelle des angrenzenden Dominikanerklosters. Diente den Mönchen zum täglichen Gebet. Die Brauerei hier gibt es schon über 600 Jahre, erstmals 1405 erwähnt.«

Kann man wissen, muss man nicht.

»Das *Schlenkerla* ist eine Privatbrauerei, typisch für die fränkischen Brauereien. Noch, muss man sagen. Eigentlich heißt die Brauerei Heller. Aber jeder nennt sie *Schlenkerla*. Weißt du, wo der Name *Schlenkerla* herkommt?«

Nicht die Bohne wusste Minkin darüber. Schüttelte mit dem Kopf.

»Der Namen *Schlenkerla* war ursprünglich ein Spottname für einen Brauer. Die Gäste nannten einen früheren Brauer wegen seines schlenkernden Gangs, der Folge eines Unfalls war, Schlenkerla. Mit der Zeit übertrug sich der Name auf die Brauerei und das rauchige Bier. Das Schlenkerla Rauchbier im Brauereiausschank wird noch direkt vom Eichenholzfass gezapft. Die Lagerung des Rauchbieres findet in den jahrhundertealten Stollen unter dem Stephansberg statt. Und das Rauchmalz wird selbst produziert.«

Wie so oft in Minkins Ermittlungen waren diese Informationen nicht zielführend. Aber auch kein unnützes Wissen. War kein langweiliger Börsenquatsch. Irgendwann konnte man das garantiert einmal hervorkramen.

Die Bedienung kam mit zwei Gläsern. Das Bier hatte eine dunkelbraune Farbe. Ordentlich Schaum obendrauf. Nicht der feinporige, weiße Schaum, den man vom Hellen oder Pils kannte. Die Farbe des Schaums erinnerte eher an die mattgelben Zähne eines Kettenrauchers.

»Zum Wohl.«

Wir werden sehen, dachte Minkin. Er nahm einen kräftigen Schluck.

»Schmeckt es dir?«

Minkin war sich nicht sicher. Versuchte, es einzuordnen. »Interessant.« Was im Grunde ein anderes Wort für ungenießbar war. Klang nur höflicher. »Erinnert mich an Schwarzwälder Schinken.«

Das Bier machte dich praktisch zum Raucher.

»Gewöhnst dich dran. Das zweite Seidla schmeckt besser als das erste und das dritte besser als das zweite.«

Alte Bamberger Trinkerweisheit. Minkin war nicht überzeugt.

»Der Rauchgeschmack kommt vom Gerstenmalz. Speziell für Rauchbiere wird es direkt über brennenden Buchenscheiten gedarrt. Der aufsteigende Rauch verleiht dem Malz die Räucherwürze, die den speckigen Geschmack im Bier erzeugt.«

»Erinnert mich eher an einen Ballen Torf.«

»Torfig ist der Smoky Georg vom Rittmayer aus Hallerndorf. Das Bier wird mit getorftem, schottischen Malz hergestellt. Das ist noch mal ein anderes Kaliber.«

Minkin war hier an eine seltene Spezies des schwatzhaften Franken geraten.

»Woher wissen Sie den ganzen Kram?«

»Ich habe damit zu tun, beruflich.«

Wie vermutlich jeder Zweite hier in der Stadt.

»Ich bin Franz Wildensorg der Jüngere.«

Franz Wildensorg der Jüngere? Was ein Name. Machte auf Lucas Cranach. Auch ein Oberfranke. Üppige Namenswahl war hier immer noch in Mode.

»Nenn mich Franz.«

»Ich bin Minkin.«

»Ich weiß.«

War nicht so, dass Minkin jetzt komplett überrascht war. Versuchte es auch gar nicht.

»Wieso überrascht mich das nicht?«

»Nun ja, du bist schlau und hast ein gutes Gespür.«

Wenn man Minkin zwei Sachen nicht vorwerfen konnte, dann waren das Schläue und ein gutes Gespür. Ein Gespür für Ärger, das noch am ehesten.

»Was verschafft mir die Ehre?«

»Es ist mir eine Ehre.«

Wenn ein Typ in den Fünfzigern, noch dazu in den schlechten Fünfzigern, sich dermaßen an dich ranschmeißt, kann das nur bedeuten, er will was von dir oder er hat schlechte Neuigkeiten für dich. Im dümmsten Fall beides. Minkin war misstrauisch.

»Wie kommen Sie drauf?«, fragte Minkin nach.

»Du bist der Mann, der das Heilige Fass gefunden hat, oder?«

»Wenn es so wäre?«, sagte Minkin.

Und die Weltformel des Bieres hatte er auch in Sicherheit gebracht. Da waren sogar noch ein, zwei Sachen mehr, die er gefunden hatte, dachte Minkin. Aber er wollte nicht aufschneiden.

Noch nicht.

»Warum interessiert dich das?«, fragte Minkin.

»Ich bin dein Auftraggeber.«

»Du bist die Franconia?«

»Ich gehöre ihr an, ja. Du sollst für uns die Rote Madonna finden, unsere Schutzpatronin, die Mutter des Fränkischen Bierwunders.«

»Dann habe ich schlechte Neuigkeiten.«

»Welche?«

»Die Madonna ist weg.«

»Was heißt ›weg‹?«, fragte sein Gegenüber konsterniert.

Was konnte man daran nicht verstehen? »Ich war in der Kapelle auf dem Brauereigelände.«

»Und?«

»Die Nische ist leer.«

Franz Wildensorg der Jüngere war schockiert. Er musste sich sortieren. Woran man das erkannte? Er leerte das Schlenkerla Rauchbier in einem Zug. Die fränkische Art nachzudenken, sich den Kopf über etwas zu zerbrechen.

»Idee, wo sie stecken könnte?«

»Idee, das wäre zu viel gesagt«, sagte Minkin.

»Was dann?«

»Eher eine Vermutung.«

Minkin machte eine Pause.

»Werde ich es heute noch erfahren?«

»Der Besitzer des Mariabräu hat eine Tochter, die Vanessa. Sie ist vor ein paar Wochen abgehauen. Kann sein, dass die Kleine das Ding mitgenommen hat aus der Kapelle.«

Die eigentlich keine Kapelle war, eher eine Abstellkammer. War der Gipsfigur jedenfalls nicht angemessen. Konnte man zum Katholizismus und zur Marienverehrung stehen, wie man wollte.

»Die Vanessa hat die Madonna?«, sagte Franz Wildensorg der Jüngere entgeistert.

»Eine Möglichkeit, ja. Kennst du das Mädchen?«

Diesmal ließ sich Franz Wildensorg der Jüngere Zeit mit der Antwort.

»Sie ist die Freundin meines Sohnes.«

Dauerte einen Moment bei Minkin.

»Dann gehört dir die Altenburger Schlossbrauerei? Du bist der Altenburger Brauer?«

Franz Wildensorg der Jüngere nickte.

»Was hältst du von der Liaison deines Sohnes mit der Tochter von Baptist?«

Franz Wildensorg der Jüngere machte eine kurze rhetorische Pause.

»Welcher Sohn?«

Das Alter sollte klug machen. Das Gegenteil war der Fall. Franz Wildensorg der Jüngere war der Inhaber der Altenburger Schlossbrauerei in Bamberg. Er war spinnefeind mit Baptist vom Mariabräu. Lagen so sehr über Kreuz, dass sie von ihren Kindern nichts mehr wissen wollten, nachdem sie erfahren hatten, dass die beiden ein Paar waren. Vollidioten. Offensichtlich perpetuierten sich die schlechten Eigenschaften im Alter. Zur Dummheit gesellten sich häufig noch Verbohrtheit und Bosheit hinzu.

AUF DER SUCHE NACH VANESSA

Am nächsten Morgen wachte Minkin mit einem leichten Kater auf. Das *Schlenkerla* des Vortages machte sich bemerkbar. Nichts Ernstes, aber beim nächsten Besuch des *Schlenkerla* wollte Minkin es langsamer angehen lassen. Das dritte Seidla sollte besser schmecken als das erste und das zweite. War eher so, dass der Schinkengeschmack beim dritten weniger störte. Minkin dachte an die Brauereigaststätte. Ein außergewöhnlicher Ort.

Konnte sich nicht erinnern, dass es etwas Derartiges in seiner Heimatstadt gab. Der *Brauereiausschank Ketterer* in der Stuttgarter Marienstraße ging damals in die Richtung. Legendäre Gaststätte. Mit Gemälden aus den Dreißigerjahren. Platz für an die fünfhundert Gäste. Erinnerte an die großen Münchner Brauhäuser. War inzwischen Geschichte. Wurde verkauft, um einer Burgerkette Platz zu machen. Mit dem Segen des Denkmalamtes. Das wenige an Bausubstanz, das die Bomben der Alliierten überlebt hatte, erledigte nach und nach zuverlässig die Stadtverwaltung mithilfe eines Investors. Gab offensichtlich zu wenig Burgerläden in Minkins Heimatstadt. Gut, dass sich da mal endlich jemand drum kümmerte. Was gegen den Burger-Notstand unternahm.

Minkins Job war, sich um die Gipsfigur zu kümmern. Wäre er ein paar Wochen eher in Bamberg aufgeschlagen, wäre das Baby vermutlich schon in Sicherheit. So konnte es noch ein wenig dauern, bis er wieder zu Hause war. Das heißt: in der Botnanger *Waldklause*.

Minkin musste Vanessa ausfindig machen. Wo anfangen? In welcher Stecknadel sollte man den Heuhaufen finden? Minkin griff zu seinem Siemens Mobiltelefon. Wählte die Nummer des Mariabräu.

Dauerte eine Weile, bis Baptist dranging.

»Ja?«

»Ich bin es, Minkin.«

»Was willst du?«

»Ihre Tochter, die Vanessa.«

»Was ist mit ihr?«

»Ich mache mich auf die Suche nach ihr. Gibt es Freunde, wo sie sein könnte? Verwandtschaft?«

»Verwandtschaft? Mit der Blase habe ich nichts mehr zu schaffen. Sind doch ohnehin nur scharf auf mein Geld«, entgegnete Baptist verächtlich.

Welches Geld, dachte Minkin. Du bist bankrott! Minkin verkniff sich den Kommentar.

»Eine beste Freundin?«

»Ab einem bestimmten Alter erzählen die Kinder ihrem Vater nicht mehr alles.«

Kam vermutlich auch auf den Vater an, dachte Minkin.

»Früher war Vanessa viel mit Hermine von gegenüber zusammen. Praktisch jede freie Minute.«

Wer um alles in der Welt nannte sein Kind Hermine, wollte Minkin fragen. Ließ es sein.

»Wo wohnt das Mädchen?«

»Gleich hier in der Nähe der Brauerei. Die Straße runter. Das erste Haus auf der rechten Seite. Wenn sie da noch wohnt.«

»Warum denn nicht?«

»Ist so alt wie meine Tochter. Praktisch volljährig. Kann machen, was sie will. Und ihr Alter, da würde ich keinen Tag länger als nötig bleiben.«

Sagte der Richtige, dachte Minkin. Ein Versuch war es wert.

Minkin verabschiedete sich und machte sich auf den Weg zum Haus von Hermine.

Eine halbe Stunde später stand er vor dem Gebäude, in dem sie wohnen sollte.

Der Planet brannte erbarmungslos. Klima gab es schon immer. In seiner Kindheit hatte Minkin mehrfach die Gelegenheit gehabt, sich einen Sonnenbrand zu holen. Er hatte sie genutzt. Seit ein paar Jahren war es anders. Die Niederschläge nahmen ab oder kamen in Sturzbächen vom Himmel, die heißen Tage nahmen zu. Woran Minkin das merkte? An den gottverdammten Wespen, die diesen Sommer eine neue Klimax erreichten. Kaum saß man in der Außengastro, kamen die Viecher. Standen unter Naturschutz. Kann mir das mal jemand erklären, dachte Minkin. Was kam als Nächstes? Zecken auf die Liste der bedrohten Tierarten zu setzen?

Das Erste, was Minkin an Hermines Haus auffiel, war die Fußmatte vor der Eingangstür. War mit folgendem Text bedruckt: *Herzlich willkommen wäre übertrieben.* Gefiel Minkin. Wusste man gleich, woran man war.

Minkin klingelte. Tat sich nix. Er versuchte es erneut. Dauerte ein paar Minuten, bis sich im ersten Obergeschoss das Fenster öffnete und jemand runterbrüllte:

»Haben Sie nix Besseres zu tun, als hier Sturm zu klingeln?«

Minkin trat einen Schritt zurück und wäre dabei fast von einem vorbeifahrenden DHL-Transporter angefahren worden.

»Tschuldigen Sie, wollte nicht stören.«

»Das haben Sie schon mal versaut.«

Aus dem Fenster lehnte ein fleischiger Kerl mit langen,

fettigen Resthaaren in einem Feinrippunterhemd. Erinnerte an eine ungepflegte Version von Anton Hofreiter. Nichts gegen Hofreiter und nichts gegen Klischees. War nur immer wieder überraschend, wie oft sie zutrafen.

»Mein Name ist Minkin, der Baptist vom Mariabräu schickt mich, kann ich kurz reinkommen, mit Ihnen sprechen, geht um Hermine.«

Dauerte weitere fünf Minuten, bis die Eingangstür umständlich aufgeschlossen wurde.

Vor ihm stand ein Mann, der seine besten Jahre eindeutig hinter sich hatte. Falls es die jemals gab. Das Feinripp mochte einmal weiß gewesen sein. Jetzt hatte es ein speckiges Gelb angenommen. Minkin spürte kein Verlangen, in die Wohnung einzutreten. Wurde auch nicht aufgefordert.

»Was wollen Sie von Hermine?«

»Ich bin auf der Suche nach einer Freundin von ihr, der Vanessa, Baptists Tochter. Sie ist seit einigen Wochen verschwunden?«

»Verschwunden, wie meinen Sie das?«

»Sie ist nicht mehr aufgetaucht. Hat sich nicht abgemeldet. Ihr Vater weiß nicht, wo sie steckt.«

»Was hat Hermine damit zu tun?«

»Vielleicht hat sie eine Idee, wo sie sein könnte.«

»Glaub' ich kaum.«

»Warum ist das so abwegig?«

»Früher, da waren die beiden eng. Unzertrennlich. Das ist Jahre her.«

»Kann ich trotzdem mit ihr sprechen?«

»Sie wohnt nicht mehr hier.«

Kein Wunder bei dem Vater.

»Wo wohnt sie?«

»Im Studentenwohnheim in der Judenstraße, hier in Bamberg.«

Weit weg hatte sie es nicht geschafft, dachte Minkin. Vermutlich war alles besser, als hier mit ihrem Vater zu hausen.

»Danke.«

»Nichts zu danken. Die Vanessa war in Ordnung. Ein feines Mädchen. Bis das mit ihrer Mutter war. Dann wurde sie schwermütig. Ist das nie ganz losgeworden. Wir hatten immer die Angst, dass sie sich was antut. Dass sie auch in den Fluss geht.«

Ihre Mutter war vor mehr als fünf Jahren in der Regnitz ertrunken, soviel wusste Minkin. Das Mädchen musste dreizehn, vierzehn Jahre alt gewesen sein. So etwas konnte dem Leben vermutlich eine ziemliche Wendung geben. In die falsche Richtung.

»Wissen Sie, was passiert ist?«

Der Mann schüttelte sein fettiges Resthaar.

»Fragen Sie den Vater, warum seine Frau ins Wasser gegangen ist.«

Könnte Minkin versuchen. Obwohl es ihn im Grunde nichts anging.

»Der wird es mir kaum sagen.«

»Gab Gerüchte, damals. Dass die Mutter der Vanessa den Baptist verlassen wollte.«

»Warum?«

»Sie haben ihn kennengelernt, oder?«

War eine Erklärung.

»Der Altenburger Brauer hat wohl auch eine Rolle gespielt.«

»Hatten die beiden eine Affäre?«

»Habe eh schon zuviel gequatscht. Machen Sie, dass Sie verschwinden.« Dann schlug er Minkin die Tür vor der Nase zu.

Das Thermometer war weitergestiegen, während Minkin

auf dem Gehweg stand. Waren über 30 Grad Celsius. Der Klimawandel drohte nicht, er war bereits da.

Es war kurz nach 12 Uhr mittags. *High Noon*. Vermutlich der beste Western, der je gedreht wurde. Mit Gary Cooper in der Hauptrolle. Der mit seinem Schauspiel den Typus des gebrochenen Helden in die Filmgeschichte einführte.

Minkin wog ab, wie gut die Chancen stehen würden, eine Studentin um die Mittagszeit im Wohnheim anzutreffen. Welche Chancen? War unwahrscheinlich, überhaupt jemanden dort anzutreffen! Wenn die Studentin einigermaßen normal tickte, war sie spät aufgestanden und danach an einen Baggersee oder an eine der Badestellen an der Regnitz gegangen. Es war August, vorlesungsfreie Zeit. In der Bibliothek stickig und heiß. Insofern war alles andere komplett abwegig.

Minkin beschloss, es am Abend zu versuchen. Da gab es vermutlich einen kurzen Slot zwischen Badeschluss und Partybeginn, in dem man eine Studentin zu Hause antreffen konnte.

Den Slot musste man eben erwischen.

IN DER SCHWEMM

Minkin hatte es nicht so mit dem Baden. Hielt es für eine gute Idee, den Nachmittag mit einem Getränk zu begrüßen.

Das *Mahrs* war nicht weit entfernt. Minkin hatte gute Erinnerungen. Die waren erst ein paar Tage alt. Nach einer Viertelstunde hatte er das Lokal erreicht. Der Biergarten war wieder rappelvoll, kein einziger Tisch frei.

Im Flur der Wirtschaft war noch Platz. Minkin hatte von der Tradition der Stehgammler gehört, die im Durchgang zum Brauereiwirtshaus standen und ihr Bier tranken. Der Flur wurde auch nicht Flur genannt, sondern »Schwemm«. Die Gäste, die dort ihr Getränk nahmen, nannte man Stehgammler. Oder Stammsteher. Waren eine Institution im *Mahrs*. Gehörten praktisch zum Inventar. Immaterielles Bamberger Kulturerbe. Kurz davor, auf einer UNESCO-Liste zu landen. Standen auf einer Stufe mit dem Dom. Wer keine Lust auf das Wirtshaus hatte oder keinen Platz im Biergarten fand, der holte sich sein Getränk an der Theke und trank es draußen in der Schwemm. Ein Stammtisch im Stehen.

Die Schwemme war der Bereich, in dem in Brauereigaststätten früher die Bierfässer aufgestellt waren. Beim Zapfen gab es dort, je nach Geschicklichkeit des Zapfers, ab und zu eine »Überschwemmung«. Das war zumindest eine Erklärung für den Namen »Schwemme«. Häufig verbarg sich dahinter auch der eher abwertende Begriff für eine Schankwirtschaft mit einfachem Standard, in der man sozial schwache Schichten vorfand.

Minkin dachte unweigerlich an die *Schwemme* in Cannstatt. Einfacher Standard, okay. Das passte. Aber wer wirtschaftlich schwach war, war nicht unbedingt sozial schwach. Jemand mit wenig Geld konnte sozial sein. Ein Millionär asozial. Vermutlich wären eher die Menschen sozial schwach, die mit dem eigenen Privatflieger auf eine Hochzeit nach Sylt flogen, als diejenigen, die mit dem 9-Euro-Ticket im Regionalexpress auf die Insel fuhren und den Sixpack vorm Supermarkt leerten.

Minkin holte sich ein Seidla »aU« im Wirtshaus, stellte sich an einen der Stehtische. Die Vorteile des Trinkens im Stehen lagen auf der Hand. Gab keine Stühle, konnte man schon nicht versacken. Gut für den Rücken war es allemal. Besser als das ständige Sitzen. Stehtrinken war praktisch Rückenschule und Antidehydrationstraining in einem Aufwasch. Müsste die AOK eigentlich bezuschussen. Musste man denen mal sagen. Könnten ein Bonusheft einführen. Wie beim Zahnarzt. Da gab es für jeden Zahnarztbesuch pro Jahr einen Stempel. Und wenn man das Heft voll hatte, gab es beim nächsten Zahnersatz die Krone aus Gold statt aus Keramik. Könnte die AOK auch hier machen. Für jedes Stehbier einen Stempel vom Wirt abholen. Jedes zehnte Getränk dann auf die Krankenkasse schreiben. Auf sowas kam der Corporate Think Tank, die firmeninterne Denkfabrik der AOK, nicht. Machten ständig was mit Digitalisierung, erfanden eine neue App. War Unsinn. Sollten mal ein intelligentes Bonussystem erfinden.

»Ganz schöne Hitze heute.« War keine Frage an Minkin. War eine Begrüßung, als er sich an einen Stehtisch gesellte. Wetter ging immer als Small Talk. Wobei auch das Wetter ein dünner Ast war, heutzutage. Ein heißes Eisen. Im wahrsten Sinne. Selbst der Small Talk übers Wetter war politisch.

Dauerte kaum eine Minute, bis einer der Gäste anfing, ihm das Ohr abzukauen. Hier in der *Schwemme* hatte offensichtlich jeder Stehgammler eine Geschichte zu erzählen. Minkin wünschte nur, nicht jeder müsste ihm die Geschichte mitteilen.

»Die Landwirtschaft, weißt du, die hat doch die größten Sorgen mit der Hitze, dem Klima, der Trockenheit. Gerade bei uns in Franken haben wir solche Gegenden. In Mainfranken zum Beispiel, ich komme aus der Landwirtschaft. Weißt du, was das heißt?«

Nicht genau. Minkin nickte während des Monologs immer wieder mal an Stellen, an denen es ihm opportun erschien. Schüttelte hin und wieder auch den Kopf, um authentischer zu wirken.

»Wüste, dann haben wir hier eine Wüste Gobi in Unterfranken. Da ist jetzt schon die Wüste Bayerns. In der Gegend um Schweinfurt fällt so wenig Regen wie in Jordanien. Jordanien, weißt du, wo das liegt?«

Minkin musste raten: »In der Nähe von Saudi-Arabien? Israel?«

»Genau. Und bei uns in Oberfranken ist es auch nicht viel besser. Geh doch mal in Wald. Warst du schon mal im Wald hier? Die Wälder in Oberfranken sind geschädigt. Die Kiefern, die Fichten. Ich komme aus der Forstwirtschaft. Jetzt sagst du, letztes Jahr, 2021, hat es viel geregnet.«

Das sagte Minkin nicht, aber ließ es mal so stehen.

»Aber wenn es regnet, dann regnet es gleich zu stark. Wie in Mittelfranken letztes Jahr. An der Aisch stieg das Wasser rasend schnell an und hat in den Dörfern viel zerstört. Hast du die Bilder gesehen im Fernsehen?«

Minkin schüttelte den Kopf.

»Solche Bilder wird es künftig öfters geben. Das ist Physik.«

Physiker war er also auch noch, dachte Minkin. Mann, Mann, ein Multitalent.

»Das hat mit den steigenden Temperaturen zu tun. Wenn es wärmer ist, verdunstet mehr Wasser. Das heißt, es ist auch viel mehr Wasser in der Luft, verstehst. Und das kann bei Gewitterregen schnell zu Überschwemmungen führen.«

Wenn man dem Mann noch weiter zuhören würde, konnte man ernsthaft schlecht draufkommen. Klar, die Aussichten waren düster. Aber hey, mal einen Gang runter schalten wäre auch okay.

Minkin leerte sein Glas und ging in den Biergarten, um zu sehen, ob ein Platz frei war. Einer der Tische wurde gerade abgeräumt. Minkin erkannte die Bedienung. War dieselbe, die ihn vor zwei Tagen bedient hatte.

Sie erkannte ihn ebenfalls.

»Hier gibt es Platz.«

Ließ sich Minkin nicht zweimal sagen.

»aU und zwa Klöß?«

»Wäre großartig.«

Innerhalb von Minuten hatte Minkin das Seidla.

»Zum Wohl. Wie gefällt dir dein Bamberg-Trip bisher?«

»Ausgezeichnet.«

»Schöne Unterkunft?«

»*Hotel Alt Wunderberg.*«

»Kenne ich, gute Wahl«, sagte die Bedienung.

Fand Minkin auch. Er fühlte sich dort wohl. Wurde umsorgt.

Minkin dachte daran, bei der Frau hier was zu versuchen. Ich meine, sie fragt mich, in welchem Hotel ich wohne. Das ging doch weit über die professionelle Freundlichkeit in der Gastronomie hinaus. Waren eindeutige Signale, die gesendet wurden. Bildete Minkin sich doch nicht ein. Hatte er Antennen für. War bekannt. Minkin war gut darin Chancen zu wittern. Gab nur eine Sache, in der er noch besser war. Im Versemmeln der Chancen. Die Frau war schätzungsweise ein paar Jahre jünger als er. Bisschen kräftig um die Hüften. Störte Minkin nicht. Im Gegenteil. Ihre blonden Haare hatte sie zu einem Dutt gebunden. Gab ihr eine gewisse Strenge. Trug eine weiße Bluse unter einem Trachtenkleid. Stand ihr hervorragend.

Paar Minuten später brachte sie die Klöße.

»So, der Herr, hier sind die beiden Klöße. Sonst noch einen Wunsch?«

Ging es noch direkter?

»Äh, ja, also nein. Im Moment bin ich super happy.« Was ist das denn für ein Gebrabbel? Super happy? Hatte Minkin sich noch nie sagen hören. Versuchte es damit: »Du hast ja auch echt viel zu tun. Der Biergarten ist ja super voll. Wahnsinn, wie super du das alles hinbekommst.«

Minkin und Flirten war so eine Sache. Es war nicht wie Yin und Yang. Eher wie Feuer und Wasser. Aber bisschen Verständnis zeigen, bisschen Lob austeilen. Was konnte daran falsch sein?

»Da sagst du was. Und des schon am Mittag. Abends stehen die Leute Schlange draußen aufm Gehweg.«

»Läuft gut bei euch.«

»Steckt viel Arbeit drin. Die Inhaber machen vieles richtig. So ein Betrieb läuft nicht von allein, auch in Franken sterben die Brauereien nach und nach weg. Gerade die inhabergeführten Unternehmen. Wir hatten in Franken Anfang der Neunziger noch fast 380 Brauereien, jetzt, rund dreißig Jahre später, sind es noch weniger als 250. Die Corona-Spätfolgen und die Energiekrise, wird noch mal einige Betriebe zur Aufgabe zwingen.«

Das fränkische Brauereiwunder war angezählt, seit Jahren schon. War Minkin nicht verborgen geblieben. Aus dem Brauereiwunder war tendenziell ein Brauereisterben geworden. Konnte die Schutzpatronin nicht alles alleine richten, so sehr sie sich auch anstrengte. Jüngstes Opfer war das Mariabräu. Dort war nichts mehr zu machen. War auch nicht Minkins Job. Diesmal würde er sich strikt an seinen Auftrag halten. Das machen, wofür man ihn bezahlte. Nicht nach rechts schauen. Nicht nach links.

Einfach die Figur holen und gut war es.

»Ich muss weiterarbeiten, sonst kriech ich Ärger.«

»Wollte dich nicht aufhalten, sorry.«

Minkin erwog nach dem zweiten Mittagsbierchen ein drittes. Konnte sich bremsen, wollte keinen schlechten Eindruck hinterlassen. Gab beim Bezahlen großzügig Trinkgeld und verabschiedete sich vielsagend:

»Auf Wiedersehen.«

»Das hoffe ich doch!«

Wenn es noch eines weiteren Beweises bedurft hätte für gegenseitige Sympathie: voilà!

STUDENTENWOHNHEIM, JUDENSTRASSE

Nach einer kurzen mehrstündigen Mittagspause ging Minkin in Richtung Studentenwohnheim in der Judenstraße. Stand dort um kurz vor sechs am frühen Abend und suchte die Klingelschilder ab.

Hermine gab es nicht, war ja klar. Schreiben keine Vornamen mehr aufs Klingelschild. »Mager« hieß der Vater. Sprach ein bisschen was dafür, dass sie auch so hieß. Drittes Klingelschild von unten. Na bitte. Mager. Minkin drückte die Klingel. Beim vierten Mal antwortete eine Frauenstimme:

»Ich komme gleich runter, warte noch zwei Minuten.«

Minkin widersprach nicht. Konnte er wenig falsch machen. Nach fünf Minuten stand eine junge Frau in der Tür des Wohnheims. Hatte jemand anderen erwartet. Sah ihn fragend an:

»Und wer sind Sie?«

»Minkin. Privatdetektiv.«

»Wollen Sie mich verarschen?«

»Nichts liegt mir ferner.«

Das Mädchen sah jung aus, an der Schwelle zum Erwachsenwerden. Hatte sich die Haare pink gefärbt. Trug einen Ring in der Nase. Schwarze Klamotten. Gehörte damit vermutlich schon einer Subkultur an. Noch Punk oder schon Gothic? Minkin hatte die Unterscheidung nie ganz begriffen. Mochte vermutlich die *Sisters of Mercy*, *The Cure*. Konnte man sich drauf einigen. War nicht das Verkehrteste. Obwohl *The Cure* in ihrer späten Schaffensphase auf jeden Fall nicht mehr dunkel genug waren für Gothic. *Friday I'm in Love.* Tzztzztzz. Hitparadenpop. Tauglich für Antenne1. War aber ein echter Ohrwurm, Mann!

»Was wollen Sie?«

»Ich bin auf der Suche nach der Vanessa, der Tochter vom Baptist.«

»Wieso kommen Sie zu mir?«

»Sie sind befreundet.«

»Da waren wir Kinder. Ist lange her.«

Wie alt war das Gothic-Mädchen? Achtzehn. Höchstens zwanzig. War die Kindheit noch nicht so weit weg. Klar, in den Phasen des Lebens zwischen Kindheit und Adoleszenz konnte eine Menge passieren, das einen Menschen schnell altern ließ. Das Mädchen hier schien Minkin allerdings noch nah dran an der Kindheit.

Minkin erzählte, warum er hier war. Warum er auf der Suche nach Vanessa war. Zumindest die Kurzversion.

Hermine fiel dazu wenig ein.

»Haben Sie was zu rauchen?«

»Nein, ich rauche nicht. Nenn mich einfach Minkin.«

»Kauf mir Tabak, Minkin.«

»Tabak?«

»Oder Kippen, meinetwegen.«

»Gut, wo kriegt man das hier?«

»Komm!«

Das Mädchen ging los. Minkin hatte Mühe, Schritt zu halten. Nach ein paar Minuten standen die beiden vor einem Tabak- und Zeitschriftenladen.

»Hier.«

»Wünsche?«

»Den blauen Pueblo.«

»Okay, das kann ich mir merken.«

War kurz vor halb sieben, der Laden vermutlich gerade am Schließen. Minkin trat ein. Kasse war nicht besetzt.

Minkins Blick fiel auf einen Cartoon auf der Titelseite einer Tageszeitung. Darauf zu sehen waren Olaf Scholz und eine paar Köpfe führender Grüner. Über Scholz stand eine Sprechblase. Inhalt: *Wer mir als Erstes ein Land mit K sagen kann, der kriegt das Außenministerium.* Baerbock schaltete am schnellsten. In der Sprechblase über ihr stand: *Kaufland.* Dann hatte sie den Job. Als Witz ernsthaft gut. Überraschende Pointe. Bisschen unangenehm schwang hier das übliche Baerbock-Bashing mit. Andrerseits: Satire durfte das. Und die Frau hatte es geschafft, einer Menge Typen mächtig auf die Eier zu gehen.

War prinzipiell kein schlechtes Zeichen.

Hinterm Verkaufstresen erschien schlurfend der Besitzer des Ladens.

Minkin fragte: »Tschuldigung, bekomme ich noch was?«

»Was?« Keine Begrüßung, kein Tamtam. Minkin war erleichtert. Gab ihn also doch noch, den Franken.

»Pueblo, blau.«

»Blättchen?«

»Ja.«

Der Verkäufer legte beides auf den Verkaufstisch.

»Macht sechsfünfzig.«

Minkin kramte alles, was er an Münzen hatte, aus seinem Geldbeutel. Dauerte eine Weile. Der Verkäufer war genervt. Sagte:

»Ich würde gerne heut noch Feierabend machen.«

Minkin legte sechs Komma siebzig Euro hin.

»Stimmt so.«

Der Triumph des kleinen Mannes. Als Minkin wieder draußen war, bellte ihn Hermine an:

»Hat ja ewig gedauert.«

Was sollte man dazu sagen? Höflichkeit wird im Allgemeinen überschätzt.

»Ich habe keine Übung im Tabak kaufen«, entgegnete Minkin.

»Gib.« Das Mädchen riss ihm den Tabak aus der Hand, setzte sich auf eine Bank und drehte eine Kippe.

Minkin setzte sich daneben.

»Auch eine?«

»Danke, nein.«

Dauerte ein paar Züge, bis das Mädchen das Wort ergriff.

»Vanessa ist okay, weißt du.«

Wusste Minkin nicht.

»War sie zumindest, bis das mit ihrer Mutter war.«

»Was ist passiert?«

»Niemand weiß etwas. Sie ist einfach verschwunden, ertrunken in der Regnitz. Vanessa hat monatelang nicht mehr gesprochen.«

»Kann man sich vorstellen.«

»Besonders irre gemacht hat sie, dass man die Leiche ihrer Mutter nie gefunden hat.«

»Man hat die Leiche nicht gefunden? Woher wusste man dann, dass sie tot war?«, fragte Minkin.

»Weiß nicht, das ist so lange her.«

»Keine Idee mehr?«, bohrte Minkin nach.

»Ich glaube, man hat damals einige Sachen von ihr gefunden, ihren Geldbeutel, ihren Ausweis. Es gab Zeugen, die sie an der Regnitz gesehen haben wollen an dem Abend. An einer der Stellen, an der die Strömung besonders stark ist.«

Minkin nickte.

»Es ging Vanessa nicht gut damals. Sie wurde depressiv, hatte Suizidgedanken, wollte zu ihrer Mutter. War lange in Behandlung deswegen. Mit dem Laufe der Zeit hat es die Vanessa akzeptiert, glaube ich. Dann ist sie in ihre christliche Phase gekommen. Rannte in die Kirche, ging auf

Wallfahrt. War fixiert auf diese Heiligenfigur in der Brauereikapelle. Ich meine, nix dagegen zu sagen, aber mein Ding war das nicht.«

»Hast du eine Idee, wo sie stecken könnte?«

»Wie gesagt, wir haben uns in unterschiedliche Richtungen entwickelt. Sie mehr so christlich, ich eher normal.«

Minkin betrachtete das Gothic-Punk-Mädchen mit pinken Haaren und dem Ring in der Nase. Das war also das neue »normal«.

Minkin fragte nach: »Gab es einen besonderen Ort, irgendwas, wo sie drüber gesprochen hat?«

Hermine dachte nach.

»Gößweinstein.«

»Gößweinstein?«

»Da gibt es diese Kirche.«

»Welche Kirche?«

»Die Kirche von dem Typen, der in Würzburg die Residenz gebaut hat?«

Bei Minkin dämmerte etwas.

»Erinnere mich, der war auf dem Fünfzigmarkschein drauf?«

»Du meinst die D-Mark?«, fragte das Mädchen überrascht. »Wie alt bist du, Mann? Hast du Hitler noch gekannt?«

Diese Bemerkung war nichts, worüber Minkin weiter nachdenken wollte.

»Gößweinstein meintest du. Könnte sie dort sein?«

»Weiß ich denn, jedenfalls ist sie da jedes Jahr hingepilgert. Auf Wallfahrt. Ging immer ein paar Tage. Im ersten Jahr hat sie noch versucht, mich zu überreden.«

»Bist du mitgegangen?«

Hermine verdrehte die Augen.

»Hat der Papst Kinder?«

Auch wenn das Mädchen das Gegenteil meinte, aber dass der Papst Kinder hatte, war nicht ganz unwahrscheinlich. Wobei es eher schräg klang, dass Jugendliche auf eine Wallfahrt gingen. Andererseits war Spazierengehen seit Corona wieder im Trend. Man sah Junge und Alte durch Wald und Flur wandern. Klang nach allerfeinster Wanderlyrik. Goethe hätte seine helle Freude dran. Gab kaum einen Ort, den der olle Dichter nicht eigenfüßig erlaufen hatte. *Nur wo du zu Fuß warst, bist du wirklich gewesen.* Gab damals noch keine Flugzeuge, keine Kreuzfahrten, nicht mal Eisenbahnen. So richtig den Vergleich hatte er also nicht. Falls dieses Zitat wirklich von ihm stammte. Vermutlich war es eher eine Erfindung der Tourismusindustrie, um eine ohnehin hochattraktive Region wie den Thüringer Wald, den Harz oder ein verwaistes mitteldeutsches Braunkohlerevier noch attraktiver zu machen. Irgendwas mit Goethe geht immer, denken sich die Fremdenverkehrsplaner. Lernen die im ersten Semester Tourismus- und Eventmanagement an der Uni Heilbronn oder Lüneburg. Die Landschaft war inzwischen überall zugepflastert mit Schildern, die an Goethe-Aufenthalte erinnern sollten. Hier wohnte Goethe, hier schlief Goethe, hier aß Goethe einen Zwiebelrostbraten, auf dieser Bank steckte Goethe dem jungen Gretchen zum ersten Mal die Zunge in den Hals, hier schrieb Goethe den Faust. Liste der Erinnerungstafeln könnte man endlos fortschreiben. Am besten gefiel Minkin das Schild in der Tübinger Münzgasse, das er während seiner Studienzeit entdeckt hatte. *Hier kotzte Goethe.* Im September 1797 war Goethe für ein paar Tage in Tübingen. Zu Gast bei dem Buchhändler und Verleger Johann Friedrich Cotta. Er wohnte in dessen Privathaus in der Münzgasse 13. Dort hängt heute eine Tafel an der Wand mit der Inschrift *Hier wohnte Goethe vom 7.–16. September 1797.* Goethe war wohl nur so halb begeistert von Tübingen. Fand die Stadt an sich abscheulich. Der viele Mist auf den Straßen, die notdürftigen Bauten, der Gestank. Gesoffen hat er mit seinem Verleger vermutlich trotzdem ordentlich. Wenn der Trollinger damals schon eine ähnliche Qualität hatte wie heute, dann war klar, dass man das Getränk nicht lange für sich behalten konnte. Vermutlich ist das Zitat *Hier kotzte Goethe* deshalb historisch gar nicht mal so unwahrscheinlich.

Minkin war mit seinen Gedanken kurz auf Wanderschaft gegangen. Kam zurück zu Hermine.

»Okay, Hermine, ich danke dir.«

»Was machst du jetzt?«, fragte Hermine.

»Ich werde da hinfahren, nach Gößweinstein.«

»Falls du sie findest, grüße sie von mir.«

»Mach ich.«

Minkin stand auf, machte sich auf den Heimweg. Blieb nach ein paar Schritten stehen. Drehte sich um, sagte zu dem Mädchen:

»Balthasar Neumann.«

Die sah ihn *so* an. Fragend.

»Der Typ, der die Residenz in Würzburg gebaut hat. Er hieß Balthasar Neumann.«

»Von mir aus.«

»Was studierst du eigentlich?«

»Archäologie. Mittelalter und Neuzeit.«

Na dann, dachte Minkin.

»Gute Wahl, passt zu dir, Hermine.«

Die zeigte ihm den Mittelfinger und sagte: »Vollidiot.«

Das Kind musste man mögen.

NUR IM STERBEN KÖNNEN WIR GEMEINSAM LEBEN.

frei nach William Shakespeare,
Romeo und Julia

Vanessa klang traurig. Hörte sich an wie ein junger Mensch, dessen Seele im Schnelldurchlauf gealtert war. Einige Stationen einfach ausgelassen hatte. Auf den alten Kassettenrekordern gab es eine Taste zum Vorspulen. *Fast Forward.* Irgendjemand oder irgendein dunkles Ereignis hatte diese Taste bei dem Mädchen gedrückt. Das Mädchen ahnte, dass jeder Ausweg der falsche war. Egal, wie man die Angelegenheit anpackte. Das Ende war immer fatal. *Every way you look at it, you lose.* Simon & Garfunkel waren immer noch zitierfähig.

Vanessa saß neben dem Jungen auf einer Bank am Ufer der Regnitz. Der Flusspegel war auf ein Minimum gesunken. Im Wasser waren Sandbänke freigelegt. Eine Hitzewelle biblischen Ausmaßes hatte das Land seit Wochen im Griff. Ein Ende war nicht in Sicht.

Überall tauchten in diesen Tagen aufgrund der Niedrigwasserstände in den Flüssen jahrhundertealte Hungersteine auf. Die Felsen galten als Gefahrenhinweise für Dürre und Not. Auf den Hungersteinen waren Inschriften von Dürrejahren eingemeißelt. Jahreszahlen. Doch nicht nur mit Zahlen, auch mit Worten warnen die Steine vor den Folgen des Wassermangels: *Wenn du das hier liest, dann weine.* Spooky war das. Kein Wunder, dass sich junge Menschen aus purer Verzweiflung auf Straßen festklebten.

Das Mädchen sah den Jungen eindringlich an, suchte nach den passenden Worten:

»Es gibt keine Zukunft für uns.«

Der Junge war verwirrt.

»Was sagst du da?«

»Wir müssen aufhören uns zu treffen.«

»Was redest du für einen Unsinn?«, sagte der Junge bestürzt.

Er verstand es nicht. Oder wollte es nicht verstehen: »Ich will mit dir zusammen sein, Vanessa.«

»Und ich mit dir, Max. Aber dafür hassen uns die Väter. Es liegt kein Segen darauf.«

Kein Segen? Vanessa klang gelegentlich wie seine fromme Großmutter! Max gab nichts auf die Religion. Ließ sich davon bei Vanessa aber nicht abschrecken. Wusste, dass es Vanessa sein sollte oder keine. Die beiden waren jung und verliebt. Glaubten an die eine Liebe des Lebens. Nenn es naiv, nenn es dumm, aber irgendetwas Magisches hatte das an sich. Vanessa war ernsthaft gläubig. Vertraute auf die Hilfe der Muttergottes. Tat das mit ordentlich Inbrunst.

»Es gibt keinen Ort auf dieser Welt, wo wir gemeinsam sein können, Max.«

Schweigen.

»Deshalb werde ich fortgehen, Max.«

»Wo willst du hin?«, fragte er entsetzt.

»Meine leibliche Mutter ist tot, aber ich habe eine Mutter im Geiste.«

Max sah sie mit verständnislosen Augen an: »Wen meinst du?«

»Die Rote Madonna.«

»Was hast du vor, Vanessa?«

»Ich werde mit ihr eine Reise unternehmen. Vielleicht hat sie Antworten für mich, für uns.«

Der Junge wollte ihr das ausreden. Wusste, dass es zwecklos sein würde. Ließ es bleiben. Er schürzte die Lippen. Atmete langsam.

»Vanessa, es ist eine Gipsfigur.«

Das Mädchen sah ihn an. Fassungslos, als ob sie mit einem dummen Kind sprach.

»Sie ist die Muttergottes.«

Klar, jeder durfte darin sehen, was er wollte.

Max konnte nicht verstehen, was Vanessa in der Madonna sah. Er war klug genug, die Klappe zu halten. Er verstand nicht, was diese Madonna für Vanessa bedeutete. Was er wusste, war, dass es die Madonna war, die Vanessa am Leben gehalten hatte, damals nach dem Tod ihrer Mutter. Am Weitermachen. Was er noch wusste, war, dass er dieses Mädchen liebte. Vanessa war in jeder Hinsicht anders als die Mädchen, die er kannte. Sie hatte eine Ernsthaftigkeit, die fast schon beängstigend war. Manchmal kam eine Schwermut hinzu, die ihm Furcht einjagte. Dann hatte er Angst um Vanessa. Vermutlich lag es am frühen Tod ihrer Mutter. Sie hatte keinen Weg gefunden, damit umzugehen. Vermutlich gab es den auch nicht.

Einmal dachte er, es wäre nicht mehr so schlimm. Er fragte Vanessa, ob es ihr besser ginge damit, mit dem Verlust ihrer Mutter?

Sie sah ihn an und sagte: »Nur wenn ich nicht drüber nachdenke.«

Es gab andere Tage, an denen von all der Schwere nichts zu spüren war. Dann war dieses Mädchen umwerfend. Es war für Max nicht einfach, mit diesen Ausschlägen klarzukommen. Er versuchte sein Bestes.

Doch er war sich nicht sicher, ob das für beide reichen würde.

GÖSSWEINSTEIN

Am nächsten Morgen war Minkin früh auf den Beinen. Bereits kurz nach neun saß er im Frühstückszimmer. Er war der einzige Gast, sieht man mal von dem Seniorenpaar in Funktionskleidung ab. Minkin grüßte höflich. Das Paar wusste nicht, was es davon halten sollte. War verschreckt.

Geht mir genauso, dachte Minkin. Eure Kleidung macht mir Angst.

Dietmar setzte sich zu ihm an den Tisch.

»Und?«

»Geht es genauer?«, fragte Minkin.

»Kommst du voran?«

»Comme ci, comme ça.«

»Heißt?«

»Geht so. Kannst du mir sagen, wie ich nach Gößweinstein komme?«

»Gößweinstein? In der Fränkischen? Was willst du da?«

»Nach der Tochter vom Baptist suchen.«

»Dort?«

Minkin machte es kurz. Fasste den Dialog mit Hermine zusammen. Kam immer noch nicht über den Namen weg. Hermine! Dieses Land war dem Namenswahn verfallen. Fing an, als die Eltern dachten, es sei cool, die Kinder Liam oder Cheyenne zu nennen.

»Versuch ist es wert.«

Dietmar nickte.

»Gößweinstein, vermutlich gibt es dort 'nen Bus hin. Ich check das mal.«

Paar Minuten später kam Dietmar mit seinem Smartphone wieder.

»Hier. Ich habs. Mit der Regionalbahn nach Forchheim. Dann weiter mit dem Bus. Über Pretzfeld. Das Trubachtal durch. Du brauchst ungefähr anderthalb Stunden.«

Zeit war nicht das Problem. Minkin hatte nur was gegen Busfahren. Aber dem Bus war das vermutlich egal.

»Abflug?«

»11.39 Uhr. Dann bist du um kurz nach 13 Uhr da.«

Respekt, dachte Minkin. Den Dietmar darf man mal nicht unterschätzen, wie er das hier mit den Fahrplänen machte, das war schon große Klasse. Und das als Autobesitzer. Respekt. Der kannte sich überall aus.

Minkin nahm noch eine zweite Tasse Filterkaffee und schmierte sich ein helles Brötchen mit Teewurst.

Teewurst hatte Minkin das letzte Mal in seiner Kindheit gegessen. War wohl mal Delikatesse. Wobei der Name keinen Sinn ergab. In der Wurst war sicher kein bisschen Tee drin. Wurst zum Tee essen? Kam Minkin nicht in den Sinn.

Er schaffte den Zug 11.39 Uhr. Eine Regionalbahn über Hirschaid nach Forchheim. In Forchheim musste Minkin in den Bus umsteigen. Die Fahrt dauerte über eine Stunde. Ging über Pretzfeld. Vorbei am Nikl-Bräu. Der Hof vor der Brauerei sah spröde aus, das Bier war das Gegenteil davon.

Das Nikl-Bräu betrieb den *Pretzfelder Keller* oberhalb des Dorfes. Ein fast schon mystischer Ort. Einer der schönsten Flecken Erde. Wo die Biergöttin Ceres geboren wurde. Und wo sie sich niederlegte, um zu sterben. *A place to beer*. Weiter ging es nach Unterzaunsbach. Vorbei an der Brauerei Meister. Über Obertrubach und zahlreiche Mühlen erreichte Minkin um kurz nach 13 Uhr die Haltestelle *Gasthof zur Post* in Gößweinstein.

Minkin war ordentlich durchgeschüttelt. Andrerseits hatte diese Kutschfahrt über Land etwas Erholsames gehabt. Man dämmerte so leicht vor sich hin. Sah die Landschaft vorbeiziehen. Als er aus dem Bus stieg, stand die Luft. Draußen war es bereits wieder über 30 Grad heiß.

Minkin fing sofort mit Schwitzen an. Auch dieser Sommer wollte wieder als Jahrhundertsommer durchgehen. Wurde allmählich langweilig mit diesen Jahrhundertsommern.

Er hatte Durst. Waren ein paar Meter bis zur Basilika zur Heiligen Dreifaltigkeit, die Hermine ihm genannt hatte. Unterhalb der Basilika befand sich ein altes Gasthaus. Schattiger Biergarten dahinter. Geöffnet ab 17 Uhr. Wegen Personalmangel.

Wo waren die Servicekräfte alle hin? Konnte das mal jemand aufklären? Überall hingen Zettel in den Schaufenstern und Eingangstüren mit dem Hinweis *Suchen Personal (m/w/d).* Konnten doch nicht alle Kräfte in der Pandemie zu Bosch abgewandert sein! So viel Industriearbeitsplätze gab es doch gar nicht!

Schräg gegenüber, auf der anderen Seite der Hauptstraße, befand sich das *Hotel Krone.* Sah mit seiner blauen Außenfassade in die Jahre gekommen aus. Hatte ein paar Winter auf dem Buckel, seine beste Zeit womöglich hinter sich. Dass Wallfahrten tourismusmäßig noch mal so richtig durchstarten würden, war kaum mehr zu erwarten. Obwohl, sollte man nicht drauf wetten. Dass die Bundeswehr plötzlich mal wieder schwer angesagt sein würde, hätte bis vor Kurzem auch keiner gedacht. Das *Hotel Krone* hatte, den Öffnungszeiten nach zu urteilen, jedenfalls keinen Mangel an Servicekräften.

Minkin dachte über einen Platz auf der Terrasse unter der gestreiften Markise mit Blick auf die Basilika nach. Schob den Gedanken beiseite. Zu heiß. Innen war es kühler. Mindestens ein Grad. Er nahm an einem der freien Tische Platz. Schweres Mobiliar. Gab Hotels, die auf Retrodesign machten. Die *Krone war* retro. Die Inneneinrichtung mochte aus den Siebzigerjahren des vorigen Jahrhunderts stammen. Teppichboden. Wuchtige Möbel. Jedenfalls nicht dieses luftige Ikeadesign, das einem inzwischen in allen Cafés begegnete. Erinnerte an ein klassisches Kaffeehaus. An den Wänden hingen Fotos mit Aufnahmen von Stars, die man nicht mehr kannte. Wenn der junge James Last hier gleich um die Ecke käme, würde es keinen wundern. Minkin dachte auf einem der Fotos Anthony Quinn zu erkennen. Konnte sich nicht vorstellen, was der Glöckner von Notre-Dame in der Fränkischen Schweiz verloren hatte.

Minkin dachte kurz über einen Kuchen aus der üppigen Auslage nach. Schien eine der Kernkompetenzen des Hauses zu sein. Auf der Speisekarte entdeckte er das Wallfahrtsbier. Wenn das mal kein Zeichen war. Das war *seine Kernkompetenz.* Entschied sich gegen den Kuchen und für das Kaltgetränk. Das Wallfahrtsbier war die Pilgerreise des kleinen Mannes. Das Testament des Trinkers.

Er orderte bei der jungen Servicefachkraft einen Krug. Kam zügig und war keine Enttäuschung. Farbe klassisches Altgold, fast rötlich. Malzig, ein wenig süßlich. Man will jedenfalls flüssig mit einem Zweiten weiterpilgern. Wer immer das Getränk braute, der wusste, was er tat.

Am Tisch erschien eine Frau in den Fünfzigern. Vermutlich die Inhaberin. »Passt alles?«

»Hervorragend, danke. Würde noch so ein Wallfahrtsbier nehmen. Wenn es nichts ausmacht.«

»Ganz im Gegenteil.«

Dauerte ein paar Minuten, dann brachte ihm die Chefin einen zweiten Krug.

»Was essen?«

»Zu früh.« Ergab keinen Sinn, aber was Besseres viel ihm nicht ein.

»Haben's recht. Viel trinken ist wichtig.«

»Das ist immer ein guter Rat.«

Die Chefin lächelte. »Sind Sie auf Wallfahrt hier?«

»Wallfahrt, na ja. Nicht im eigentlichen Sinn.«

»Hätte mich auch gewundert.«

Minkin wusste nicht, wie er diesen Kommentar einordnen sollte. Die Wirtin konnte in Gesichtern lesen.

Ihre Bemerkung war ihr unangenehm.

»Fei nix für ungut. Die Pilger sind früher im Jahr hier, deshalb. Im Mai und Juni. Wenn die christlichen Feiertage sind.«

Minkin nickte. Hatte vielleicht einen kleinen Gesprächsvorteil.

»Jetzt im Sommer haben wir viele Kletterer. Und Familien.«

Die saßen eher nicht am frühen Nachmittag in der *Krone* beim Bier.

»Klettern und Familie, auch nicht meine Fraktion. Ich habe beruflich hier zu tun.«

»Beruflich, ein Vertreter?«

Vertreter? Von wem?

»Vertreter weniger. Ermittler.«

»Ermittler? Sind Sie ein Kommissar, so wie der Derrick?«, fragte die Wirtin ungläubig. Oberinspektor Derrick hätte sich in dieser atmosphärischen Dichte hier in der *Krone* verdammt wohl gefühlt.

»Privatermittler. Mein Name ist Minkin. Vielleicht können Sie mir helfen.«

Minkin kramte in seinem Geldbeutel nach einem Foto, das ihm Baptist überlassen hatte. Auf dem Bild war Vanessa zu sehen.

»Ich suche das Mädchen hier. Haben Sie sie gesehen?«

Die Wirtin schaute sich das Foto an. Kurz.

»Tut mir leid. Nie gesehen.« Antwort kam schnell. Bisschen zu schnell. »Ich muss wieder in die Küche. Entschuldigen Sie mich«. Die Wirtin stand auf und verschwand hinterm Tresen in der Küche.

Minkin dachte erneut an den Derrick-Klassiker. *Sie weiß mehr, als sie sagt.* Minkin leerte das zweite Getränk und zahlte am Tresen bei einem jungen Mann. Von der Inhaberin keine Spur.

Minkin verließ die *Krone*. War früher Nachmittag. Die Hitze unerträglich. Er fing sofort wieder an zu schwitzen. Er schwitzte mehr und schneller als früher. Desiree, mit der er in seinem letzten Pilsbarabenteuer eine längere Autofahrt verbrachte, riet ihm zum Einsatz eines Deos. Sei eine gute Erfindung. Wirke Wunder. Gäbe tolle Düfte. Klassisch herb. »Ein Deo?«, fragte Minkin damals. Ging es noch? War doch bekannt, welche Gesundheitsgefahren ein Deo mit sich brachte.

Minkin neigte hin und wieder zu Fatalismus. Außerdem hatte er seine eigenen Risikofaktoren. Lebensmüde war er noch nicht. Auf die toxischen Schwermetalle aus einem Deo konnte er verzichten.

ERWARTUNGEN AN DIE KIRCHE

Minkin überquerte die Hauptstraße, ging zur Basilika. Hoffte auf das, was man sich beim Besuch einer Basilika erhofft: angenehme Temperaturen. War eine der wenigen Erwartungshaltungen, die die Kirchen überhaupt noch bedienten. Ansonsten war die Institution am Schwächeln. Die Mitglieder der christlichen Kirchen in Deutschland waren inzwischen in der Minderheit. Weniger als fünfzig Prozent waren noch Mitglied bei den Katholiken oder Evangelen. Die Zahl derer, die am kirchlichen Leben teilnahmen, war bedeutend geringer. Konnte man nicht nur den Kirchen die Schuld geben, klar. Säkularisierung, Selbstverwirklichung, Individualismus, Billigflüge, Internet und der ganze Mist hatten den Kirchen sicher auch ordentlich zugesetzt. Am meisten hatten sie sich aber mit Sicherheit selbst Schaden zugefügt. Durch den jahrhundertelangen Missbrauch der Macht. Durch den fehlenden Willen zur Aufklärung, zur Transparenz. Auf die Kirche wollte sich niemand mehr verlassen. Das Einzige, was in der Kirche heutzutage noch verlässlich war? Die kühlen Temperaturen im Sommer.

Als Minkin die Basilika betrat, wurde er nicht enttäuscht. Nicht enttäuscht zu werden war heutzutage schon mehr, als man erwarten durfte.

Minkin nahm in einer der hinteren Reihen Platz. Ließ den Sakralbau auf sich wirken. Von außen wirkte das Gebäude monumental, prägte das Ortsbild. Von innen machte das Ganze einen barocken Eindruck. Minkin fehlten sowohl Kenntnisse als auch Vokabeln, um den Bau angemessen zu beschreiben, epochenmäßig einzuordnen. Bei den üppigen Figuren am Hauptalter hatte man jedenfalls nicht mit goldener Farbe gespart. Die Figuren waren gut genährt. Üppiges Hüftgold. Attribute, die man im Allgemeinen mit dem Barock in Zusammenhang brachte.

Minkin saß auf einer der harten Kirchenbänke. Pendelte zwischen Kontemplation und Halbschlaf. Dieser Spruch könnte auf meinem Grabstein stehen, dachte er: *Er pendelte stets zwischen Kontemplation und Halbschlaf. Zusatz: Wenn er nicht berauscht war.*

Unbemerkt hatte sich ein Priester angeschlichen und sich neben Minkin gesetzt. Heiliger Strohsack. Auf welchem Seminar lernen die sowas? Dieses lautlose Anschleichen von der Seite. Der Priester war definitiv kein Einheimischer. Minkin tippte auf Indien. Pakistan.

»Gefällt Ihnen, was Sie sehen?«

»Was meinen Sie?«

»Das Haus Gottes. Unsere Basilika.«

Minkin hatte ernsthafte Zweifel, dass Gott hier wohnte, geschweige denn ein- und ausging. Aber er wollte es sich nicht versauen. Nicht mit einem Priester. Zumindest nicht sofort.

Minkin sagte: »Beeindruckend.« Konnte man nichts verkehrt machen mit der Beschreibung.

Der Pater nickte.

»Und was führt Sie hierher?«

»Die Hitze.«

Der Priester lachte. »Das ist bei den meisten Besuchern der Grund, wenn sie im Sommer hier einkehren. Die wenigsten geben es zu. Ich bin Pater Johann.«

»Ich bin Minkin.«

»Freut mich.«

»Darf ich Ihnen eine Frage stellen, Pater?«

»Sicher.«

»Sie kommen nicht von hier?«

Der Pater lachte erneut. »Das haben Sie gut erkannt. Ich komme aus Indien.«

»Wie gefällt es Ihnen in Franken?«

»Ich liebe es.«

»Mit den Menschen hier kommen Sie klar?«

Der Pater nickte. »Jesus hat uns gesagt: Liebet und respektiert einander. Wenn man sich an diese Regeln hält, dann kommt man überall auf der Welt zurecht. Und ich bin Clubberer. Fan des 1. FC Nürnberg. Das hilft hier in der Region auch.«

Minkin dachte daran, dass der eine oder andere in der Kirche das mit Lieben mitunter etwas zu wörtlich genommen hat. Der Vertreter hier war immerhin Club-Fan. Wusste also auch, was Leiden bedeutete.

»Ich habe in Rom studiert. Papst Johannes Paul hat mir die Priesterweihe erteilt. Ich habe ein Foto auf meinem Handy, wollen Sie es sehen?«

»Auf jeden Fall.« Die Freude wollte er dem Mann machen. Hatte auch keine Wahl.

Der Pater zeigte ihm das Foto. Er hatte nicht gelogen. Auch das gab es von einem Priester noch. Auf dem Foto erkannte man ihn als jungen Mann. Man sah, wie der Papst die Hände über ihm ausbreitete, ihn zum Priester weihte.

»Ein charismatischer Mann.«

Er nickte. »Papst Johannes Paul war über 26 Jahre im Amt. Das zweitlängste Pontifikat in der Kirchengeschichte. Er hat ein Attentat überlebt im Jahre 1981. Wussten Sie das?«

Minkin erinnerte sich dunkel.

»So viel für den Frieden auf der Welt und die Aussöhnung der Religionen getan wie kein anderer vor ihm. Die Kirche hat ihn heiliggesprochen.«

Der letzte Superstar, den die Kirche hatte. Nachdem Michael Jackson und jetzt auch noch die Queen weg waren, gab es eigentlich niemanden mehr, auf den man sich global einigen konnte. Bruce Willis wäre nach *Armageddon* noch ein Kandidat gewesen. Bis er *Stirb Langsam 5* gedreht hatte. Sorry, Bruce.

»Sie können sich glücklich schätzen, dass er Sie geweiht hat.«

»Das tue ich.«

Es entstand eine kurze Pause.

»Was führt Sie nach Gößweinstein, wenn ich fragen darf?«

»Sicher dürfen Sie, ich bin beruflich hier.« Stimmte so halb. »Ich bin auf der Suche.«

»Sind wir das nicht alle?«

Wie billig war das denn! Hatte Minkin mehr erwartet von einem, der Papst Johannes Paul noch persönlich kennengelernt hatte.

»Ich suche nach einer Person.«

»Sind Sie von der Polizei?«

»Sehe ich so aus?«

»Das kann ich nicht beurteilen.«

Ein Priester, der nicht urteilt? Was war das denn? Der Mann war schräg, dachte Minkin.

»Ich bin Privatermittler.« Je öfter Minkin diese Berufsbezeichnung benutzte, umso plausibler erschien sie ihm.

»Ein Privatdetektiv? Das kenne ich nur aus Kriminalromanen!«

»Sie lesen Krimis?«

»Was denken Sie? Ich schaue Fußball. Lese Krimis. Gehe auch hin wieder auf einen Bierkeller. Oder glauben Sie, meinesgleichen sitzt den ganzen Tag in seiner Zelle und betet!«

So ähnlich hatte sich das Minkin in der Tat vorgestellt. Obwohl er es hätte besser wissen können. Bei seinem letzten Fall hatte er das Kloster Rochefort in Belgien besucht. Die dort noch verbliebenen Mönche verbrachten ihren Tag im Wesentlichen auch mit anderen Sachen als Beten. Sie brauten ein außerordentliches Starkbier.

»Wen suchen Sie? Vielleicht kann ich helfen«, fragte der Pater.

Minkin kramte zum zweiten Mal innerhalb kurzer Zeit das Foto des Mädchens heraus. »Das ist Vanessa, sie ist die Tochter eines Brauereibesitzers aus Bamberg und seit einigen Wochen verschwunden.«

Der Priester sah sich das Bild gründlich an.

»Warum suchen Sie das Kind?«

»Das ist eine längere Geschichte. Im Wesentlichen, weil sie etwas über den Verbleib der Madonna aus der Brauereikapelle des Mariabräu in Bamberg wissen könnte. Die ist zeitgleich mit ihr verschwunden.«

Pater Johann sah Minkin an. Wägte ab, entschied sich für diese Antwort: »Ich kann Ihnen nicht helfen.«

Damit beendete er das Gespräch.

Was das bedeutete? Er kannte das Mädchen! Das war mal so sicher wie das Amen in der Kirche, um im Bilde zu bleiben.

Minkin hatte gerade angefangen, den Mann aus Indien zu mögen. Aber so ist diese Organisation nun mal gestrickt. Ambivalent. Was sie an Gutem tat, machte sie im Handumdrehen wieder zunichte mit dem, was ans Licht kam an Verfehlungen. Noch mehr mit dem, was die Kirche nicht ans Licht kommen ließ. Trotzdem übte die Kirche immer noch eine gewisse Faszination auf Minkin aus. Er kam an fast keinem Gotteshaus vorbei, ohne einen Blick auf den leidenden Christus zu werfen. Er wusste, dass es um die

Idee ging, die dahinterstand. Es war die Geschichte, die die Faszination ausübte. Nicht die Organisation. Die Organisation war leider keinen Deut besser als jede weltliche Vereinigung. Die Kirche hatte nur jahrhundertelang so getan, als ob sie besser wäre. Funktionierte heutzutage nicht mehr.

TOTTO-LOTTO

Minkin ging, nachdem er die Basilika verlassen hatte, ein paar Schritte durch den Ort. Machte vor einem Schreibwarenladen auf der anderen Straßenseite unweit der Basilika halt. Der Laden hatte ein breites Sortiment.

Nur so funktionierte diese Art von Läden überhaupt noch. Tabakwaren, Totto-Lotto, DHL-Paketannahme, Zeitschriften, Geschenke. Solche Geschäfte waren ein guter Umschlagplatz für Nachrichten aller Art. Wenn man ins Gespräch kam mit der oder dem Betreiber.

Im Moment war der Laden dicht. Davor stand ein junger Kerl in grauer Jogginghose und weißem Kapuzenpulli. Er trug eine Bauchtasche aus hellem Leder. Mutig, dachte Minkin. Aber praktisch. Minkin schätzte ihn auf Anfang zwanzig.

Sagte zu Minkin: »Sie holt gerade Mittagessen. Ist gleich wieder da.«

»Sei ihr gegönnt«, erwiderte Minkin. Wollte das Gespräch am Laufen halten. »Viel los hier im Ort!«

»Früher war mehr, da haben sie uns die Bude eingerannt. Aber mit dem Corona und jetzt mit der Energie, die Leute haben ja kein Geld mehr für Urlaub. Ist alles teurer geworden. Kann sich keiner mehr leisten.«

Egal wo man hinkam, die Menschen klagten auf ganzer Strecke über:

Steigende Gaspreise.
Steigende Strompreise.
Steigende Bierpreise.

Kalte Winter.

Heiße Sommer.

Die Regierung.

Was sollte man sagen? Die Leute wussten, wovon sie sprachen.

»Da sagen Sie was«, sagte Minkin zu dem Jungen in Jogginghose. Er dachte an Karl Lagerfeld. *Wer Jogginghosen trägt, hat die Kontrolle über sein Leben verloren.* Kultiger Spruch, aber auch etwas herabwürdigend. Vielleicht gab es Menschen, für die garderobenmäßig schlicht nicht mehr drin war.

Die Nation war seit Corona schlecht drauf, hatte ohnehin einen Hang zur Depression. Was draußen vor sich ging, waren fast schon Plagen biblischen Ausmaßes, erst das Virus, jetzt der Wassermangel, die Dürre, der Krieg in der Ukraine. Fehlten bloß noch die Heuschrecken, dachte Minkin. Obwohl Investoren wie die Karthäuser im Grunde nichts anderes waren. Motto: kaufen, plündern, wegschmeißen.

Inzwischen war die Besitzerin des Schreibwarenladens wieder eingetroffen mit ihrem Mittagessen. Verkaufte dem Jungen in Jogginghosen seine Kippen.

»Und Sie? Kann man Ihnen helfen?«

Minkin erwog den Kauf einer Tageszeitung. Verwarf den Gedanken. Noch mehr schlechte Nachrichten gingen aufs Gemüt. Entdeckte einen Stapel Asterix-Hefte.

»Haben Sie den neuesten Asterix-Band?«

»Schauens halt in dem Stapel.«

Minkin entdeckte zwei Bände. *Die Tochter des Vercingetorix* und *Asterix und der Greif.*

Minkin kannte beide nicht.

»Ich hätte gerne die beiden Bände.«

»Dann nehmen Sie sie sich.«

Tat Minkin. Kaufte sich die zwei Bände für je sechs Euro neunzig das Heft.

»Ganz schön teuer:«

»Bildung gibt es nicht umsonst. Sonst noch was?«

»Tja, eine Frage noch, ich bin auf der Suche nach einem Mädchen. Vielleicht haben Sie sie gesehen.«

Minkin kramte das Bild hervor, zeigte es der Besitzerin des Ladens.

Die schaute nicht mal richtig hin. »Nie gesehen.«

Gab Minkin das Restgeld und gab ihm zu verstehen, dass die Konversation beendet war.

Das Gesetz des Schweigens hatte in dem Ort hier noch Konjunktur.

Minkin verließ den Laden und spazierte durch die Gassen der Altstadt. Dachte über einen Spaziergang auf die Burg nach. Wanderung konnte man das wohl nicht nennen. Die Burg Gößweinstein thront majestätisch circa hundert Meter über dem Ort. Klingt aristokratisch, trifft es aber.

Minkin verwarf den Gedanken mit dem Spaziergang. Entdeckte den *Holzwurm*. Eine ziemliche Kneipe am Rand der Altstadt mit ordentlich Fachwerk. *Rustico.* War eine dieser Kneipen, in die man zum Trinken kam. Nur zum Trinken.

Minkin setzte sich draußen im Schatten auf eine Bierbank. Direkt beim Eingang. Er bestellte ein Kulmbacher und fing an, die ersten Seiten in *Die Tochter des Vercingetorix* zu lesen. Er hatte das Kulmbacher bereits in Arbeit, als der junge Kerl in Jogginghose bei ihm am Tisch auftauchte.

Fragte: »Fündig geworden im Laden?«

Minkin zeigte auf die zwei Asterix-Hefte.

»Sind Sie Lehrer?«

Auf die Assoziation musste man erst mal kommen. Minkin schüttelte den Kopf.

»Setzen Sie sich doch!«

Der junge Kerl setzte sich an Minkins Tisch.

»Kann ich Ihnen ein Bier ausgeben?«, fragte Minkin.

»Muss ich Ihnen dann auch eins ausgeben?«

»Quatsch.«

»Na, dann gerne.«

Das Kulmbacher für den Jungen kam ungefragt.

»Ich bin Minkin.«

»Ich bin Adi.«

Die Kurzform von Adolf. *Hundertpro.* Minkin schluckte ein Grinsen runter, hatte jedenfalls schon lange keinen Adolf mehr getroffen. Wie alt war der Junge? Höchstens fünfundzwanzig Lenze. Musste man erst mal draufkommen, sein Kind nach 1945 noch Adolf zu nennen!

»Bist du von hier, Adi?«

»Hier geboren und aufgewachsen. Die schönste Gegend der Welt.«

Wollte man nicht widersprechen.

»Du?«

»Aus Stuttgart.«

»Aus em Schwobaländle, Herrgottsack!« Ahmte den schwäbischen Dialekt nach. Das, was er dafür hielt. Machte er gar nicht schlecht.

»Schon mal da gewesen?«

»Nein, lohnt?«

Was sollte man darauf antworten?

»Wenn du dich für Mercedes oder Porsche interessierst, könnte es sich lohnen.«

»Tue ich nicht. Keinen Führerschein.«

»Dann würde ich sagen, nein. Lohnt eher nicht so.«

»Was machst du hier, Minkin?«

Minkin fing wieder mit der gleichen Leier an. Dass er nach Bamberg gereist war, um eine Gipsfigur finden, die

Rote Madonna. Die war verschwunden. Das passende Mädchen dazu ebenfalls.

»Du bist ein privater Ermittler?«

»Kann man so sagen.«

Kam Adi nicht ganz geheuer vor.

»Arbeitest du mit der Polizei?«

Adi war einen Tick nervös, fürchtete wohl, dass Minkin die Frage bejahen könnte.

»Ich versuche ihr so gut es geht aus dem Weg zu gehen.«

Abgesehen von seinen gelegentlichen Zusammentreffen mit Cop Schneider. Aber das zählte nicht. Er war kein normaler Polizist. Normal war das Allerletzte, was man Cop Schneider vorwerfen konnte.

Ging noch eine Weile so hin und her zwischen den beiden. Minkin spendierte eine zweite Runde Kulmbacher. Das Bier hatte in fränkischen Bierfachkreisen nicht den allerbesten Ruf, erklärte ihm Adi. War Minkin schleierhaft. In Minkins Heimatstadt gab es das *Café Weiß*. Eine der wenigen Traditionskneipen, die den Namen verdienten. Ehemals *Kulmbacher Bierstuben*. Das *Café Weiß* schenkte seit Jahrzehnten fränkisches Bier in Stuttgart aus, lange bevor irgendjemand sonst in der Stadt auf die Idee kam, dass es außer Hofbräu, Dinkelacker und Schwaben Bräu noch andere Hopfenerzeugnisse gab.

Nach der zweiten Runde schickte sich Adi zum Gehen an. Minkin war diesmal nicht gleich mit der Tür ins Haus gefallen. Hatte sich die Frage nach dem Mädchen aufgespart.

»Kann ich dich noch was fragen, Adi?«

»Du hast mir zwei Bier bezahlt, fragen kannst du.«

Minkin kramte das Bild aus seinem Geldbeutel hervor. Zum wievielten Mal eigentlich?

»Das ist das Mädchen, das ich suche. Schon mal gesehen?«

Adi sah sich das Foto an, dachte nach.

»Weiß du Minkin, du bist hier in einer Gegend gelandet, wir quatschen nicht so gern. Wenn du weißt, was ich meine? Pflegen eine gewisse Verschwiegenheit gegenüber Fremden. Positiv formuliert: Auf dem Dorf passt man noch aufeinander auf.«

Was ziemlicher Unsinn war, auch auf den Dörfern verhielten sich die Menschen in der Regel nicht besser gegenüber ihren Mitbürgern. Warum sollte der Gemeinschaftssinn, die Solidarität hier besser sein? Musste ihm erst mal jemand erklären, bestenfalls beweisen. Minkin wollte Adi aber in dem Glauben lassen.

»Verstehe ich, bin auch auf dem Dorf groß geworden, wo jeder noch jeden kannte.«

Adi nahm Minkin unter die Lupe. So gut, wie das mit zwei Kulmbachern noch ging.

»Warst du schon auf der Burg oben?«

Minkin winkte ab: »Zu heiß.«

»Solltest du machen.«

»Lohnt sich der Aufstieg?«

»Für dich allemal.«

Weg war er.

DIE BURG

Minkin zahlte die Biere. Gab ordentlich Trinkgeld. Marschierte dann los in Richtung Burg Gößweinstein. War ein kurzer Aufstieg, dauerte keine Viertelsunde. Der Zugang zum Burggelände kostete Eintritt. Es war niemand zu sehen. Minkin wartete. Sah sich ein wenig um.

Vom Burggelände aus hatte man einen außerordentlichen Blick auf die umliegende Landschaft. Die Burg soll Richard Wagner als Vorlage für die Gralsburg in seiner Oper *Parsifal* gedient haben. Konnte man schlecht widersprechen. Betrieben dort oben einen Ausschank. Vermutlich der kleinste Biergarten Frankens. Mit dem schönsten Ausblick.

Vor dem Ausschank standen zwei Besucher und kauften Getränke. Nachdem die zwei damit durch waren, kam die junge Frau, um den Eintritt zu kassieren. Minkin war perplex. So einfach hatte er es sich nicht vorgestellt. Er zahlte bei ihr die vier Euro Eintritt und betrat das Burggelände.

In der Burg selbst gab es nicht allzu viel zu sehen. Eine Kapelle, ein Kerkerloch, zwei Schlaf- beziehungsweise Aufenthaltsräume. Nicht gerade luxuriös, wie der Landadel im Mittelalter hauste. Im Burggarten hatten die Betreiber zwei Skelette an einen Tisch gesetzt. Eines davon hielt sich an einer Sense fest. Wirkte wie die perfekte Halloween-Dekoration.

Durch das Burggebäude gelangte man zur anderen Seite des Burggeländes. Herrlicher Blick auf das Städtchen und die Basilika.

Minkin ging zum Ausschank im Burggarten. Ein schlichter Kiosk. An der Bude hing ein Emailschild. Abgebildet war ein Hahn. Drauf stand: *Mein liebstes Tier ist der Zapfhahn.* Minkin mochte den Ort. Am Ausschank war er der einzige Gast. Gab dort eine kleine Auswahl an fränkischen Bieren. Minkin bestellte bei der jungen Frau ein Helles vom Greif. Konnte man bei den Temperaturen und der Tageszeit am wenigsten falsch machen. Die freundliche Frau servierte ihm lächelnd das Getränk. Minkin gab ordentlich Trinkgeld. Wagte einen Versuch.

»Sie sind Vanessa, oder?«

Batsch!, vorbei war es mit der Freundlichkeit. Das Lächeln verschwand aus ihrem Gesicht und wich einer ziemlichen Blutleere. Sie gab ihm keine Antwort. Sah ihn an.

»Mein Name ist Minkin, ich bin Privatermittler aus Stuttgart. Keine Sorge, ich habe nichts Böses im Sinn.« Das Mädchen musterte ihn. War nicht überzeugt. Konnte man ihr nicht verübeln. Vertrauen war nicht das erste, das Minkin erweckte.

»Was wollen Sie von mir?«

»Von Ihnen will ich nichts. Ich bin auf der Suche nach etwas, von dem ich vermute, dass Sie wissen, wo es steckt.«

»Was meinen Sie damit?«

»Ich suche die Madonna aus der Brauereikapelle des Mariabräu.«

Das Mädchen sah ihn ablehnend an: »Was haben Sie damit zu tun?«

Inzwischen mehr, als mir lieb ist, dachte Minkin. Er fasste für das Mädchen in Kürze zusammen, warum er hier war. Dass die Madonna verschwunden war, dass er von Hermine den Tipp bekommen hatte mit Gößweinstein.

Vanessa nickte, versuchte es erst gar nicht mit Ausflüchten.

»Weiß mein Vater, dass Sie hier sind?«

»Er weiß, dass ich Sie suche. Glaub schon, dass er gerne wüsste, wo Sie sind, ob es Ihnen gutgeht.«

»Das ist gelogen.«

War es möglicherweise.

»Sagen wir, er hat es ein wenig anders formuliert.«

»Wie?«

»›Das Mensch kann mir gestohlen bleiben‹.«

Minkin wollte witzig sein. Hätte er besser mal gelassen.

Das Mädchen reagierte traurig: »Das ist mein Vater. Er hasst mich. Wundert Sie es, dass ich weg bin?«

Minkin schüttelte den Kopf.

»Mich wundert, wie lange Sie es ausgehalten haben.«

»Er denkt, ich bin schuld am Tod der Mutter, er verachtet mich, weil ich mich in den falschen Jungen verliebt habe. Für ihn wäre es vermutlich besser, wenn ich nicht mehr da wäre.«

Ganz schön dunkle Schwingungen hatte das Mädchen. Mein lieber Scholli!

Minkin sagte: »Mal langsam. Seien Sie nicht so hart. Er ist ein Trottel, aber er liebt Sie vermutlich mehr, als Sie glauben.«

Minkin hatte seinen Vater nie kennengelernt. Er starb, als Minkin noch ein kleiner Junge war. Hörte nur Geschichten von ihm. Waren so halb gut. Seine Eltern hatten sich getrennt, als er drei, vier Jahre alt war. Gab praktisch keine Erinnerung. Nur die Erinnerungen, die sich im Nachhinein bei ihm eingenistet hatten. Minkin konnte nicht mehr unterscheiden, ob es die eigenen Erinnerungen waren oder die Erinnerungen, die man ihm durch ein paar karge Erzählungen eingepflanzt hatte. Fremderinnerungen, die zu seinen eigenen wurden. Minkin war ohne Vater aufgewachsen, ohne väterliche Fürsorge, ohne väterlichen

Rat. Machte es ihm etwas aus? Im Nachhinein eher weniger. Damals? Aber so was von. Was hätte er gegeben, wenn ein Vater dagewesen wäre. Auf dem Fußballplatz am Spielfeldrand. Oder wenn er mit ihm einen Freizeitpark besucht hätte. Minkin hörte die unglaublichsten Geschichten von seinen Freunden. Hatten mit ihren Vätern Vergnügungsparks besucht. Tripsdrill. Geiselwind. Fuhren Achterbahnen mit Loopings. Minkin tat das ab, wenn das Gespräch darauf kam. Interessiere ihn nicht. In Wahrheit hasste er sie dafür. Hasste seinen abwesenden Vater. Für das Kreidler Flory, das er ihm nie gekauft hatte. Klingt banal. Für ein Kind, einen Heranwachsenden sind solche Sachen in dem Sinne fundamental, dass diese Erfahrungen später fehlen. Als Fundament. Kann es trotzdem gutgehen? Später, mit dem Erwachsenwerden? Mit dem Zurechtkommen in der Welt?

Du selbst bist die Antwort, dachte Minkin. Heißt? Mal mehr, mal weniger. Er war mit den Gedanken gesprungen, kehrte zu dem Mädchen zurück.

»Es ist Ihr Vater, den konnten Sie sich nicht aussuchen. Ist Ihre Sache. Was nicht allein Ihre Sache ist, ist die Geschichte mit der Madonna. Die gehört Ihrem Vater. Wissen Sie etwas über deren Verbleib?«

Vanessa schaute an Minkin vorbei.

»Wenn es so wäre?«

»Sollten wir sie zurückbringen, könnte Ihrem Vater helfen.«

»Bei was?«

»Gibt vielleicht eine Chance, dass er die Brauerei behalten kann.«

War eine glatte Lüge von Minkin.

Vanessa sah ihn jetzt an mit einem Blick aus Trauer und Wut.

»Es ist etwas passiert.«

»Was meinen Sie?

»Mit der Madonna.«

»Geht es ein wenig genauer?«

»Ich werde es Ihnen zeigen, es ist schwer nachzuvollziehen, wenn man es nicht sieht.«

»Warum so kompliziert. Selig sind die, die nicht sehen und doch glauben.«

»Sie kennen sich aus in der Bibel?«

»Ich war bei den Liebenzellern, sind ein paar Verse hängengeblieben. War nicht ganz umsonst.«

Vanessa schüttelte den Kopf. »Das hier ist anders, glauben Sie mir. Ich habe um 17 Uhr Feierabend. Treffen wir uns um kurz nach fünf vor der Basilika.«

Minkin dachte nach.

»Ich muss an der Haltestelle schauen, wann mein letzter Bus nach Bamberg fährt.«

»Haben Sie kein Smartphone?«

»Sehe ich so aus?«

Blieb unkommentiert. War besser so.

»Warten Sie, ich schau kurz nach.« Das Mädchen tippte etwas auf Ihrem Smartphone herum. »Um 19.30 Uhr vorm *Gasthof Post* geht ein Bus. Umsteigen in Ebermannstadt, dann sind Sie um kurz vor 21 Uhr in Bamberg.

»Dann sehen wir uns um kurz nach fünf vor der Basilika.«

Das waren noch gut zwei Stunden. Minkin musste noch mehr als zwei Stunden totschlagen. Bei über dreißig Grad im Schatten. Kalte Dusche wäre hilfreich.

»Eine Frage, gibt es hier in der Nähe einen See. Oder ein Freibad?«

»Sie haben Glück. Das Höhenfreibad hat seit ein paar Wochen wieder geöffnet. Ein Naturschwimmbad. Wunderschöne Lage. Kostet keinen Eintritt.«

Minkin ließ sich die Strecke zum Freibad beschreiben und machte sich auf den Weg. War auf der andere Seite des Ortes.

Vanessa hatte nicht zu viel versprochen. War schön gelegen mit ordentlich Blick auf die Basilika. Er hatte keine Badesachen dabei. Gab auch keine Aufsicht, bei der er sich hätte etwas ausleihen können. Einen Versuch war es wert. Minkin suchte sich eine schattige Ecke auf einer der Wiesen und legte sich auf das Gras. Dauerte ein paar Minuten, dann döste er ein.

Geweckt wurde er von einem Fußball, der ihn am Kopf traf.

»Tschuldigung!«

Vor ihm stand ein Junge, er mochte acht oder neun Jahre alt sein. War anscheinend allein.

Mürrisch sagte Minkin: »Schon gut.«

»Hast du Mittagsschlaf gemacht?«

Na, ja. So konnte man es nennen.

»Ich habe mich ausgeruht.«

»Hast du keine Arbeit?«

Ganz schön neugierig.

»Wie kommst du drauf?«

»Meine Mutter sagt, nur Arbeitslose und Nichtsnutze haben Zeit, sich am Tag auf die faule Haut zu legen.«

Was für ein Schlaumeierkind, dachte Minkin. Kein Wunder, dass er keine Freunde hatte.

»Frag sie mal, ob sie Albert Einstein kennt. Wenn ja, dann sag ihr, dass er jeden Tag einen Mittagsschlaf gemacht hat.«

»Wer war Albert Einstein?«

»Ein berühmter Physiker, vermutlich der berühmteste Physiker überhaupt. Er hatte viele Sachen entdeckt, Erfindungen gemacht.«

»Hast du das auch?«

»Ich arbeite dran. Und jetzt verschwinde.«

Der Junge zog ab.

Minkin stand auf. Seine Kleidung klebte am ganzen Körper. Gab hier tatsächlich eine Außendusche. Aber wie sollte er das anstellen? Er hatte kein Handtuch, keine Badesachen.

Das ist doch alles von vorne bis hinten Mist!, dachte er.

Das Bad war gut besucht. Minkin ging zur Toilette des Bades und machte sich dort notdürftig frisch. Will heißen, zog sich das verschwitzte T-Shirt aus, spritzte sich Wasser ins Gesicht und wusch sich den Oberkörper.

Er sah auf die Uhr an der Basilika unten im Dorf, soweit er erkennen konnte, war es kurz nach vier Uhr. Er hatte keine Lust, das verschwitzte T-Shirt wieder anzuziehen. Anderes gab es aber nicht.

Auf dem Weg durch den Ort war er an einem Klamottenladen vorbeigekommen. Ein Versuch war es wert. Minkin macht sich auf den Weg zu dem Laden.

Hatte ausschließlich Damenmode.

Weiter hinten entdeckte er ein Souvenirgeschäft mit Marienfiguren, Heiligenbildern, Kerzen, Pilgerbedarf. Gab dort ein schwarzes Herren-T-Shirt mit der Aufschrift *Jesus liebt dich*. Minkin kaufte das T-Shirt.

Inzwischen war es halb fünf. Er hatte noch eine halbe Stunde bis zum Treffen mit Vanessa. Nahm noch ein schnelles Kulmbacher im *Holzwurm* und stand Viertel nach fünf vor der Basilika. Hatte vergessen, das Jesus-T-Shirt anzuziehen. Sein altes Shirt war inzwischen wieder trocken. Vanessa wartete auf ihn vor der Basilika.

»Wie war das Freibad?«

»Hatte keine Badesachen dabei, aber abgesehen davon okay.«

»Kommen Sie.«

Vanessa ging voraus. Um die Kirche herum. Hinter der Kirche befand sich ein Ensemble aus verschiedenen Bauten.

»Das hier ist der heilige Bezirk, die Gebäude entstanden überwiegend im 17. und 18. Jahrhundert. Es gibt hier ein Wallfahrtsmuseum, das Pfarrhaus und das Franziskanerkloster. Hier die Dreifaltigkeitskapelle, daneben die Mariengrotte. Das da ist die Klosterkirche St. Maria. Sie ist die Grabstätte verstorbener Ordensangehöriger der Franziskaner.« Vanessa zeigte auf ein Tor aus gusseisernen Stäben. »Die Franziskaner betreuen die ganze Anlage. Das ist der Eingang zur Franziskanergruft.«

Der Eingang war verschlossen.

Minkin nickte.

»Wir warten auf Pater Johann. Er wird uns öffnen.«

Pater Johann war für Minkin kein Unbekannter. Nach ein paar Minuten kam der Pater. In der Hand einen Bund mit rostigen Schlüsseln.

»Hätte nicht gedacht, dass wir uns so schnell wiedersehen«, sagte Minkin.

»Die Wege des Herrn sind unergründlich.«

Ganz übler Kalenderspruch. Fiel Minkin nichts drauf ein.

Der Pater öffnete das Tor. »Das hier ist die Gruft der Franziskaner, hier finden unsere Brüder ihre letzte Ruhe. Bevor wir weitergehen, möchte ich Ihnen eine Frage stellen.«

»Nur zu«, ermutigte Minkin den Pater.

»Glauben Sie an Wunder?«

Minkin ließ sich ein wenig Zeit mit der Antwort. Dachte an den alten Song von Nena. *Wunder gescheh'n*, ich habs gesehen. Aber Nena als zitierfähige Quelle? Fehlanzeige.

»Eher nicht. Und Sie?«, fragte Minkin den Pater.

»Nun ja, ich wäre im falschen Team, wenn ich das nicht täte. Die Geschichte des Christentums ist voller Wunder.«

Team, sagte er ernsthaft ›Team‹? Da ging der Clubfan mit ihm durch.

»Geschichten, Pater. Da liegen Sie richtig. Wunder sind nicht mehr ganz zeitgemäß.«

Der Pater dachte nach.

»Hast du schon mal das Huppendorfer probiert?«

Ziemlich fränkische Angelegenheit, eine Frage mit einer Gegenfrage zu beantworten. Der Pater hatte die Gewohnheiten hier adaptiert.

»Nein.«

»Solltest du.«

»Warum?«, fragte Minkin nach.

»Möglicherweise würdest du deine Einstellung zu Wundern noch mal überdenken.«

Gute Replik, dachte Minkin. Ziemlicher Menschenfänger. Der Pater wusste, welche Knöpfe er bei Minkin drücken musste.

»Komm! Was du jetzt siehst, haben bisher nur wenige Menschen gesehen.«

Minkin, Vanessa und der Pater gingen die schweren Sandsteinstufen zur Krypta hinab. Womit Minkin rechnete? Mit dem Duft von Verwesung, abgestandener Luft. Er irrte sich gewaltig.

Das hier roch malzig.

Minkin sah sich um.

Am Ende des Kellerraumes stand die Rote Madonna auf einem Plastiktisch. Die Figur war kaum mehr als einen halben Meter groß. Minkin hatte sich das größer vorgestellt, spektakulärer. Er trat näher an die Figur heran. Aus ihrem linken Auge lief eine Flüssigkeit. Mehr als ein paar Tropfen. Ein kleiner, stetiger Fluss. Vor dem Plastiktisch stand ein Edelstahlfass mit einer Öffnung. Die Flüssigkeit tropfte in das Fass. Minkin näherte sich ehrfurchtsvoll der Figur bis auf wenige Zentimeter. Machte dann einen Schritt zurück. Das hier war spooky. Sinister. Er schüttelte den Kopf:

»Für einen kurzen Moment hattet ihr mich, ehrlich. Geheimnisvoll. Diese mysteriöse Inszenierung, die Krypta, das ganze Setting, Respekt. Wie macht ihr das? Welcher Trick steckt dahinter?«

Vanessa und der Pater sahen sich an.

»Es gibt keinen Trick«, erwiderte der Pater.

»Ihr habt die Figur mit einer Zuleitung verbunden, oder«, fragte Minkin. »So würde ich es machen.«

Minkin hatte von dem Ort Weißenbrunn in Oberfranken gehört. Dort gab es einen Brunnen mit einer weiblichen Sandsteinskulptur. Während der Kärwa fließt statt Wasser Bier aus den Brüsten der Figur. Die Lösung ist einfach. Das Geheimnis des Wasser-zu-Bier-Wunders ist eine Leitung zur Brauerei, durch die das Bier gepumpt wird. Auf so eine Idee kam man vermutlich nur in Franken.

Hier in der Krypta machten sie offensichtlich was Ähnliches.

»Kann ich die Figur anheben?«

»Nur zu, aber sei bitte vorsichtig«, sagte Pater Johann.

Minkin griff die Figur mit beiden Händen und hob sie hoch. Es war keine Zuleitung zu sehen. Das Bier tropfte weiter aus dem Auge der Madonna.

Minkin stellte die Figur wieder ab.

»Das ist ein Witz, oder? Ihr nehmt mich auf den Arm?« Minkin war verwirrt. Sah den Pater entgeistert an.

Pater Johann schüttelte den Kopf.

»Es ist genau das, was du siehst. Eine Marienstatue, die Bier weint.«

Minkin trat ein paar Schritte beiseite. Betrachtete die Figur, die unaufhörlich Bier weinte. Hatte ihm für einen Moment die Sprache verschlagen.

»Lassen Sie uns an die frische Luft gehen.«

»Sicher«, sagte Pater Johann.

Die drei gingen nach oben.

Minkin war ein wenig schwindelig.

»Ich muss mich setzen.«

Unweit des Eingangs zur Gruft befand sich eine Bank. Minkin nahm Platz.

»Das habe ich gemeint, Minkin«, sagte Vanessa, »du musst es sehen, andernfalls würdest du mich für verrückt halten.«

Letzteres wollte Minkin nicht ganz ausschließen.

»Wie lange geht das schon?«, fragte Minkin.

Vanessa erzählte ihm die ganze Geschichte von Anfang an. Wie sie vor rund vier Wochen die Madonna aus der Brauerei genommen und sich auf den Fußmarsch nach Gößweinstein begeben hatte. Sie nahm nicht die direkte Strecke. Sie kannte die Geschichte der Madonna, dass sie vor rund zweihundert Jahren durch Oberfranken getragen wurde. Wollte noch einmal den Weg mit ihr gehen. Zumindest einen Teil davon.

»Wie trägt man eine Madonna?«, fragte Minkin.

»Ich wollte keine große Sache daraus machen«, sagte Vanessa. Die ersten Kilometer hatte ich sie in meinem Rucksack. Aber das fühlte sich falsch an. Dann habe ich sie vor mir hergetragen, in meinen Händen gehalten.«

»Und damit bist du durch die Fränkische marschiert?«, fragte Minkin.

»Über Strullendorf, Hirschaid, Eggolsheim, Drügendorf. Bis hinauf nach Hollfeld und Heiligenstadt. Und dann wieder gen Süden nach Ebermannstadt, Pretzfeld, das Trubachtal entlang bis Egloffstein. Ich war in vielen Kapellen, Kirchen mit ihr. Wollte ihr das alles zeigen, welche Inspiration sie für die Menschen ist.«

War, wollte Minkin sagen. Ließ es bleiben.

»Wie war die Wanderung?«

»Die alten Frauen, die ich getroffen habe, wollten hören, was ich mit der Madonna vorhabe. Kochten mir Kaffee, servierten selbst gebackenen Kuchen. Hin und wieder begleitete mich jemand ein Stück auf dem Weg. Meine Wanderung sprach sich schnell herum. Die Brauer in der Gegend hatten davon erfahren. Wollten die Madonna sehen. Luden mich in ihre Stuben ein. Die Menschen, die ich getroffen habe, waren gut. Es war eine Reise voller Überraschungen.«

»Wann fing das an?« Minkin wusste nicht, wie er *das* nennen sollte. Das Wort *Wunder* kam ihm nicht über die Lippen.

»Am Nachmittag des fünften Tages erreichte ich Gößweinstein. Genauer gesagt den Kreuzberg, einen Berg mit einem Hochkreuz und einem einzigartigen Blick auf die Basilika und die Umgebung. Dort sah ich die erste Träne.«

»Dann kamen ihr einfach so die Tränen?« Minkin lachte hysterisch.

»Ich sah die Tropfen im Auge der Madonna. Sah, wie es mehr wurde. Ich habe daran gerochen. Es roch wie Bier. Ich habe es probiert. Es schmeckte wie Bier. Dann bin ich damit zu Pater Johann in der Hoffnung, dass er mir sagen konnte, was das zu bedeuten hat.«

Wenn einer vom Fach war, dann der Pfaffe.

»Und was meinen Sie dazu, Herr Pfarrer?«

Der zuckte mit den Schultern. »Es gibt dafür keine Erklärung.«

»Mehr haben Sie nicht? Hören Sie auf, das ist Unsinn.« Minkin winkte mit der Hand ab, schüttelte den Kopf. »Sie wollen mir doch nicht ernsthaft erzählen, dass die Gipsfigur die Naturgesetze außer Kraft setzt. Masse verändert sich nicht einfach. Oder kommt hinzu. Dieses Ding kann nicht aus sich heraus durch irgendeine chemische Reaktion ohne Zutaten Bier produzieren. Gibt ein paar Naturgesetze. Ich denke, das wird auch im Vatikan angekommen sein«, sagte Minkin in Richtung des Paters.

»Es ist mir bekannt. Aber das Wesen eines Wunders ist nun mal, dass Naturgesetze außer Kraft gesetzt werden.«

»Wunder nennen Sie das?«

»Wie sagen Sie dazu?«

»Verarsche. Hat euer Verein doch jahrhundertelange Übung darin.«

Der Pater war jetzt da, wo Minkin ihn haben wollte. Er war angepisst.

»Wenn Sie so weitermachen, landen Sie in der Hölle.«

Dort treffe ich auf genau solche Typen wie dich, dachte Minkin. Hatte den Mann schon genug gereizt. Brauchte ihn vermutlich noch. »Na und? Selbst Meat Loaf hat es da wieder raus geschafft.«

Pater Johann verstand nicht.

»Wer ist Meat Loaf?«

»Niemand, den Ihresgleichen kennen müsste.«

Konnte man auf alle Arten deuten. Such' dir was aus!

Pater Johann schüttelte den Kopf. »Ich dachte, Sie sind klüger, Minkin.«

Jetzt kam er auf *die* Tour. Ganz krumm.

»Es heißt, Sie haben das Heilige Fass gefunden und es in Sicherheit gebracht.«

»Und?«

»Da hätte ich auf etwas mehr Einsicht gehofft.«

»Sie führen mich in diese Gruft, zeigen mir eine Gipsfigur, die Bier weint und erwarten was genau? Dass ich sage, schön, endlich sehe ich auch mal so 'nen Hokuspokus?«, sagte Minkin aufgelöst. »Wissen Sie was, ich mache jetzt das, was jeder halbwegs normale Mensch machen würde. Ich gehe was trinken. In der *Krone* haben sie ein gutes Wallfahrtsbier.«

Pater Johann und Vanessa sahen sich an. Rollten die Augenbrauen nach oben.

»Was?«, fragte Minkin gereizt.

»Das können Sie auch hier haben.«

Dauerte einen Moment, bis Minkin das kapierte.

»Nein, nicht ihr Ernst?«, sagte Minkin fahrig und klang dabei wie Louis de Funés.

»Doch.«

»Sie wollen mir erzählen, dass Sie das, was aus der Gipsfigur läuft, als Wallfahrtsbier verkaufen?«

Vanessa nickte.

Heilige Scheiße!, dachte Minkin.

Er hatte zwei davon getrunken. Hatte eine schöne Farbe, klassisches Altgold, Rotschimmer mit drin. Ging in jedem Fall als Rotbier durch. Malzig, bisschen süß vielleicht. Konnte man sich dran gewöhnen. Sagen wir mal so, wenn man bedenkt, dass das Getränk aus einer zweihundert Jahre alten Gipsfigur kam, war es gar nicht mal so übel. Oder wie die Eingeborenen sagten: *Bassd scho.* War die höchste Punktzahl, die der Franke in seinem Rating vergeben konnte.

Minkin hatte genug gesehen für heute. Seine Verabschiedung von Vanessa und Pater Johann fiel knapp aus. Er schüttelte den Kopf. »Ich muss das hier erst mal sacken lassen, euren Zaubertrick.«

Der Pater und Vanessa nickten.

»Mach das, aber behalt es für dich.«

»Kann ich nicht versprechen.«

»Versuche es wenigstens.«

BETRACHTUNGEN ÜBER WUNDER

Minkin stieg um 19.30 Uhr am *Gasthof Post* in den Bus nach Ebermannstadt, von da ging es weiter nach Forchheim mit dem Zug. Er kam um kurz vor neun in Bamberg an. Ging zu Fuß in Richtung Hotel. Hatte das Bedürfnis, mit jemand über das zu sprechen, was er in der Gruft gesehen hatte. Nahm den Umweg über das *Mahrs Bräu*. Vielleicht hatte er Glück und Sylvia, seine Lieblingstresenfachkraft, hatte Dienst. Einen Versuch war es wert.

Der Biergarten war ordentlich voll.

Minkin bekam einen Platz an einem großen Tisch mit einer Gruppe Japaner angeboten. Nahm ihn widerwillig an. Von Sylvia war nichts zu sehen. Haste Scheiße am Fuß, haste Scheiße am Fuß.

Er orderte aU. Das Getränk kam in Rekordzeit. Wenigstens das flutschte.

»Was essen, der Herr?«, fragte die Bedienung.

Minkin merkte erst jetzt, dass er, abgesehen vom Frühstück im *Hotel Alt Wunderberg*, nichts zu sich genommen hatte.

»Paar Bratwürste, bitte.«

»Mit Sauerkraut?«

»Bisschen Gemüse kann nicht schaden.«

»Einmal die groben fränkischen Bauernbratwürste mit Sauerkraut und Holzofenbrot.«

Klang wie ein Gedicht von Thomas Bernhard. Konnte man nichts falsch machen.

»Und noch ein aU, bitte!«

Das Essen kam zügig. Minkin, komplett ausgehungert, fiel regelrecht über den Teller her. Das mit den Bratwürsten hatten sie drauf in Franken. Definitiv.

Die Japaner am Tisch sahen Minkin leicht angewidert beim Essen zu. Hielten die Klappe. War besser so. Hatten in Pearl Harbour genug Schaden angerichtet. Sollten ihm besser nicht das Essen versauen. Nach einem weiteren aU ging Minkin ins Hotel. Es war kurz nach elf Uhr abends.

Die Sache mit der Madonna ließ ihm keine Ruhe. Er nahm das Siemens-Mobilfunkgerät. Ein paar wenige Nummern waren darin eingespeichert. Die Nummer des Holländers gehörte dazu.

Der Holländer hieß mit Vornamen Wim. Er war der schlauste Kerl, den Minkin kannte. Ein Chemiker mit Doktortitel. War mit ihm zu Schule gegangen. Hatte Karriere gemacht in den Staaten. An einer Eliteuni. Dann hatte sich seine Frau in den Staaten von ihm getrennt und die gemeinsame Tochter Chelsea mitgenommen. Wim kam zurück nach Stuttgart. Fing mit dem Saufen an. Hatte damals einen Laborjob im Stuttgarter Westen. In der Hauptsache überwachte er den Tresen in *Rosi's Pinte*. Die Pinte am Hölderlinplatz war inzwischen dem Bistro *Benzin* gewichen. Dort wurden jetzt Miesmuscheln in Weißweinsoße serviert. Sag was drauf. War jedenfalls nicht nach Wims Gusto. Er hatte sich ein neues Zuhause gesucht. Wims Alltag wurde ein anderer, als seine Tochter Chelsea nach dem unerwarteten Tod ihrer Mutter plötzlich in Stuttgart aufgetaucht und bei ihm eingezogen war. Inzwischen hatte Wim eine Tätigkeit an der Uni in Vaihingen angenommen. Forschte an Werkstoffen für 3-Druck-Verfahren.

Minkin ließ es bei Wim klingeln. Nach dem fünften Klingeln ging er dran.

»Ja?!«

»Wim, hallo, hier ist Minkin.«

»Minkin, das ist eine Überraschung! Wie lange ist das her? Zwei Jahre?«

»Eher länger, Wim. Wie geht es dir?«

»Passt. Selbst?«

»Auch soweit.«

Wim fasste sich im Small Talk gerne kurz. Kam Minkin gelegen.

»Wim, kann ich mit dir über eine Sache sprechen, die, sagen wir mal, einen naturwissenschaftlichen Background hat?«

»Jetzt?«

»Ist spät, ich weiß.«

»Kein Problem. Das Kind ist eh noch nicht zu Hause, vorher mach ich kein Auge zu.«

»Chelsea. Sie wohnt noch bei dir? Wie alt ist sie jetzt?«

»Neunzehn, praktisch noch ein Baby.«

»Wie läuft es zwischen euch?«

»Ganz okay. Sie ist jetzt seit über zwei Jahren hier. Denke, sie hasst mich nicht mehr allzu sehr.«

Das Mädchen liebte ihn, zeigte es vermutlich selten. Aber da war Wim nicht anders.

»Wie kann ich dir helfen, Minkin?«

»Das klingt jetzt möglicherweise etwas skurril.«

Minkin erzählte Wim die ganze Geschichte von der Gipsfigur, die Bier weinte. Von dem Fränkischen Bierwunder. Am Ende sagte er:

»Eine offensichtliche Erklärung kann man ausschließen, gibt keine Zuleitung oder etwas Ähnliches.«

Wim, am anderen Ende des Funknetzes, schwieg.

»Was hältst du davon? Das passt doch in kein Schema, in kein Naturgesetz.«

»Man sollte das nicht zu hoch hängen mit den Naturgesetzen. Naturgesetze beschreiben nichts anderes als Regelmäßigkeiten, die in der Natur vorkommen. Es sind nicht mehr als quantitative Zusammenhänge zwischen beobachteten oder vermuteten Erscheinungen der realen Welt. Mit ordentlich Spekulation drin. Wo es Regelmäßigkeiten gibt, da gibt es auch Unregelmäßigkeiten.«

»Heißt?«

»Wenn du das gesehen hast, wird was dran sein.«

»Du hältst das für möglich?« Minkin war enttäuscht. »Ernsthaft, glaubst du an Wunder, Wim?«

»Na ja, ich halte viel von Albert Einstein. Er meinte, es gäbe zwei Arten, sein Leben zu leben: entweder so, als wäre nichts ein Wunder, oder so, als wäre alles ein Wunder. Insofern, ich will nichts ausschließen. Solltest du auch nicht, Minkin.«

Das Gespräch war nicht die Hilfe, die Minkin erwartet hatte. Trotzdem ein willkommener Anlass, um mit seinem alten Freund ein paar Worte zu wechseln. Allerdings ging ihm die Madonna nicht aus dem Kopf. Eine Idee fing an, sich in Minkins Kopf festzusetzen. Er konnte die Idee noch nicht greifen. War kein Sturm unter der Schädeldecke. Eher ein Hauch.

Aber sie war da.

SO KURZ VOR DATE

Am nächsten Morgen war Minkin seltsam ausgeschlafen. Kurz nach 9 Uhr betrat er frisch geduscht den Frühstücksraum.

Dietmar passte ihn an der Tür ab, sagte: »Du hast Besuch.«

»Wer?«

»Die Frau dort hinten in der Ecke, hat ihren Namen nicht gesagt. Sie wollte warten, bis du runterkommst. Kennst du sie?«

Minkin warf einen Blick nach hinten, erinnerte sich. »Ja.«

»Wenn sie hier frühstückt, kostet das extra.«

»Denke, sie hat ihre Porridge-Bowl schon intus für heute.«

Dietmar runzelte die Stirn.

»Was?«

»Vergiss es.«

Minkin holte sich einen Kaffee aus der Thermoskanne und setzte sich zu der Frau an den Tisch. »Möchten Sie auch was trinken?«

»Ich nehme nicht an, dass es hier Hafermilch gibt?«

»Da liegen Sie ziemlich genau richtig. Heute allein? Wo ist ihr Freund mit den großen Ringen im Ohr?«

Minkin gegenüber saß die junge Frau, die ihm vor wenigen Tagen einen Besuch abgestattet hatte. Diesmal ohne ihre Bulldogge. Unangenehmer Typ. Besuch war unsanft. Die Frau trug heute ein schwarzes Businesskostüm.

Eng geschnitten. Blaue Bluse darunter. Stand ihr hervorragend.

»Er ist nicht mein Freund. Er unterstützt mich gelegentlich. Bei speziellen Aufträgen, wenn ich Hilfe gebrauchen kann.«

»Heute nicht erforderlich?«

»Sie sind harmlos.«

War kein Kompliment von einer einssechzig großen Frau im Zweitteiler.

»Was kann ich für Sie tun?«, fragte Minkin.

»Vielleicht kann *ich* was für Sie tun?«

»Ich bin gespannt.«

»Sie wollten die Madonna haben?«

»Ja.«

»Wir können Ihnen helfen, in die Kapelle reinzukommen.«

»Wow, bin ich schwer beeindruckt«, sagte Minkin mit deutlich Spott im Abgang.

»Was ist? Warum grinsen Sie?«, fragte die Frau leicht irritiert.

»Hören Sie, die Sache ist die, ich war in der Kapelle der Brauerei, die Madonna ist verschwunden.«

Das saß erst mal.

»Habe ich Sie wohl unterschätzt!«, sagte die Frau im schwarzen Businesskostüm.

»Passiert den Besten«, gab sich Minkin jovial.

Das erste Mal, dass die Frau sowas wie ein Lächeln andeutete. Blieb bei Minkin nicht ohne Wirkung.

»Wo ist die Madonna jetzt?«

»Ich bin ihr auf den Fersen.«

»Vergessen Sie unseren Deal nicht. Wenn Sie Unterstützung brauchen oder ich sonst was für Sie tun kann, lassen Sie es mich wissen.«

Minkin dachte nach. Entschied sich für folgende Antwort: »Mit mir was trinken gehen!«

Die Frau sah ihn *so* an. Bedeutete: Willst du mich auf den Arm nehmen? Zog die Augenbrauen nach oben. Lächelte ein tolerantes Lächeln. Ein Lächeln, das sagt, wir wissen beide, dass du ein chancenloser Idiot bist.

Minkin bereute seine Antwort bereits.

»Sie haben Courage, Kleiner.«

Kleiner? Gings noch! »Ist das eine Zusage?«

Die Frau stand auf und ging Richtung Ausgang. War fast schon draußen. Drehte sich noch mal um. »Ich bin heute Abend um sieben hier. Lassen Sie sich was einfallen, wo wir hingehen.«

Yippie Ya Yeah! Damit war der Tag für Minkin gelaufen. Es konnte nur noch schlechter werden.

Was tun außer warten? Irgendwie musste er die Zeit bis heute Abend totschlagen.

Minkin saß dumm im Frühstücksraum herum und dachte darüber nach, warum er ein Date mit der Lady hatte. Ihm fiel auf, dass er nicht mal ihren Namen wusste. Wie bescheuert war das denn! Scheiß drauf! Minkin war voller Erwartung. Vermutlich war die Erwartung schon das Beste an der Sache.

Gab im Stuttgarter Westen eine Bäckerei. Den *Bäcker Bosch*. Machten dort ein Laugengebäck, für das sich jeder andere Bäcker in der Stadt die Hand abhacken lassen würde. Die Schlange reichte regelmäßig bis um die Häuserecke. Am liebsten mochte Minkin das Aroma. Wenn man sich frühmorgens der Backstube näherte. Den Geruch nach frischem Backen in der Nase. Den Duft nach Hefe. Das war das eigentliche Pläsier. Die wahre Wonne fand während der Annäherung statt. Das Näherkommen an sich war größer als die Sache selbst.

So war das mit dem Date auch. Würde garantiert in die Hose gehen. Aber bis dahin war alles gut. Abgesehen davon, dass die Frau im gegnerischen Team spielte und ihn mit Sicherheit übers Ohr hauen würde bei der ersten sich bietenden Gelegenheit.

AUFTRITT SENATOR

Der rote Tesla schnurrte durch die Bamberger Innenstadt, überquerte die Markusbrücke und verschwand wenig später in der Tiefgarage des *Hotels Residenzschloss.* Das 4-Sterne-Hotel befand sich in einem historischen Gebäude direkt an der Regnitz.

Eine knappe halbe Stunde, nachdem sich die Frau von Minkin im *Alt Wunderberg* verabschiedet hatte, nahm sie in der Bar des Hotels in einem der pinkfarbenen Sessel Platz und orderte eine Hafer Latte.

Ein Mann setze sich zu ihr. Schlank, dunkler Anzug, eng geschnitten. Erinnerte entfernt an Christian Lindner. Das blonde Haar kurzgetrimmt. Sonnengebräunte Haut.

»Du entschuldigst die Verspätung, ich wurde aufgehalten.«

Ein Kellner brachte die Hafer Latte. Die Frau nahm einen Schluck und schob sie beiseite. Verzog den Mundwinkel.

»Stimmt etwas nicht mit dem Getränk?«, fragte der Mann.

»Könnte heißer sein.«

Der Mann beorderte den Kellner mit einer gebieterischen Handbewegung zu sich.

»Nehmen Sie das mit und lassen Sie der Dame eine neue Hafer Latte zubereiten. Und diesmal von jemandem, der das kann.«

»Sehr wohl, Herr Senator. Natürlich.«

Fehlte noch, dass er sich vor ihm auf den Boden warf und ihm die Füße küsste.

Er war ein widerliches Arschloch, dachte die Frau, aber er war ihr Boss. Sie war seine Assistentin und er hatte Macht. Hin und wieder fiel davon was für sie ab.

»Ein Fauxpas, wie kann ich ihn wieder gutmachen?« Er legte dabei seine Hand auf Lindas Knie. »Aber du weißt, wie das ist mit dem Personal, Linda.«

»Ist schon okay.«

»Also, was ist nun mit dieser Sache, mit dieser Madonna in der Kapelle der Brauerei. Gibt es da ein Problem? Du weißt, wir stehen kurz vor der notariellen Beurkundung des Kaufvertrags. Wir können keine Unruhe gebrauchen.«

»Gibt kein Problem, nein, Herr Senator.«

»Und was ist mit diesem Privatermittler, der nach der Madonna sucht, kann der uns in die Quere kommen? Wie heißt er noch mal?«

»Minkin, sein Name ist Minkin. Ich war gerade bei ihm.«

»Weiß er etwas von unseren ›Spezialoperationen‹?«

Dem Senator gefiel seine zynische Formulierung.

»Nein, er hat keine Ahnung, er interessiert sich nicht mehr für die Lauge oder das Mariabräu. Er will nur diese Madonna.«

Der Senator nickte.

»Kann er haben, wenn er dann Ruhe gibt. Du kannst mit ihm in die Brauereikapelle, wir haben das arrangiert.«

»Dort ist die Madonna nicht mehr, er war bereits in der Kapelle.«

Der Senator war erstaunt, fragte: »Wo ist dieses Ding?«

»Ich weiß es nicht.«

»Und dieser Schnüffler, dieser Minkin, weiß er es?«

»Nein. Denke nicht.«

»Was soll das mit der Madonna, warum ist er so scharf darauf?«

»Der Typ hat einen Knall und ein Alkoholproblem«,

sagte Linda. »Seine Expertise besteht wohl darin, ausgefallene Sachen zu finden, die irgendwas mit Bier zu tun haben. Mal ist es ein altes Fass, diesmal ist es diese Madonna. Kunsthistorisch ist das Objekt wertlos, ich habe das prüfen lassen, aber für die fränkischen Brauer mit ikonischer Bedeutung aufgeladen. Sie halten die Rote Madonna für ihre Schutzpatronin, für die Mutter des Fränkischen Brauwunders.«

Der Senator war immer wieder überrascht, an welchen Unsinn die Eingeborenen glaubten.

»Dann machen wir uns den Aberglauben dieser Trottel zunutze. Er soll das Ding haben, wenn damit Ruhe ist. Bist du sicher, dass er uns dann nicht mehr in die Quere kommt?«

»Bin ich.«

»Warum so überzeugt?«

»Er wird mir aus der Hand fressen.«

»Wie kommst du drauf?«, fragte der Senator.

»Er hat mich nach einem Date gefragt.«

»Was hast du geantwortet?«

»Ich habe zugestimmt.«

»Linda, Linda. Muss ich eifersüchtig werden?«

Die Frau wurde für einen kurzen Moment rot. Er griff ihre Hand, tätschelte sie für ein paar Sekunden.

»Das war ein Spaß, meine Liebe. Ich schätze es, wie du dich für uns und unsere Interessen einsetzt. Wird nicht dein Schaden sein. Wie gefällt dir dein neuer Tesla?«

»Tolles Auto.«

»Du weißt, wie wichtig mir und unserem Unternehmen das Thema Nachhaltigkeit ist.«

Linda nickte. Wusste, dass es wenige Sachen gab, die ihrem Chef mehr am Arsch vorbeigingen als Nachhaltigkeit. Nach einer weiteren Anzüglichkeit, die ihr Kostüm betraf, verabschiedete sich der Senator, wie ihn alle nannten, ohne genau zu wissen, wo diese Bezeichnung ihren Ursprung hatte.

ZERSTREUUNG

Minkin saß immer noch am Frühstückstisch und blätterte sinnlos durch den *Fränkischen Tag*. Dietmar kam an den Tisch, begann damit, das Frühstücksgeschirr abzuräumen.

»Und wie lief es mit der Frau?«

»Zu gut.«

Dietmar sah in *so* an.

»Gibt es das?«

»In meinem Fall vermutlich schon.«

Minkin war jetzt schon irre nervös, wie das wohl laufen würde mit der Frau. War sich sicher, dass er es verkacken würde. Musste sich ablenken für den Rest des Tages. Die Madonna in Gößweinstein würde ihm nicht weglaufen. Er stand auf und dachte nach, wie er den Tag zerstreuen konnte. Die Zeit bis zum Date totschlagen.

»Was muss man in Bamberg gesehen haben, Dietmar?«

»Warst du schon auf dem Dom?«

»Nein, aber Kirche hatte ich gestern in Gößweinstein. Reicht mir.«

»Dann mach 'nen Spaziergang durch die Altstadt. Lohnt immer. Schau dir das Alte Rathaus an. Kannst du nicht verfehlen. Liegt auf einer Insel in der Regnitz. Und das Fischerviertel, Klein-Venedig, kannst dir anschauen.« Dietmar war inzwischen aufgetaut, fast schon auskunftsfreudig im Vergleich zur ersten Begegnung. Der Franke brauchte ein wenig, bis er dich ins Herz schloss. Aber dann ließ er dich nicht mehr so schnell wieder da raus.

»Tipp für eine Brauerei?«

»Gehst zum *Greifenklau* auf den Kaulberg, für mich der schönste Keller in der Stadt, gutes Bier haben sie dort auch, machst nix verkehrt. Spitzenaussicht auf Bamberg.«

Minkin holte den Stadtplan hervor und sah sich die Route an. Danach ging er auf sein Zimmer und schnappte sich seine Umhängetasche. Er hatte die Tasche während seines ersten Falles in der spanischen Stadt Sevilla bei einem schwarzen Straßenhändler erstanden. Die Tasche war aus olivgrünem Canvas gefertigt. Der Verkäufer versicherte ihm seinerzeit, es sei ein Original. Minkin war leicht zu überzeugen in Modefragen. Obwohl ihn die Schreibweise des Labels hätte stutzig machen sollen. Er war sich sicher, dass es Gucci heißen müsste, nicht Guci.

Minkin ging die Regnitz entlang am Kunigundendamm. Ein paar Studenten spielten dort ein Spiel, das Minkin nicht kannte. Sie schlugen einen Ball auf ein am Boden stehendes Trampolin. So richtig zu funktionieren, schien das Ding nicht. Er überquerte den Fluss an der Marienbrücke. Ging vorbei an den Gerichtsgebäuden, die er schon kannte, und erreichte nach einer Dreiviertelstunde das Alte Rathaus an der Regnitz.

Dietmar hatte ihm erklärt, dass es das berühmteste Gebäude der Stadt war. Es wurde auf einer künstlichen Insel über dem Fluss Regnitz erbaut. Das Rathaus befindet sich mitten im Wasser. Über die Obere Brücke und das Tor kam Minkin zur Bergstadt. Einer Erzählung nach wollte der Bamberger Bischof den Bürgern der Stadt keinen Platz für den Bau eines Rathauses abgeben. Da rammten die Bürger kurzerhand Pfähle in die Regnitz, um darauf ihr Rathaus zu errichten. Auf einer künstlichen Insel im Fluss. Ob die Geschichte stimmte, konnte Dietmar nicht sagen. Gut war sie allemal. Das Rathaus markierte eine Grenze zwischen der bischöflichen Bergstadt und der bürgerlichen Inselstadt.

Heute war das Bauwerk im Fluss das wichtigste Wahrzeichen der Stadt.

Minkin nahm den Abstecher Richtung Fischerviertel. Waren ein paar Fachwerkhäuser am Fluss mit Kähnen davor. Ein Postkartenmotiv. Mehr auch nicht. Wenig beeindruckend, insbesondere wenn man Venedig kannte. Die Suche nach dem Heiligen Fass hatte Minkin dort hingeführt. Im Grunde waren alle Städte gleich, nur Venedig war anders. Anstatt Autos fuhren dort Schiffe. Minkin musste damals überhastet abreisen. Jemand hätte ihn in seinem Hotel fast abgefackelt. Wäre gern dortgeblieben. Nicht zuletzt wegen eines Mädchens. Mariella. *Brown Eyed Girl* from the County Donegal. Bis er mitbekommen hatte, dass sie was mit einem Asiaten anfing. Wollte ihr nicht die Schuld geben. Minkin und Mariella waren Opfer der Umstände. *Victims of Circumstance. Barclay James Harvest*. Nicht der beste Popsong, den die Achtziger hervorgebracht hatten.

Das Thermometer kratzte schon wieder an der Dreißig-Grad-Marke. Minkin hatte Durst. Der *Greifenklau-Keller* war mit einem ziemlichen Aufstieg verbunden.

Von der Straße aus nicht zu sehen, lag hinter der Brauereigaststätte der große Biergarten. Sollte einer der ältesten Bamberger Bierkeller sein. Unter dem Biergarten lag das Gewölbe des ehemaligen Bierlagerkellers, wo man vor der Erfindung der Kältemaschine mit Eis aus den umliegenden Weihern und mit dem Schatten der Kastanienbäume den ganzen Sommer über das Bier kühlen konnte.

Dietmar hatte nicht zu viel versprochen. Großartige Aussicht. Minkin trank ein Lager. Genoss dabei den Ausblick auf die gegenüberliegende Altenburg. Hörte nach dem zweiten Lager auf. Wollte es langsam angehen lassen heute. Eine Stunde später machte er sich an den Abstieg. Am frühen Nachmittag kam er wieder im Hotel an.

Minkin war von der Wanderung kaputt und komplett durchgeschwitzt. Ging duschen und legte sich anschließend in Unterhose aufs Bett. Dauerte nicht lang, dann war Minkin eingeschlafen. Geweckt wurde er durch das Klopfen an der Tür. Jemand rief:

»Minkin.«

Dauerte einen Moment, bis Minkin sich sortiert hatte.

Es war Dietmars Stimme.

»Minkin, du hast Besuch, die Frau von heute Morgen wartet im Frühstückszimmer.«

Ach du Scheiße.

»Wie spät haben wir es?«

»Kurz nach sieben.«

Ich bin so ein Idiot, dachte Minkin. So ein Vollidiot!

»Sagst du ihr, ich komme sofort, muss nur noch kurz …«

»Was?«

»Noch kurz irgendwas, lass dir was einfallen, okay, danke. Fünf Minuten, okay.«

Minkin wühlte hektisch in seiner Reisetasche. Wählte von den getragenen T-Shirts das sauberste aus. Zog seine Ersatzjeans an, eine in die Jahre gekommene Levis 501. Passte ihm nicht mehr perfekt. Die Jeans war offensichtlich enger geworden. Beim Sitzen würde Minkin heimlich den Knopf öffnen, aber das musste er in Kauf nehmen.

Minkin schaffte es tatsächlich, fünf Minuten später im Frühstückraum zu sein.

RENDEZ-VOUS À *KORNBLUME*

»Sorry, es tut mir so leid.«

»Kein Problem, Dietmar hat es mir alles erzählt. Ich hoffe, Ihrer Mutter geht es wieder besser?«

Minkin sah zu Dietmar hinüber.

»Ist sie noch in der Klinik oder schon wieder zu Hause?«

Minkin schaltete schnell für seine Verhältnisse. Seine Mutter war seit mehr als fünf Jahren tot. Aber Dietmar hatte sie als Ausrede benutzt. War klar, dass das auffliegen würde früher oder später.

»Nein, sie ist nicht mehr im Krankenhaus.« War zumindest nicht gelogen von Minkin.

»Freut mich«, sagte die Frau.

Dietmar warf ihm einen Blick zu, der sagte: »Dafür schuldest du mir was!«

»Okay, dann lassen Sie uns gehen. Ich habe Hunger.«

Minkin und die Frau standen vor dem *Hotel Alt Wunderberg.*

»Ich gebe Ihnen keine Hand, ist nichts Persönliches, ist wegen Corona.«

Stimmt, dachte Minkin, das gab es ja auch noch.

»Ich bin übrigens Linda.«

»Ich bin Minkin.«

»Das weiß ich, Minkin. Und was hast du dir überlegt für heute?«

Minkin hatte die Überlegungsphase schlicht verschlafen. Sein Blick fiel auf das Lokal neben seinem Hotel. Dietmar hatte es empfohlen. Die *Kornblume.*

»Es ist nicht sonderlich originell«, sagte Minkin. »Aber hier nebenan haben wir die *Kornblume*. Ein gutes Lokal für vegetarische Gerichte. Machen dort eine spitzenmäßige Falafel.«

»Falafel?

»Ja, nicht gut?«, fragte Minkin unsicher.

»Doch, sehr gut.«

»Dachte mir, wäre was für dich.«

»Sehe ich so aus?«

Darauf gab es keine Antwort, mit der man gewinnen konnte.

»Du hast nach Hafermilch gefragt heute früh, da dachte ich, mit Schäufele brauch ich dir nicht zu kommen.«

»Vielleicht bist du ein besserer Beobachter, als ich dachte«, sagte Linda.

War Minkin nicht. Nur die Kunst der Improvisation beherrschte er leidlich. Obwohl er Free Jazz nicht ausstehen konnte. Eigentlich sogar hasste.

»Bist du Veganerin?«

»Nein, wieso fragst du?«

»Nur, dass ich nicht aus Versehen einen blöden Witz mache über Veganer.«

»Kannst du machen, wenn er gut ist«, sagte Linda.

»Okay, mach ich, aber nicht über Tofu!«

»Wieso nicht über Tofu?«, fragte Linda nach.

»Tofu, nein – das ist geschmacklos.«

Linda ließ sich nicht anmerken, ob ihr der Witz gefiel.

Minkin würde das Humording für den Rest des Abends umschiffen.

Die beiden nahmen im Innenhof der *Kornblume* Platz.

Minkin bestellte die scharfen Gemüse-Tacos, Linda war auf die Falafel abonniert.

»Wie weit bist du mit der Madonna, Minkin?«

Minkin wollte es langsam angehen lassen mit dem Informationsaustausch. Sich vage halten. Immerhin saß hier der Feind am Tisch.

»Ich weiß, wo sie steckt.« Klappte schon mal nicht mit dem Langsam-angehen-Lassen. Minkin hatte sich verknallt in Linda. Plauderte deshalb mehr aus, als klug war. Erzählte ihr praktisch die komplette Story der Madonna. Wie und wo er sie gefunden hatte. Was er sich davon erhoffte? Dass Linda seine Sympathie erwiderte? Wie einfältig konnte man denn sein? Gerade, wenn man dachte, Minkin hatte ein bisschen an Reife zugelegt, setzte er in Sachen naiver Schlichtheit noch mal einen obendrauf.

»Was hast du vor damit?«

»Ich habe einen Job zu erledigen.« Den Satz hatte sich Minkin genau für so eine Gelegenheit zurechtgelegt. Um jemanden zu beeindrucken. Werden sehen, wo das hinführte bei der Frau.

»Der lautet?«

»Die Madonna holen und bei der fränkischen Brauerloge, der Franconia, abliefern. Dafür haben sie mich geholt, dafür werde ich bezahlt.«

»Und du?« Jetzt war Minkin an der Reihe. »Was sollte der Besuch bei mir im *Wunderberg* mit deinem Freund?«

»Ich habe es dir schon mal gesagt, er ist nicht mein Freund. Wir sind Kollegen.«

Würde ihr Minkin trotzdem noch ein paar Mal unter die Nase reiben. Ihr damit auf die Nerven gehen.

»Okay, dein Begleiter. Was sollte das?«

»Ich bin dir eine Erklärung schuldig.«

»Sehe ich auch so.«

»Ich arbeite für einen Projektentwickler, Immobilienbranche. Die Senator Immobilienentwicklung. Wir stehen kurz vorm Kauf des Mariabräuareals.«

»Und …? Soweit waren wir ja schon!«

»Nun ja, mein Chef dachte, du bist von einem Mitbewerber, willst uns dazwischenfunken in letzter Sekunde. Ist eine bösartige Branche. Wird mit allen Mitteln agiert. Und es gab einige Konkurrenten, die das Projekt ebenfalls gerne gemacht hätten. Wir waren irritiert über deinen Auftritt im Landratsamt. Dachten, du gehörst zu den bösen Jungs.«

Minkin hatte keinen blassen Schimmer, dass die Frau ihm kompletten Unsinn erzählte.

»Wie habt ihr überhaupt davon erfahren, dass ich auf dem Landratsamt war?«

»Minkin«, sie schüttelte fast mitleidig den Kopf. »Wie lange machst du das schon, das mit dem Ermitteln?«

»Fünf, sechs Jahre.«

»Die Immobilienbranche, wie gesagt, ist eine hart umkämpfte Branche. Insbesondere seit die Bauzinsen steigen, die Nachfrage zurückgeht. In der Branche braucht es hin und wieder unorthodoxe Methoden. Gut gepflegte Kontakte. Ein Mindestmaß an Rücksichtslosigkeit. Das alles bringt mein Chef mit.«

Gab einen Begriff dafür. Den Immobilienhai.

»Klingt nach dem fränkischen Donald Trump.«

»Dafür ist mein Chef zu kultiviert.«

»Kultivierte Arschlöcher sind meistens die größeren Arschlöcher.«

Linda lachte. »Kann was dran sein. Der Senator …«

»Er heißt Senator?«

»So nennt er sich. Ich nehme an, er hat den Titel an irgendeiner österreichischen Provinzuni gegen eine großzügige Spende verliehen bekommen.«

»Du magst ihn nicht«, stellte Minkin fest.

Linda wich ihm aus. »Er ist großzügig, in jeder Hinsicht.«

»Heißt?«

»Er stellt mir einen Tesla als Dienstwagen zur Verfügung. Einfach so.«

Kein Arbeitgeber tat irgendetwas einfach so. Gab immer eine Absicht dahinter.

Wenig später kamen die Falafeln und die Tacos. Es waren keine Klöße, das nicht, aber abgesehen davon war alles ziemlich ordentlich.

»Für wen arbeitest du, Minkin?«

Puh, dachte Minkin, gar nicht so einfach zu erklären. »Ich habe eine Art Agenten, einen Vermittler. Goldberg. Er hat es sich zur Lebensaufgabe gemacht, mich mit Ermittlungsaufträgen zu versorgen. Speziellen Aufträgen.«

»Was für Aufträge?«

»Hat immer mit Bier zu tun, was mir ehrlich gesagt nicht unrecht ist.

Minkin erzählte kurz, was er schon alles geleistet hatte für die internationale Bierkultur. Dass er diesmal die Rote Madonna, die Schutzpatronin und Ikone der fränkischen Brauer, in Sicherheit bringen musste.

»Nicht der spannendste Auftrag, aber hey, er wird ordentlich bezahlt. Man lernt interessante Menschen kennen.« Minkin sah Linda dabei verstohlen an.

»An deinen Flirtfähigkeiten musst du noch arbeiten.«

Minkin wurde rot, versuchte es mit Ablenkung: »Du, magst du Bier?«

»Es gehört nicht zu meinen bevorzugten Leidenschaften.«

Sieh an, dachte Minkin, die Assistentin eines Immobilienhais im Businesskostüm sprach von Leidenschaften.

»Was hat es mit der Madonna in Sachen Bier genau auf sich?«

Minkin dachte kurz daran, dass es nicht besonders schlau

sein könnte, das komplette Geheimnis der Madonna auszuplaudern. Aber die Story würde sie ihm eh nicht abkaufen. Und er wollte ihr Vertrauen gewinnen.

Erzählte ihr die Geschichte der Roten Madonna und ihren Weg durch Oberfranken. Endete mit der Erklärung, dass die Madonna heuer wieder damit angefangen hätte, Bier zu weinen.

»Was macht sie?«, fragte Linda halb erstaunt, halb amüsiert.

»Sie weint Bier.«

»Aha.«

»Mehr fällt dir dazu nicht ein?«

»Im Moment nicht, nein. Kannst du deinem Auftraggeber nicht eine andere Madonna abliefern? Gibt doch sicher eine Kopie davon?«

»Nicht von der Figur, die ist einzigartig. Sie stand lange Zeit in der Kapelle im Mariabräu. Eure Organisation wird das Areal kaufen und plattmachen. Dann ist sie praktisch obdachlos. Ich vermittle ihr eine neue Bleibe.«

»Wo ist sie jetzt?«

»Auf Pilgerreise in Gößweinstein.«

»Du willst sie dort holen?«

»Na ja, da ist nicht ihr Zuhause, oder?«

Linda überlegte einen Moment. »Ich kann dir dabei helfen?«

»Wie?«

»Ich meine wir, die Senator Immobilienentwicklung GmbH, haben die Brauerei mit allem Zubehör gekauft, das komplette Inventar. Die Madonna gehört rechtlich gesehen uns. Wir können dir den Besitz verschaffen, wir helfen gerne.«

Im Gegenzug soll ich meine Nase nicht in die Angelegenheit stecken, dachte Minkin. An dem Punkt waren wir auch schon mal. Diesmal würde er sich ernsthaft festlegen müssen. Die Brauerei war bankrott, soviel war klar. Baptist würde das Ruder nicht mehr herumreißen können. Die explodierenden Energiepreise würden den Rest erledigen. Der Branche stand eine Pleitewelle bevor. Das dritte Jahr Corona. Jetzt die Energiekrise. Da wird es selbst gesunde Brauereibetriebe erwischen. Minkin fühlte sich nicht hundert Prozent wohl in seiner Rolle. War nicht minkinesk. Nicht sein Stil. Aber hey, er war Baptist, dem Inhaber des Mariabräu, verdammt noch mal nichts schuldig. Gab keinen Deal mehr, er hatte ihm die Madonna schließlich nicht geliefert. Ein weiteres Argument war die junge Frau, die mit Minkin in der *Kornblume* saß und an ihren Falafeln kaute. Könnte sich was entwickeln aus der Zusammenarbeit. Minkin meinte, da was zu spüren. Einen unbeholfenen Versuch war es auf jeden Fall wert.

»Du hilfst mir, die Figur zu bekommen, und ich lasse die Lauge Lauge sein. Deal?«

»Deal.«

Jetzt streckte Linda ihm die Hand hin.

Er fraß ihr praktisch daraus.

»Wann kannst du mit mir dahinfahren, um die Figur zu holen?«, fragte Minkin.

»Morgen!«

Entweder wollte sie ihn schnell wiedersehen oder ihn möglichst bald aus Bamberg weghaben. War schwer einzuschätzen für Minkin.

»Ich habe möglicherweise noch ein kleines Transportverpackungsproblem mit der Figur, aber das sollte man in den Griff bekommen.«

Nach dem Essen machte sich Linda schnell aus dem Staub. Hatte die originellste aller Ausreden parat.

Sie war müde.

Und morgen hätten sie ein volles Programm. Inklusive Ausflug nach Gößweinstein.

Konnte Minkin wenig gegen sagen.

DO UT DES – ICH GEBE, DAMIT DU GIBST

Minkin nahm noch einen Absacker in der *Kornblume*. Er war um kurz vor zehn im Hotelzimmer. Nahm sein Mobiltelefon und wählte Wims Nummer. Wim konnte ihm eventuell bei ein, zwei Sachen unter die Arme greifen. Und er schuldete ihm was.

»Hallo Wim, hier ist Minkin.«

»Hi Minkin, das wird ja langsam zur Gewohnheit. Erst höre ich ewig nichts von dir und jetzt rufst du jeden Tag an.«

»Übertreib mal nicht, Wim.«

»Was kann ich für dich tun, Minkin?«

»Gibt in der Tat ein, zwei Dinge, bei denen du mir helfen könntest.«

»Schieß los, du hast was gut bei mir seit der Sache mit Chelsea.«

Die Kleine war damals wie alt? Siebzehn. War an den falschen Typen geraten. Minkin konnte sich damals nützlich machen. Wim schuldete ihm daher was. Obwohl die Beziehung zu Wim nicht aus Geben und Nehmen bestand, nicht das klassische »do ut des« war, hatte Wim jetzt doch die Gelegenheit, den Deckel auszugleichen.

Minkin plauderte aus, was er vorhatte, dass er die Madonna holen wollte. Allerdings weinte sie permanent Bier. Grundsätzlich eine gute Sache, aber für den Transport schwierig.

»Du wirst sie kühlen müssen.«

»Kühlen?«

»Bier besteht zu über 90 Prozent aus Wasser. Wenn man es stark abkühlt, ordnen sich die Moleküle zu einem festen, regelmäßigen Gitter an. Wasser wird zu Eis. Ich denke, minus 4 Grad Celsius sollten reichen. Hol dir im Mediamarkt eine transportable Gefrierbox. Die Dinger kannst du an jeden Zigarettenanzünder im Auto oder an jede Steckdose anschließen. Pack noch Eiswürfel drauf, dann sollte das kein Problem sein.«

Klang machbar. Linda würde ihm helfen, die Gefrierbox zu besorgen. Dann gab es noch eine zweite Sache.

»Dann wäre noch etwas, Wim.«

»Schieß los.«

»Du forschst an der Uni doch an Werkstoffen für 3-D-Druckverfahren.«

»Stark verkürzt könnte man das so sagen.«

»Hast du Zugang zu einem 3-D-Drucker, mit dem man die Madonna nachbilden könnte?«

»Technisch machbar, wir fertigen in der Medizintechnik millimetergenau Prothesen und Orthesen. Da sollte die Madonna kein Problem sein. Wir müssen die Figur digitalisieren, einen 3-D-Scan erstellen. Danach können wir die Madonna produzieren. In der Regel nehmen wir Thermoplasten.«

Plasten klingt nicht gut, dachte Minkin.

»Geht auch Gips?«

»Geht. Polymergips. Machen wir weniger, aber gibt es natürlich auch. Mit dem Pulverschicht-Druckverfahren druckt der 3-D-Drucker Modelle direkt in 24 Bit-Farben. Ist eher was für die Architektur- und Entwurfsplanung. Die Objekte dienen meist als Konzept- oder Anschauungsmodelle, zur Überprüfung des ästhetischen Eindrucks, Optik, Haptik und Ergonomie. Sind mechanisch nicht sonderlich belastbar.«

»Muss die Figur auch nicht sein. Wird nur angestarrt, bisschen herumgetragen, mehr passiert nicht damit. Kannst du die Figur für mich drucken?«

»Kann ich, kostet allerdings ein bisschen was. Die Materialkosten sind nicht ganz ohne.«

»Wie hoch?«

»Ich mach dir das für fünfhundert Euro.«

»Ganz schön teuer.«

»Wir sind kein Copyshop an der Ecke.«

Minkin wusste nicht, ob das ein fairer Preis war. Aber Wim würde ihn wohl kaum übers Ohr hauen, deshalb verzichtete Minkin auf Preisverhandlungen.

»Wann kannst du es machen?«

Wim gefiel das Ganze nicht, er war aber Minkin einen Gefallen schuldig.

»Ist nicht gerade compliant. Was ich da mache, kann mich in Schwierigkeiten bringen. Wir müssen es am Wochenende durchziehen, wenn keiner am Institut oben in Vaihingen ist.«

»Erwarte mein Kommen, beim ersten Licht des fünften Tages. *Bei Sonnenaufgang,* schau *nach Osten.«*

Wim verstand kein Wort. Er war kein *Herr der Ringe*-Fan. Im Gegensatz zu Minkin, der jeden Film mindestens dreimal gesehen hatte.

»Was soll das bedeuten?«

»Halt dir den Sonntag frei. Wir werden eine Heilige erschaffen.«

Danach führte Minkin ein weiteres Telefonat. Das würde weitaus unangenehmer werden. Minkin tippte ein paar Zahlen auf seinem Mobiltelefon ein.

Dauerte, bis jemand abnahm.

DIE BACHMANN AUS DER ASCHE

»Bachmann!«

Minkin räusperte sich. Er hatte nicht groß nachgedacht, wie er es angehen wollte. War vermutlich besser so. Gab kein Patentrezept für derartige Gespräche.

Minkin platzte in gespielter Freude heraus: »Bachi, Mensch, lange nichts gehört, wie gehts, wie stehts?«

Bachmann war sich nicht sicher: »Minkin, bist du das?«

»Ja, genau, dein alter Freund Minkin.«

»Du Arsch.«

Hatte Minkin vermutlich verdient. Obwohl ihn keine Schuld traf.

Seine alte Studienkollegin, die Bachmann, hegte eine gewisse Sympathie für ihn, die über das rein Freundschaftliche hinausgehen sollte nach ihrem Geschmack. Nach Minkins Geschmack war es völlig ausreichend so, wie es war. Die Bachmann war vorübergehend bei ihm eingezogen mangels Wohnungsalternative. Hatte sich von ihrem Mann getrennt, nachdem er sich als schwul geoutet und sie ihn mit einem anderen Kerl erwischt hatte. Minkins Vermieterin hatte die Bachi sofort ins Herz geschlossen. Sich gewissermaßen verbündet mit der Bachi. Dann stand die Bachi eines morgens vor der Tür mit einer Tüte Butterhörnchen der *Bäckerei Trölsch*. Das höchste der Gefühle. Mehr Zuneigung geht nicht. Problem war, dass in der Nacht eine andere Frau bei Minkin übernachtet hatte. Völlig harmlose Angelegenheit. Desiree war seine Mitstreiterin bei seinem letzten Abenteuer. Er sollte Desiree beschatten für einen

Klienten in einer Scheidungssache. Minkins Beschattung führte dazu, dass sein Klient, der Tierkäfighersteller Roman Ostertag, wieder mit seiner Ehefrau Desiree zusammenkam. Was schräg war. Jedenfalls ging die Bachi davon aus, er, Minkin, hätte was mit Desiree, da war aber null, nada, nothing. Ich schwör. Aber erklär das mal einer sturköpfigen und eifersüchtigen Heilbronnerin. Kannst du auch gegen eine Wand reden.

»Du hast das völlig falsch eingeschätzt damals, Bachi. Da war nix.«

Die Bachmann machte eine Pause.

»Ich weiß, Desiree hats mir vazählt. An Arsch bisch trotzdem. Lässt einfach eine andere Frau bei dir übernachten, allein das macht mich schon wahnsinnig.«

»Desiree war in einer schwierigen Phase damals.«

»I aa.« *(Das war ich auch)*

Bist du eigentlich immer, dachte Minkin. Ließ die Bemerkung stecken.

»Sie konnte in dem Zustand unmöglich nach Hause gehen. Wir hatten eine ziemlich harte Zeit in Frankreich, wären fast draufgegangen mit Abbé Jean«, versuchte es Minkin mit einer Erklärung.

»Jo isch ja gut, hör uff damit. Warum rufst du an, Minkin?«

»Nur so, fragen, wie es dir geht.«

»Erzähl koan Scheiß. Was willsch?«

»Dich fragen, ob du Lust hast, mich am Samstag in Bamberg zu besuchen.«

»In Bamberg, was machst doo?«

»Lange Geschichte, erzähle ich dir ein anderes Mal.«

»Am Samstag, sagst du?«

»Samstag wäre top, hier eine schöne Stadttour machen. Abends fahren wir dann wieder heim nach Stuttgart.«

»Ohne zum Übernachten?«

Wäre Minkin nicht so gelegen.

»Na ja, also ich habe nur ein Einzelzimmer hier, ich kann schauen, ob hier im Hotel noch was möglich ist.«

Musste die Bachmann nicht lange nachdenken. Sie mochte Minkin immer noch. Und er war gerade dabei, das auszunutzen.

Ziemliche Scheißaktion.

»Dann sehen wir uns Samstag, Mingibaby.«

Er hasste es, wenn sie ihn so nannte, hatte aber keine Wahl.

»Alles klar, ich freu mich.« Das konnte sich Minkin gerade noch so herauspressen. »Ich schick dir die Adresse per SMS.«

Lief besser, als Minkin dachte. Die Bachmann würde ihn am Samstag aus Bamberg abholen. Die Box transportieren.

Ob Minkin ein schlechtes Gewissen hatte? Sagen wir mal so, Minkins moralischer Kompass in dieser Geschichte war ziemlich am Verrutschen.

ÜBERFÜHRUNG DER MADONNA

Am nächsten Tag holte ihn Linda um 12 Uhr im Hotel ab. Minkin stieg in den nagelneuen Tesla.

»Schönes Auto.«

»Ja, Elon Musk ist ein Wahnsinniger, aber das mit der E-Mobilität hat er ziemlich gut hinbekommen.«

»Kannst du noch kurz bei einem Media Markt anhalten? Ich brauche eine Gefrierbox für den Transport der Madonna.«

Minkin erklärte ihr den Zusammenhang.

»Ich will nicht, dass mein neues Auto nach Bier stinkt, ist das klar!«

»Keine Sorge, es wird funktionieren.« Hoffte Minkin zumindest.

Linda steuerte den Tesla am Bamberger Hauptbahnhof vorbei nach Hallstadt und hielt vorm Media Markt.

Minkin stieg aus.

»Kann einen Moment dauern, Linda.«

»Ich habe mir den Tag reserviert für unseren Trip.«

Minkin verschwand im Media Markt.

Linda wählte die Nummer ihres Chefs.

»Ja?«

»Ich bin es, Linda.«

»Und?«

»Ich bin mit Minkin unterwegs, die Madonna holen. Wenn nichts dazwischenkommt, ist die Sache heute Abend erledigt und wir haben das Problem los.«

»Meine Linda, du bist mein bestes Pferd im Stall. Du

übertriffst meine Erwartungen. Wir sollten etwas mehr Zeit miteinander verbringen, Linda. Findest du nicht auch?«

Fand Linda nicht.

»Ich bin Ende des Monats auf einem Immobilienkongress in Dubai. Es wäre schön, wenn du mich begleiten könntest. Ich gehe davon aus, dass du dich da freimachen kannst?«

Linda hasste ihn. Seine grenzüberschreitenden Formulierungen.

»Ich muss sehen, was da an Terminen ansteht, Herr Senator.«

Der antwortete kühl: »Das war keine Frage, Linda. Du bist gedatet für die Reise.«

Der Senator legte auf. MeToo war an ihrem Chef vorbeigegangen. Er hatte Macht. Er hatte in der Vergangenheit keine Skrupel gezeigt, die Macht einzusetzen. Linda war ernsthaft angewidert von ihm. Aber er hatte ihr den Aufstieg ermöglicht. Sie war das, was man früher ein Arbeiterkind nannte. Ihre Eltern waren einfache Leute, der Vater arbeitete in einer Ziegelei, die Mutter ging putzen. Beide früh verstorben. Hatten ihren sozialen Aufstieg nicht mehr miterlebt. Sie hatte auf dem zweiten Bildungsweg das Abitur nachgeholt, BWL studiert. Kein glänzender Abschluss, aber es hat gereicht für den Einstiegsjob in der Immobilienentwicklung des Senators. Was ihr an Talent und Bildung fehlte, dass machte sie durch Entschlossenheit wett. Sie war in der Gaustadt aufgewachsen, einem ehemaligen Arbeiterstadtteil von Bamberg. Wer Schwäche zeigte, war ein leichtes Opfer auf dem Schulhof. Linda wollte kein Opfer sein.

Bis jetzt funktionierte es. Linda war verwirrt über die Ansagen ihres Chefs. In die Verwirrung mischte sich Angst, was passieren konnte, wenn sie »Nein« sagte. Und genauso viel Angst vor dem, was passierte, wenn sie »Ja« sagte.

»Was ist los, Linda?« Minkin stand mit einem Einkaufswagen neben ihrem Tesla und klopfte gegen die Scheibe. »Geht es dir nicht gut?«

Linda hatte sich wieder gefasst.

»Nichts, nur mein Chef. Er kann ein ganz schöner Arsch sein.«

Glaubte Minkin ihr aufs Wort, obwohl er ihn nicht kannte.

»Das hier ist die Gefrierbox, ich stelle sie auf den Rücksitz.«

Minkin hievte das Teil auf die Rückbank.

»Kannst du es bitte einstecken, danke. Dann kann er schon mal runterkühlen.«

»Hältst du das nicht für ein wenig übertrieben?« Linda schüttelte grinsend den Kopf. »Da steckt ein Trick dahinter, sobald du die Madonna aus dem Raum herausholst, wird der Schwindel auffliegen.«

»Sieh dir das Phänomen an und urteile dann.«

Minkin kaufte an der nächsten Tankstelle noch zwei Riesenpakete Eiswürfel und packte sie in die Box.

»Das sollte reichen, um die Rote Madonna abzukühlen.«

Minkin und Linda fuhren mit dem Tesla auf die A 73 und verließen bei Buttenheim die Autobahn. Von dort ging es weiter über Ebermannstadt nach Gößweinstein. Die Fahrt dauerte eine knappe Stunde. Dann erreichten sie den Ort.

»Dass da vorne ist die Basilika, dahinter gibt es eine Krypta, in der die Madonna steht. Am besten du parkst direkt hier auf dem Parkplatz des Gasthauses, die machen erst abends auf, Personalmangel.«

»Was du alles weißt?«

Minkin konnte sich nicht viele Sachen merken. Aber er konnte das Wesentliche vom Nützlichen unterscheiden.

»Haben wir einen Termin beim Pater?«

»Nein. Soll eine Überraschung sein. Verschafft uns einen leichten Vorteil. Gib einem Geistlichen keine Gelegenheit, sich vorzubereiten. Sonst legt er dich aufs Kreuz.«

Bei der Sache mit dem Kreuz waren die Brüder in jedem Fall im Vorteil.

Linda zog ein mehrseitiges Papier hervor. »Soll er versuchen. Er wird wenig dagegen einwenden können. Hier ist das Dokument, das belegt, dass die Madonna der Senator Immobilienentwicklung GmbH rechtmäßig gehört, der Firma meines Chefs.«

Linda zeigte ihm den Vertrag über den Brauereierwerb.

Hier stand es schwarz auf weiß. Mitverkauft sind alle wesentlichen Bestandteile und sämtliches Zubehör zum Datum des Vertragsschlusses.

Alle und sämtlich.

Mehr ging nicht.

Minkin ging mit Linda über den Parkplatz zum Eingang der Basilika. War früher Nachmittag. In der Kirche wurde gerade eine Messe gelesen, klang nach einer Beerdigungsmesse, einem Requiem für einen Verstorbenen. Unpassender Moment. Sie würden warten müssen, bis der Pater mit der Show durch war. Konnte dauern bei den Katholen.

Minkin und Linda nahmen draußen vor der Basilika auf einer Bank Platz.

»Was machst du mit der Madonna, wenn du sie hast?«

»Noch habe ich sie nicht.«

»Dauert nicht mehr lange.«

»Ich werde sie mitnehmen. An meine Auftraggeber übergeben, mein Honorar einstreichen. Und gut.« Das war die halbe Wahrheit, Minkin hatte einen Alternativplan.

Ob der funktionieren würde, stand auf einem anderen Blatt.

»Und du, was machst du, wenn ihr mich von der Backe habt?«

»Mach dir um meine Beschäftigung keine Sorgen, Minkin. Gibt eine Menge Projekte, die wir gerade planen und entwickeln.«

Im Klartext: Gab eine Menge Leute, die ihr übers Ohr hauen werdet.

»Job macht dir Spaß?«

»Spaß?« Linda dachte nach. »Was soll das für ein Maßstab sein?«

»Keine Ahnung, machst du das gerne, was du da tust? Gehst du gerne in dein Büro, kommst du gut mit deinem Chef klar? Sowas halt.«

»Weiß du was, Minkin?«

»Was?«

Linda sah ihn an. Schüttelte den Kopf.

»Minkin, du bist okay, aber das geht dich einen Scheiß an.«

Taffes Mädchen, dachte Minkin. Vielleicht hatte er einen Punkt getroffen. Vielleicht auch nicht. Konnte man nie so genau sagen. Tatsache war, dass er sich in das Mädchen verknallt hatte. Ohne Not.

»Hast du recht, aber manchmal passieren unvorhergesehene Sachen, die einen aus der Bahn werfen. Auf ein anderes Gleis setzen«, sagte Minkin.

»Wie bei dir?«

»Wie bei mir.«

»Wir haben uns ein wenig über dich erkundigt, Minkin. Du warst ernsthaft mal bei der Staatsanwaltschaft?« Sie sagte es genauso unwahrscheinlich, wie es klang.

»Kurz, um ehrlich zu sein«, antwortete Minkin.

»Was ist passiert?«

»Nicht viel, es war nichts für mich, war nicht mein

Rhythmus, sagen wir es mal so.« Weiter wollte Minkin nicht ins Detail gehen. Immer schön vage bleiben über die eigene Vergangenheit, ein Rückfahrticket bereithalten.

Nach einer halben Stunde war die Messe in der Basilika gelesen. Eine große Menschenmenge trat aus der Kirche. Die Gesichter der Besucher waren angemessen traurig. Musste eine beliebte Person gewesen sein.

Als die Kirche leer war, traten Minkin und Linda ein.

Pater Johann kam aus der Sakristei.

»Sie schon wieder?«

Wenn der Klerus dich so begrüßt, dann hast du einiges falsch gemacht. Oder alles richtig. Kam auf den Standpunkt an.

»Freut mich auch, Sie zu sehen, Pater.«

In dem Moment trat Linda neben Minkin.

»Guten Tag, Pater, mein Name ist Linda Hertlein. Ich arbeite für die Senator Immobilienentwicklung GmbH aus Bamberg.«

Der Pater bedachte Linda mit einem Blick, der sagte: Mit der Frau könnte es Ärger geben.

Lag er verdammt richtig.

»Das sagt mir leider nichts, Frau Hertlein.«

»Sollte es aber.«

»Warum?«

»Nun, weil ich glaube, dass die Kirche eine sehr eindeutige Meinung zum Thema Diebstahl hat.«

»Ich verstehe immer noch nicht, worauf Sie hinauswollen?«

»Sie haben etwas in Besitz, das uns gehört.«

»Was sollte das sein?«

»Machen Sie ernsthaft weiter auf unwissend, Pater?«

Dampf hat sie, das musste man ihr lassen, dachte Minkin.

Linda zog den Kaufvertrag über das Grundstück des

Mariabräu aus ihrer Umhängetasche und hielt ihn dem Pfarrer unter die Nase.

»Hier steht drin, dass die Senator Immobilienentwicklung das komplette Brauereiareal erworben hat. Mit sämtlichem Zubehör. Ich bin gekommen zu holen, was uns gehört. Wir wollen die Madonnenfigur. Die Tochter des ehemaligen Eigentümers hat sie unrechtmäßigerweise aus der Brauereikapelle entwendet. Und wir wollen sie jetzt. Oder sollen wir die Polizei dazu bitten?«

Seltsame Drohung, dachte Minkin.

Der Pfarrer studierte den Kaufvertrag eingehend. Sah dann zu Linda.

»Und Sie glauben, dieser Vertrag gibt Ihnen das Recht, die Rote Madonna in Besitz zu nehmen?«

»Juristisch in jedem Fall.«

»Und moralisch?«

»In Moralfragen sollte man die Kirche wohl eher weniger als Instanz heranziehen, was meinen Sie?«, entgegnete Linda schneidig.

Der Pater versuchte, Zeit zu gewinnen.

»Sie haben eine scharfe Zunge, junge Frau. Ich werde Ihnen die Madonna zeigen, wir werden sehen, wie Sie dann zu der Sache stehen.«

»Wir werden sie einpacken und mitnehmen, so einfach ist das.« Linda sah kurz zu Minkin hinüber.

Der nickte, wenn auch nicht mit voller Überzeugung.

Linda, Minkin und Pater Johann verließen die Basilika und gingen zur Krypta, in der sich die Madonna befand. Bevor sie die Treppenstufen hinuntergingen, hielt Minkin Linda am Arm fest.

»Könnte jetzt ein bisschen schräg werden. Mach dich auf was gefasst.«

»Auf was genau?«

Minkin hatte das Wort »Wunder« auf der Zunge. Ließ es dort liegen.

»Auf einen ziemlich gut gemachten Bluff.«

Am Ende des Kellerraumes stand auf einem Plastiktisch die Rote Madonna. Aus ihrem linken Auge lief immer noch das Bier in einem Rinnsal. Ein kleiner, stetiger Fluss. Vor dem Plastiktisch stand das Edelstahlfass mit einer Öffnung, in dem sie die Flüssigkeit auffingen.

Linda ging um die Figur herum. Näherte sich der Madonna auf wenige Zentimeter. Machte einen Schritt zurück. Schüttelte den Kopf.

»Respekt, für einen Moment hattet ihr mich. Ehrlich. Gut gemacht. Diese ganze Show, die Krypta. Euer Verein hatte schon immer ein gutes Händchen für Inszenierung. Jetzt mal unter uns, wie macht ihr das? Welcher Trick steckt dahinter?«

Der Pater sah Minkin an.

Er wich dem Blick des Paters aus. Von ihm hatte er keine Hilfe zu erwarten. Eher das Gegenteil.

»Es gibt keinen Trick.«

Linda ignorierte ihn.

»Wissen Sie was, Pater, ist mir auch ziemlich egal, wie Sie das hier machen. Fakt ist, Ihnen gehört die Figur nicht, mehr interessiert mich nicht. Minkin, hol die Transportbox aus dem Auto, wir packen ein, was meiner Firma gehört.«

»Das dürfen Sie nicht!«, rief der Pater sichtlich bestürzt.

»Wollen Sie es auf die Spitze treiben, Pater?«

Linda gab Minkin den Autoschlüssel.

Dauerte keine fünf Minuten, dann war er mit der Gefrierbox zurück.

Entsetzt rief der Pater: »Was um des Himmels willen hast du vor, Minkin!«

»Transportgerecht verpacken, Pater.«

Minkin nahm die Madonna vorsichtig mit beiden Händen von dem Plastiktisch, legte sie in die Gefrierbox und bedeckte sie vollständig mit Crushed Ice. Fühlte sich nicht gut dabei. Kam ihm falsch vor, unangemessen. Erinnerte optisch an die Fischauslage auf Eis bei Edeka. Aber es funktionierte. Der Bierfluss stoppte.

»Was hast du getan, Minkin!«, rief der Pater entsetzt.

Pater Johann sank auf die Treppenstufen, begrub die Hände im Gesicht.

»Du Narr, das ist gotteslästerlich, das darfst du nicht!«

Für einen Moment verspürte Minkin einen ziemlichen Schrecken.

»Dafür gehst du direkt in die Hölle!«

Nicht über Los, alles klar. Die Drohungen wurden auch immer lahmer.

»Lass uns gehen«, sagte Linda. »Ist ja die reinste Horrorshow hier unten.«

Im Hinausgehen hörten sie den Pfarrer ein Gebet murmeln. »Vater, vergib ihnen, denn sie wissen nicht, was sie tun.«

Ernsthaft? Theatralischer ging es wohl nicht. Jetzt war der Tag für Minkin richtig versaut.

MENSCHLICHES HINDERNIS

Minkin und Linda gingen zum Parkplatz, auf dem der Tesla stand. Linda half Minkin dabei, die Gefrierbox mit der Madonna auf dem Rücksitz zu verstauen.

»Verdammt spooky. Nichts wie weg hier!«, sagte Linda.

Sie steuerte den Tesla zum Ausgang des Parkplatzes, als urplötzlich zwei junge Leute vor das Auto sprangen. Linda trat voll in die Pedale und brachte den Wagen gerade noch rechtzeitig wenige Zentimeter vor einem Zusammenstoß mit quietschenden Reifen zum Stehen.

»Was soll das?«, schrie Linda außer sich. »Gibt es eigentlich nur Wahnsinnige hier in diesem Ort?«

Linda riss die Fahrertür auf und schrie die beiden an mit einer Mischung aus Wut und Sorge gleichermaßen:

»Seid ihr komplett lebensmüde oder habt ihr einfach nur den Verstand verloren!«

Lebensmüde, da traf Linda ziemlich ins Schwarze, wie sich noch herausstellen sollte.

»Was sollte das? Ich hätte euch fast überfahren!«

Vanessa regierte gar nicht, sondern sah zu Minkin, der noch im Auto saß.

»Bist du stumm?«, schrie Linda das Mädchen an.

Dann stieg Minkin aus.

»Ist sie nicht. Hallo Vanessa.« Minkin sah zu ihrem Begleiter. »Und wer bist du?«

»Ich bin Max, Vanessas Freund.«

Er zitterte, war kreidebleich. Schien ebenfalls unter Schock zu stehen.

Das war also der Sohn des Altenburger Brauers, von Franz Wildensorg dem Jüngeren. Den Namen konnte sich kaum einer merken, weshalb ihn alle den Altenburgerbrauer nannten. Lag auf der Hand, er war der Inhaber der Schloss Brauerei im Bamberger Stadtteil Altenburg. War Baptist in herzlicher Feindschaft verbunden. Er war Teil der Franconia, der fränkischen Brauerloge, die Minkin beauftragt hatte, die Madonna zu holen. Und er war offensichtlich ein miserabler Vater. Wäre er das nicht, dann würde er mehr Wert auf das Glück seines Sohnes legen als auf die Perpetuierung seiner Feindschaft mit Baptist.

Was immer da vorgefallen war, es war es nicht wert.

Minkin hatte sich am schnellsten von allen Beteiligten gefangen.

»Hallo Max, ich bin Minkin.«

»Hallo.«

Der Junge war fast noch ein Kind, sah so aus, als ob ihm gestern die ersten Barthaare gewachsen waren. Hatte dunkle Locken, helle Haut, einen knabenhaften Körper. Kein Wunder, dass Vanessa ihn gernhatte.

»Was tust du hier?«

»Ich helfe Vanessa hin und wieder oben bei der Burg. Beim Einlass und beim Verkauf.«

Minkin mochte den Jungen auf Anhieb.

Kam ihm ein wenig wie eine jüngere Version seiner selbst vor.

»Und beim Selbstmord begehen, Junge! Das hier hätte böse ausgehen können!«, mischte sich Linda ein. Sie hatte die ganze Zeit über geschwiegen. Lag es am Schock, jedenfalls schaffte sie es nicht, das Ganze hier runterzukühlen. »Was habt ihr euch dabei nur gedacht?«

»Was haben Sie sich gedacht«, entgegnete Vanessa bestimmt. »Hier herkommen und die Madonna mitnehmen.

Das ist eine Sünde! Sie gehört Ihnen nicht, sie gehört hier her!«

Der Pater hatte offensichtlich seine letzte Trumpfkarte gezogen und Vanessa verständigt.

»Das ist Unsinn, und das weißt du, auch wenn du jung bist. Meine Firma hat das Brauereiareal gekauft. Mit allem Zubehör. Die Madonna gehört dir nicht und auch nicht dem Pfarrer. Also macht den Weg frei.«

Vanessa sah zu Max hinüber, der hatte nichts, außer jugendlichen Eifer und offensichtliche Gefühle für dieses Mädchen.

Mann oh Mann, dachte Minkin. Hier hatten sich offenbar zwei Seelen gefunden. Egal was war, die beiden hatten sich. Das war eine Menge. Dass das nicht reichen würde, sollte Minkin auf grausame Weise erfahren.

Aufgelöst und unter Tränen flehte Vanessa. »Das können Sie nicht tun. Die Madonna gehört zu mir. Ich bitte Sie, lassen Sie sie hier. Ich kann nicht ohne sie!«

»Was ist denn das für eine durchgeknallte Spinnerin«, sagte Linda, die kopfschüttelnd neben der Fahrertür stand. »Du hast sie wohl nicht alle! Wir nehmen das Ding mit und Schluss, du wirst eine andere Heilige finden. Oder du holst dir richtige Unterstützung, professionelle Hilfe bei einem Psychiater. Los, Minkin, steig ein, wir fahren!«

Minkin stieg in den Wagen. Er war nicht glücklich darüber, wie Linda das hier anging. Mit Vanessa. Andrerseits wollte er es sich mit Linda nicht versauen.

Linda fuhr los. Minkin sah in den Rückspiegel. Hätte er besser nicht getan. Sah zwei ramponierte junge Menschen, denen man was Ziemliches genommen hatte. Trugen das blanke Entsetzen in den Augen.

Augen, die Minkin noch lange verfolgen sollten.

Auf der Fahrt zurück sprachen Minkin und Linda wenig

miteinander. Nach einer knappen Stunde hielt Linda den Tesla vor Minkins Hotel an.

»Okay, Minkin, wir sind da, du hast bekommen, was du wolltest, wir haben einen Deal.«

»Ich habe die Madonna, ich bin fein so weit. Mein Job ist erledigt, aus dem Rest halte ich mich raus.« Rede es dir nur schön, Minkin. »Das Mariabräu ist bankrott. Kann man nix mehr machen. Schätze, der alte Baptist hat einfach keinen guten Job gemacht.«

Linda hielt die Klappe. Gab keine Bestätigung von ihr. Oder etwas in der Richtung. Machte es für Minkin nicht eben einfacher, sein eigenes Gelaber zu glauben.

Linda fragte stattdessen: »Minkin?«

»Ja?«

»Was war das in der Krypta?«

Minkin zuckte mit den Schultern. »Ich habe keine Ahnung. Nicht die leiseste.«

»Glaubst du an Zeichen?«

»Zeichen?«

»Ich meine Ereignisse, die den Lauf des Lebens verändern können?«

Musste Minkin nicht lange nachdenken.

»Ja.«

Hatte Linda keine passende Erwiderung.

»Morgen fahre ich zurück nach Stuttgart, muss was erledigen. Montag bin ich wieder hier, die Madonna bei den fränkischen Brauern abliefern. Sehen wir uns noch mal?«

Linda war sich nicht sicher, sagte: »Vielleicht.«

»Ist immerhin mehr als ein Nein.«

Linda deutete ein Grinsen an. »Ich muss über das hier nachdenken. Melde dich, wenn du wieder hier bist.«

Minkin nahm die Gefrierbox vom Rücksitz, trug den Kasten in sein Zimmer und steckte den Netzstecker in die

Dose. Machte ganz schon Lärm, das Ding. Egal, würde so oder so eine unruhige Nacht werden mit der Lady im Zimmer.

EIN TAG MIT DER BACHMANN UND DU WEISST, WARUM

Ergibt wenig Sinn, dachte Minkin für sich. So eine Sentenz.

Die Bachmann erschien am Samstag in aller Herrgottsfrühe. Es war kurz vor zehn. Minkin saß bei seinem Hotelfrühstück. Dietmar leistete ihm bereitwillig Gesellschaft bei einer Tasse Melitta Filterkaffee.

Im Eingang zum Frühstücksraum stand die Bachmann. Hatte sich ordentlich schick gemacht. Trug khakifarbene Wandershorts. Eine blaue Karobluse dazu. Grobes Schuhwerk.

»Kennst du die Frau?«

»Ja.«

Dietmar sah ihn überrascht an. »Du scheinst einen Schlag bei den Frauen zu haben.«

»Mag sein, aber bei den falschen.«

Minkin stand auf, ging der Bachi entgegen. »Bachi, lass dich anschauen, gut siehst du aus. Aber du weißt schon, dass wir keinen Viertausender besteigen.«

Die Bachi feuerte erst mal eine Links-rechts-Kombination an Begrüßungsküssen ab und drückte Minkin an ihre Brust.

War Minkin unangenehm.

War der Bachi wurscht.

Minkin versuchte, sich aus der Umklammerung zu lösen. »Bist ganz schön stürmisch, Bachi.«

»Mein italienisches Temperament, Mingibaby.«

Nein, nein, nein, er wollte so nicht genannt werden! Was die Bachmann sowas von ignorierte!

»Italienisches Temperament? Du kommst aus einem Vorort von Heilbronn, Bachi.«

Böckingen. Oder Frankenbach. Deine Familie betrieb dort über Generationen ein Haushaltswarengeschäft, bis niemand mehr Haushaltswarengeschäfte brauchte, weil es Ikea und Lieferdienste gab. War also weit hergeholt mit dem italienischen Blut.

Aber heute ließ Minkin ihr das durchgehen, genau wie das verhasste Mingibaby, das die Bachmann sich vor Jahren als Kosenamen für ihn ausgedacht hatte. Heute brauchte er ihre Dienste.

Ihre Fahrdienste.

»Romantisches Hotel, Mingibaby.«

»Ja, schön. Leider nichts mehr frei.« Minkin sah verschwörerisch zu Dietmar.

Der hatte eine erstaunlich kurze Leitung. Gab ihm ein Zeichen. Rieb Zeigefinger und Daumen aneinander. Bedeutete: Du schuldest mir noch mehr, Minkin. Da war was dran. Auf Dietmar war Verlass. Erst hatte er ihm aus der Patsche geholfen, als er das Date mit Linda verpennt hatte. Und jetzt das hier.

»Tut mir leid, junge Frau, aber die Stadt ist rappelvoll, wir haben die Kärwa heuer, da finden Sie nirgendwo mehr ein freies Bett.«

War schwer auf Zack, der Dietmar.

Die Bachi wandte sich an Minkin: »Und wie sieht dein Plan für heute aus, Mingibaby?«

Plan hatte er nicht, sagte: »Lass dich überraschen. Gibt hier allerhand zu sehen.«

»Ich müsste noch kurz auf die Toilette, Mingibaby, wo ist die hier?«

»Raus in Flur und dann rechts, die erste Tür.«

»Was sollte das gerade, Minkin, wir sind voll? Wir haben noch freie Zimmer. Oder wir können dir ein Bett ins Zimmer stellen«, sagte Dietmar.

»Grundgütiger, auf keinen Fall. Es ist eine lange Geschichte mit der Bachmann, erzähl' ich dir irgendwann mal. Nicht jetzt. Und noch was, Dietmar. Ich reise heute Abend ab, habe in Stuttgart was zu erledigen. Ich komme morgen Abend wieder. Wundere dich nicht.«

»Bei dir wundert mich nichts. Ist deine Sache, Zimmer ist bis Dienstag bezahlt, ob du es nutzt oder nicht, liegt an dir.«

Die Bachmann kam von der Toilette zurück. »So, mein Mingibaby, jetzt gehöre ich dir.«

Allein die Vorstellung! Arrrgh! Dass die Bachmann nicht nach seiner Hand schnappte, war alles.

Minkin hatte die große Tour mit der Bachmann geplant. Am Kunigundendamm entlang, durch das Justizviertel zum Alten Rathaus. Dann weiter über Klein-Venedig zum Fischerviertel. Danach hoch zum *Greifenklau* für einen Mittagssnack.

Auf dem Weg nach unten sah sich Minkin mit der Bachi den Dom und das dazugehörige Museum an. Mitsamt Führung.

War vermutlich die längste Zeit, die Minkin jemals in einem Museum verbracht hatte.

Was Minkin beeindruckte, war ein Sternenmantel. Ein kaiserliches Gewand mit jeder Menge Sternbildapplikationen. Der Mantel gehörte Heinrich II. War ein Geschenk eines italienischen Fürsten aus Bari. Er suchte Unterstützung bei Heinrich II. Kam deshalb nach Bamberg. Da man damals nicht mit leeren Händen kam, brachte er den Mantel mit. Das Ding ist über tausend Jahre alt. Mehr textile

Nachhaltigkeit geht nicht. Und die Lieferkette war auch noch nachvollziehbar. Sag das mal Primark oder H&M.

Minkin war überrascht, was der Tag mit der Bachi alles brachte. Die Zeit mit ihr war weitaus weniger schlimm als befürchtet. Auch wenn er dabei die ganze Zeit über an Linda dachte. Gegen sechs Uhr abends waren die beiden wieder in Minkins Hotel.

»Tja, dann lass uns fahren, Bachi. Ich müsste noch was mitnehmen. Ich habe wenig Gepäck, aber eine Kühlbox.«

»Eine Kühlbox?«

»Ja, ich habe mir Bamberger Bier gekauft.« War eine glatte Lüge, aber er hatte kein Interesse, auch noch die Bachi einzuweihen.

»Und dafür brauchst du eine Kühlbox?«

»Ganz wichtig, dass die Kühlkette nicht unterbrochen wird, Bachi. Ganz wichtig. Sonst geht das auf die Qualität, die drinkability.«

»Machst du Witze, Minkin?«

»Würde ich darüber Witze machen?«

Kaufte sie ihm ab, das Standing hatte er sich im Laufe der Zeit hart erarbeitet.

Minkin verstaute die Box auf der Rückbank.

»Kannst du den Stecker der Box in den Zigarettenanzünder stecken, Bachi, danke.«

Gegen kurz nach halb neun waren Minkin und Bachi wieder in Stuttgart-Feuerbach am Wilhelm-Geiger-Platz.

»War ein schöner Tag, Minkin. Noch ein Absacker bei dir?«

Die Bachi ging immer voll drauf.

»Der Tag war doch ganz schön lang. Bin echt durch, für heute. Und wir sollten es langsam angehen lassen, Bachi.«

Minkin bereute die Formulierung bereits in diesem Moment. Klang viel zu sehr danach, dass noch was kommen könnte. Ganz falsche Erwartungshaltung, die da geschürt wurde. Könnte gewaltig nach hinten losgehen.

Würde es auch. In dieser Disziplin war Minkin praktisch Weltmeister.

VAIHINGEN – DER ORT, AN DEM GÖTTER GESCHAFFEN WERDEN

Am nächsten Morgen bestellte Minkin ein Taxi und fuhr damit nach Vaihingen zur Uni. Er hatte sich mit Wim am Institut für Kunststofftechnik verabredet. Wim erwartete ihn. Minkin hievte die Gefrierbox von der Rückbank. Die Fahrt kostete achtzehn Euro fünzig. Minkin gab dem Fahrer einen Zwanzigeuroschein.

»Trinkgeld?«

»Ist inklusive.«

»Geizkragen.«

Auch im Taxigewerbe machte sich der Fachkräftemangel bemerkbar. Oder die Rezession. Oder weiß der Teufel, was.

»Hallo Wim.«

»Hallo Minkin. Ist *sie* da drin?«

»Ja.«

»Du schleppst Sachen an, Minkin. Da drauf muss man erst mal kommen.«

Minkin zuckte mit den Schultern. »Was soll ich machen.«

»Hast du die Kohle, Minkin? Nicht, dass ich dir nicht vertraue, aber die Sache hier kostet ein bisschen was.«

»Klar, Wim.«

Minkin kramte den braunen Papierumschlag, den ihm Goldberg zu Beginn des Auftrages überreicht hatte, aus seinem Rucksack. Zählte zehn Fünfzigeuroscheine ab und gab sie Wim.

»Danke.«

»Können wir?«

»Ja.«

Wim ging voraus durch die langen Flure und Gänge des Universitätsgebäudes. Das Ganze wirkte auf Minkin wie ein Labyrinth. Undurchsichtig, fast schon bedrohlich.

»Ganz schön kafkaesk hier«, sagte Minkin. Das war über viele Jahre eines seiner Lieblingswörter gewesen. Kafkaesk. Wollte damit Eindruck hinterlassen bei Studentinnen der Literaturwissenschaften und der Germanistik. Musste feststellen, dass die Vokabel allein nicht reichte. Man musste sie auch richtig zu gebrauchen wissen.

»Kafkaesk? Wie kommst du drauf? Ist ein normales Unigebäude hier in Vaihingen.«

Minkin wusste, warum er Vaihingen so gut es ging, vermied.

Minkin trug die Box vor sich her wie eine Monstranz. Die Madonna und die Box mochten so an die zehn Kilo auf die Waage bringen. Für den ungeübten Träger eine Herausforderung.

»Hier sind wir. Stell die Kiste hier ab.«

»Und dann?«

»Nehme ich die Figur, erstelle einen Scan und dann baut der 3-D-Drucker aus vielen Schichten die Figur auf.«

»Mit was für einem Material?«

»Es ist ein Polymergips, wie besprochen, ein Werkstoff auf Basis von Gips und Acrylharz. Die Maschine ist gut, du wirst keinen Unterschied erkennen.«

»Bis auf die Tatsache, dass die eine Figur Bier weint und die andere nicht.«

»Genau. Jetzt gib mir die Box, besser ich mach das ohne dich, du wartest draußen, wir dürfen hier keinen Institutsfremden mit reinbringen.«

»Sei vorsichtig mit der Madonna. Könnte sein, dass sie wieder anfängt, Bier zu weinen, wenn du sie herausnimmst.«

»Der Scan geht schnell, keine Sorge. Das Aufbauen der Figur selbst kann eine Weile dauern. Hast du dein Handy dabei?«

»Ja.«

»Ich rufe dich an, wenn ich hier fertig bin.«

Minkin ging nach draußen. Das ganze Uniareal war an einem Sonntag ein ziemlich verlassener Ort.

Minkin nahm die Brücke über den Autobahnzubringer. Ging Richtung *Waldheim Heslach.* Konnte man sich sicher sein, dass es an einem Sonntag geöffnet hatte. Nach einem zwanzigminütigen Fußmarsch erreichte Minkin das *Waldheim.* Immer noch ein schöner Ausflugsort, ein Biergarten unter Obstbäumen. Jede Menge Wald drum herum. Gegründet in Zeiten der Industriealisierung. Von Genossinnen und Genossen aus Heslach. Geplant als Stadtranderholung für die ärmeren Familien, damit diese am Wochenende aus ihren dunklen Wohnungen herauskriechen konnten. Keine dumme Idee. Ein wenig von dem sozialdemokratischen Charme hat sich das *Waldheim Heslach* bewahrt. Eine Menge SPD-Prominenz hatte hier Halt gemacht. Willy Brandt, Helmut Schmidt, Franz Müntefering, Gerhard Schröder. Vermutlich hatte man dessen Bild inzwischen wieder abgehängt.

Das *Waldheim* war am Sonntagmorgen rappelvoll. Unmengen von Kindern belagerten den Spielplatz. Erwachsene standen an der Essens- und Getränkeausgabe.

Minkin stellte sich in die Warteschlange für die Bierausgabe. Im *Waldheim* setzten sie auf Regionalität. Kein dummer Ansatz. Beim Bier wäre Minkin der überregionale Ansatz ein wenig lieber gewesen. Aber hey, Minkin hatte einige Tage in Bamberg verbracht, da könnte im Grunde jede Stadt nur verlieren in Sachen Bierkultur. Insofern war der Gedanke nicht fair.

Nach dem zweiten Anstehen klingelte Minkins Mobiltelefon.

»Ja?«

»Ich bin es, Wim. Wo bist?«

»*Waldheim Heslach.*«

»Halbe Stunde noch, dann kannst du dein Schätzchen abholen.«

»Ging schnell, ich steh hier noch in der Getränkeschlange. Ich bin gespannt auf das Ergebnis.«

»Ich auch.«

Minkin lechzte die Halbe und machte sich auf den Rückweg Richtung Uni.

Wim erwartete ihn wieder am Eingang. In der Hand hielt er eine Madonna.

»Ist sie das?«

»Ja.«

»Wow! Wahnsinn!«

»Gefällt sie dir?«

»Sie ist perfekt, Wim. Jeden Euro wert. Fast schöner als das Original.«

»Lass das mal nicht die echte Madonna hören. Sollen wir noch was trinken gehen, Minkin?«

»Herzlich gerne, Wim, aber ich muss heute noch nach Bamberg.«

»Jetzt noch?«

»Ja. Ist so. Lass uns nächste Woche auf ein, zwei Getränke in die *Waldklause* gehen.«

»Deine Entscheidung.«

Das war es.

ÜBERGABE

Minkin orderte sich wieder ein Taxi, brachte die Gefrierbox mit der echten Madonna nach Feuerbach, packte die Nachbildung in die blaue Adidas-Sporttasche aus den Siebzigern und ließ sich zum Bahnhof fahren. Er erwischte den Regionalzug nach Nürnberg, fuhr dann weiter nach Bamberg.

In beiden Zügen stand er im Mittelgang und stritt sich mit anderen Fahrgästen um die besten Haltegriffe. Einmal mehr dachte er, dass dieses 9-Euro-Ticket auch seine Nachteile hatte.

Gegen halb acht lief Minkin im *Alt Wunderberg* ein. Er war komplett verschwitzt, erwog eine Dusche oder ein Kaltgetränk. Klar, was den Vorzug bekommen würde. Bevor Minkin losging, telefonierte er mit Goldberg und teilte ihm mit, dass er die Figur in seinem Besitz hatte.

»Gut gemacht.«

Was war denn das? Lob aus Goldbergs Mund war so selten wie ein Sechser im Lotto.

»Mit der Figur ist alles okay?«

»Alles wunderbar.«

Im wahrsten Sinne.

»Die Auftraggeber waren nervös, haben mehrfach angerufen. Anscheinend war die Madonna verschwunden. Ich gebe ihnen Bescheid. Jemand wird die Madonna bei dir im Hotel abholen. Bleib am besten dort.«

Machte Minkin widerwillig. Eigentlich wollte er los, was gegen den Durst unternehmen.

Bereits nach einer halben Stunde klopfte es an seiner Tür.

Davor stand Franz Wildensorg der Jüngere. Keine Ahnung, ob der Typ wirklich so hieß oder ob das ein Künstlername war.

»Guten Abend, Minkin, darf ich reinkommen?«

»Nur zu.«

»Ich habe gehört, du warst erfolgreich.«

»Sagen wir, ich habe das, was ihr wollt.«

»Kann ich sie sehen?«

»Klar, gehört ja praktisch euch.«

Minkin hatte die Madonna immer noch in der Reisetasche verstaut. Er öffnete den Reißverschluss und griff nach der Figur. Hielt sie hoch.

»Hier ist die Gute.«

Minkin stellte die Figur auf den Tisch.

Franz Wildensorg der Jüngere trat an den Tisch heran. Sah die Rote Madonna eingehend an.

»Sie ist sogar in einem besseren Zustand, als ich sie in Erinnerung hatte.«

Mochte daran liegen, dass dieses Exemplar frisch aus dem 3-D-Drucker kam.

»Was macht ihr jetzt damit?«, fragte Minkin.

»Mach dir keine Sorgen, Minkin. Wir haben einen sicheren und würdigen Ort, um diesen Schatz aufzubewahren.«

Davon war Minkin überzeugt. Franz Wildensorg der Jüngere steckte offensichtlich eine Menge Energie in diese Sache. Eine gewisse Besessenheit konnte nicht schaden beim Job, aber der Kerl hier lebte offensichtlich nur noch für die Madonnenfigur. Seinem Sohn, der mit Vanessa, der Tochter seines Erzfeindes zusammen war, schenkte er keine Beachtung mehr. Für diese olle Gipsfigur setzte er allerhand in Bewegung. Ziemlicher Vollidiot.

Sollte sich noch rächen.

»Okay, das war es von meiner Seite, dann können wir jetzt noch das Geschäftliche erledigen.«

»Sicher.«

Franz Wildensorg der Jüngere zog einen braunen Umschlag aus seiner Jackentasche, gab ihn Minkin.

»Das hast du dir verdient.«

Minkin warf den Umschlag in seine Reisetasche.

»Willst du es nicht zählen?«

»Sollte ich das?«

»Nein.«

»Dachte ich mir, dass du ein ehrbarer Kaufmann bist.« Und als Vater ein Versager, dachte Minkin. »Wenn ich noch was tun kann, sag Bescheid.«

»Alles gut, Minkin. Du hast dein Soll erfüllt.«

Franz Wildensorg der Jüngere nahm die Figur vom Tisch und ging zur Tür.

»Auf Wiedersehen, Minkin.«

»Wer weiß das schon.«

Was Minkin nicht ahnte war, dass er dem Altenburger Brauer in naher Zukunft noch einmal begegnen würde.

Darüber würde sich allerdings keiner der beiden mehr freuen.

JETZT MUSST DU SPRINGEN

Element of Crime

Es war kurz vor neun Uhr abends. Minkins letzter Abend in Bamberg. Gab nichts mehr, was ihn hier noch hielt. Nichts mehr? Das war gelogen. Er nahm sein Mobiltelefon und tippte die Telefonnummer von der Visitenkarte ab.

Dauerte einen Moment, dann meldete sich Linda am anderen Ende des Funknetzes.

»Ja?«

»Hey Linda, ich bin es.«

»Minkin, du bist schon wieder da?«

»Ja. Ist mein letzter Abend, noch Lust auf einen Drink?«

Minkin sortierte im Kopf schon diverse Repliken auf eine vermeintliche Absage.

»Gerne. Es gibt etwas, über das ich mit dir reden wollte.«

Passierte selten. In der Regel kam Minkin über ein erstes Date nie hinaus. Mit Linda war es das zweite Date innerhalb weniger Tage. Mochte an dem Surfkurs liegen, den ihm Desiree aufs Auge gedrückt hatte. Vielleicht passte hier auch nur endlich mal der Deckel auf den Topf. Es fühlte sich für Minkin drecksverschissengut an.

»Cool.«

»Wo willst du hin?«, fragte Linda.

Minkin hatte eine Idee.

»Kennst du das *Boothaus* im Hain?«

»Klar.«

»Haben eine klasse Roulade.«

»Roulade?«

»Ja, sowas kriegst du ganz selten.«

»Von mir aus.«

»Soll ich dich abholen, Minkin?«

»Wäre ein Träumchen.« Ah, wie klingst du denn, Minkin? Grässlich!

»Okay, dann bin ich in einer halbe Stunde da.«

Jetzt, dachte Minkin, wäre eine Dusche angemessen. Wer wusste, wozu die Körperpflege noch gut sein würde.

Minkin duschte ausgiebig und zog sein letztes frisches T-Shirt an. Es war schwarz und hatte die Aufschrift »Jesus liebt dich«. Er hatte es in Gößweinstein gekauft. Dazu die 501 Levi's und die Samba-Turnschuhe. Mehr Aufreißer ging nicht.

Kurz darauf hielt Linda ihren Wagen vorm *Hotel Alt Wunderberg* an. Minkin stieg zu Linda in den Tesla. Sie musterte ihn kurz. Behielt jeglichen Kommentar für sich. Konnte alles bedeuten.

Die Fahrt dauerte keine zehn Minuten. Linda parkte den Wagen am Rande des Hains in der Nähe des *Bootshauses*. Der Biergarten war um die Uhrzeit immer noch rappelvoll. Kein Wunder, an Schlaf war nicht zu denken. Die Temperatur war immer noch deutlich über 25 Grad Celsius. Die Luft stickig und heiß. Kein Windchen Abkühlung nicht in Sicht. War einer dieser schwülwarmen Sommerabende, die inzwischen eher die Regel als die Ausnahme waren.

Minkin und Linda hatten Glück, bekamen zwei Plätze an einem Biertisch bei zwei anderen Gästen. Die Küche hatte bereits geschlossen.

Keine Roulade.

Er bestellte das Weiherer Lager, lag man immer richtig.

Das Gespräch mit Linda kam so halb schleppend in Gang. Lag vermutlich daran, dass er und Linda nicht alleine am Tisch saßen. Minkin erzählte von seinem Kurztrip nach Stuttgart, ohne ihr die Sache mit der gefakten Madonna auf die Nase zu binden. Erzählte ihr, dass Franz Wildensorg der Jüngere die Madonna am Abend abgeholt hatte.

»Job erledigt.«

»Wenn du so willst, ja. Ich habe die Madonna abgeliefert.«

»Du bist hier durch, in Bamberg?«

»Darauf läuft es wohl hinaus. Und bei dir? Was wolltest du loswerden?«, wechselte Minkin das Thema.

»Lass uns austrinken und ein Stück laufen.«

Minkin lechzte das Lager, hatte noch Durst auf ein zweites, wollte aber nicht unhöflich sein. Er gab der Bedienung ein Zeichen und zahlte die Rechnung.

Dann verließen die beiden das *Bootshaus* und gingen am Ufer der Regnitz entlang Richtung Bamberger Innenstadt.

»Ich werde meinen Job kündigen.«

»Beim Senator?«

»Wo sonst, du Trottel.« Ihre scharfe Zunge hatte sie nicht verloren.

»Warum?«

»Er ist ein Arschloch.«

Okay, dachte Minkin, die Hälfte aller Chefs sind vermutlich Arschlöcher. Die andere Hälfte Idioten. Das war nicht unbedingt ein Grund zu kündigen.

»Das weißt du seit wann?«

»Schon immer.«

»Was ist passiert?«, fragte Minkin.

»Weißt du, was das Wort übergriffig bedeutet?«

Nicht genau. Minkin versuchte es damit: »Hat er dich belästigt?«

»Er hat es in Aussicht gestellt.«

»In Aussicht gestellt, wie meinst du das?«

»Ich soll mit ihm auf eine Messe gehen, einen Immobilienkongress in Dubai.«

Immobilienkongress in Dubai. Klang nach einer Maßregelung, okay, aber nach Belästigung?

»Dubai an sich ist vermutlich Strafe genug, dann noch ein Immobilienkongress, klingt schlimm. Aber übergriffig?«

»Du hast keine Ahnung, wie Männer mit einer gewissen Macht so etwas angehen!«

Wusste er tatsächlich nicht. Er hatte nie Macht. Und er war keine Frau.

»Zweideutige Bemerkungen. Sie nutzen Begriffe, die entweder harmlos sein könnten oder eine sexuelle Anspielung. Ich könne mich freimachen für die Reise nach Dubai. Ich sei gedatet. Du weißt genau, was dieser Dreckskerl will.«

»Ich will ihn nicht in Schutz nehmen, aber wie ernst muss man das nehmen? Das klingt nach Altherrenwitz.«

»Minkin, ich kann dich leiden, du bist kein Vollidiot.«

Tolles Kompliment, dachte Minkin.

»Aber als Frau kann man unterscheiden, ob solche Sprüche nur peinlich sind oder deine Integrität verletzen, deine private Sphäre. Witzig sind sie jedenfalls nie. Auch wenn das die alten Herren glauben. Und was mein Chef von mir erwartet auf so einer Reise ist klar.«

Minkin schwieg, war manchmal die beste Option, insbesondere, wenn es um ein solch heikles Thema ging, bei dem man als Mann eine Menge falsch machen konnte.

»Deshalb werde ich kündigen.«

»Dein Ernst?«

»Ja, ich trage das schon länger mit mir herum.«

»Warum jetzt?«

»Ich kann es dir nicht genau sagen, aber es hat was mit der Figur in der Krypta zu tun.«

»Mit der Roten Madonna?«

»Irgendeinen Sinn muss das ja haben. Ich meine, wenn dich sowas nicht zum Nachdenken bringt, was dann? Bei solchen Erscheinungen geht es doch immer um Umkehr, Veränderung.«

»Kann man so sagen. Aber eher Umkehr im religiösen Sinne. Vom Saulus zum Paulus, wenn du verstehst, was ich meine.«

»Bisschen Bibelkenntnis habe ich, ja. Jedenfalls hat mich das Ganze mit der Madonna motiviert, mich nicht länger diesem Arschloch und seinen sexistischen Sprüchen auszusetzen.«

Überzeugte Minkin. Unterschätze nie den Einfluss einer Heiligen.

»Dann wird es schon passen.«

»Meinst du, ich tue das Richtige?«

»Hundertpro. Zuviel Nachdenken bringt meistens nicht viel.«

»Du musst es wissen.«

Konnte man auf mehrere Arten verstehen.

Minkin und Linda hatten die Ausläufer der Bamberger Innenstadt erreicht. Es war warm. Seit nunmehr fast vierzig Tagen war es tagsüber brütend heiß, nachts kühlte es kaum ab. Es war eine Trockenheit apokalyptischen Ausmaßes. Am Anfang waren die meisten Menschen happy über diesen Sommer. Inzwischen ging die Hitze den meisten Menschen gehörig auf die Nerven. Immer häufiger fielen Klimaanlagen in den öffentlichen Verkehrsmitteln aus. Die Leute wurden apathisch, manche depressiv. Oder das Gegenteil war der Fall, die Leute entwickelten Aggressionen, insbesondere im Straßenverkehr, wenn die Menschen in ihren Autos gegrillt wurden.

Linda riss Minkin aus seinen Gedanken.

»Siehst du das da vorne, Minkin?«

»Was denn?«

»Da vorne, da stehen zwei Leute auf dem Geländer des Wehrs.«

»Was für ein Wehr, welche Leute?«

»Na, da vorne, das Wehr, sind keine fünfzig Meter von hier.«

»Ich sehe nicht sonderlich gut bei Nacht, Linda, sorry.«

Linda verbreitete Hektik. War nicht ihre Art. »Mein Gott, das sieht aus, als ob die da reinspringen wollen!«

»Bisschen Abkühlung, kann man verstehen.«

»Nicht hier, bist du wahnsinnig, das ist lebensgefährlich! Können die keine Schilder lesen?!«

»Du übertreibst, Linda.«

»Es wären nicht die ersten, die hier absaufen und nicht wieder auftauchen. Die Strömung, der Strudel unter Wasser, weiter vorne gibt es Turbinen, die einen Sog erzeugen. Selbst ein guter Schwimmer hat wenig Chancen, wieder rauszukommen. Komm, wir müssen dahin!«

Linda begann schneller zu laufen.

Minkin schüttelte den Kopf, legte trotzdem einen Zahn zu.

»Hey, ihr da!«, schrie Linda. »Geht von dem Geländer weg, es ist lebensgefährlich, hier zu baden!«

Minkin und Linda waren inzwischen bis auf ungefähr zwanzig Meter herangekommen.

Jetzt sah es Minkin. Dort, auf dem Geländer des Wehres standen ein Junge und ein Mädchen, die offensichtlich gerade im Begriff waren, in den Fluss zu springen. Ziemlich dumme Idee. Das leuchtete auch Minkin ein. An der Stelle des Wehres hatte der Fluss eine reißende Strömung.

Minkin und Linda hatten die Brücke des Stauwehres inzwischen erreicht, waren auf wenige Meter an die beiden herangekommen, als der Junge schrie:

»Bleibt stehen!«

Minkin stoppte, hielt Linda am Arm fest.

»Verdammt!«

»Was ist?«, fragte Linda.

»Ich kenn' die beiden. Und du auch!«

»Du kennst sie? Wer sind sie?«

Minkin brauchte einen Moment, um das hier zu sortieren. Rief dann zu dem Mädchen auf dem Wehr hinüber: »Vanessa, ich bin es, Minkin, wir haben uns erst vor ein paar Tagen in Gößweinstein getroffen!«

Jetzt erkannte Linda die beiden auch.

Dort oben auf dem Geländer stand Vanessa, die Tochter des Inhabers des Mariabräu. Das daneben war ihr Freund Max. Die Väter der beiden hassten sich bis aufs Blut, ging so weit, dass sie mit ihren Kindern gebrochen hatten.

»Vanessa, lass den Unsinn, kommt von dem Geländer herunter!«

»Das sagst du? Ausgerechnet du, Minkin?«

»Was meinst du?«

»Mein Vater hasst mich, weil ich den falschen Jungen liebe, die Brauerei ist bankrott. Das Einzige, was mir Hoffnung gegeben hat, hast du mir genommen.«

Ziemlich krasse Sichtweise. Ihm die ganze Schuld zu geben für ihr schwieriges Leben.

»Vanessa, hör zu, ich wusste nicht, dass die Madonna dir so viel bedeutet. Und eure Väter sind Vollidioten, klar. Aber vielleicht kann man mit ihnen reden, wir könnten es versuchen. Ich komme jetzt einen Schritt näher, okay?«

Minkin trat einen Schritt nach vorne. Er sah, wie der Junge und Vanessa sich ansahen.

Minkin hatte die beiden fast erreicht, war bis auf einen Meter an sie herangekommen. Dann sprangen die beiden. Hand in Hand in die Strömung. Das Platschen war kaum hörbar, es wurde übertönt vom unbarmherzigen Gurgeln des Wassers.

Minkin sah Linda entgeistert an. Linda war für einen Moment in Schockstarre. Sagte dann urplötzlich: »Los, hinterher!«

Minkin schüttelte den Kopf.

»Ich kann nicht schwimmen.«

»Du kannst nicht schwimmen?«

»Nein.«

»Ich springe, pass auf, da vorne ist ein Rettungsring. Hol ihn. Ruf die Polizei, die Feuerwehr, jemand der helfen kann!«, schrie Linda hektisch. »Mach schnell!«

»Gib mir dein Handy.«

Linda entsperrte ihr Handy, gab es Minkin.

Minkin spurtete zu dem Rettungsring am Geländer des Wehres, schaffte es, den Ring aus seiner Halterung zu lösen und war in Sekunden wieder zurück.

Linda stand auf dem Geländer. Minkin wählte die 110 und setzte einen Notruf ab. Würde ein paar Minuten dauern, bis Polizei und Feuerwehr hier waren. Würde zu spät sein für die jungen Leute.

Minkin sagte zu Linda: »Warte!«

Er stieg schwankend auf das Geländer, hatte ordentlich Schiss, würde ihn nicht wundern, wenn er in die Hose pissen würde.

»Was machst du?«, brüllte Linda. »Du kannst nicht schwimmen!«

»Ich habe den hier.« Minkin deutete auf den Rettungsring. An dem Ring war ein langes Seil befestigt. Minkin band das Seil an das Geländer und zog sich den Rettungsring über.

»Bist du dir sicher?«

»Ich war mir noch nie bei irgendetwas sicher, warum sollte ich heute damit anfangen!«

Dann sprang er. Das dunkle Wasser nahm ihn in sich auf. Als ob es nur darauf gewartet hätte, einen Nichtschwimmer zu verschlucken.

Linda sprang hinterher.

SCHWARZE MASSE

Minkin verschwand unter der Wasseroberfläche. Für einen kurzen Moment dachte er: *Game over. Finito. Das wars.* Dann zog ihn der Rettungsring nach oben.

Neben ihm tauchte Linda auf. Kraulte gegen die Strömung. Schnaubte in seine Richtung: »Alles okay?«

»Türlich nicht!«

»Wo stecken die beiden?«

Die Sicht war miserabel. Der Fluss war eine schwarze Masse. Alles, was unter der Wasseroberfläche war, wurde durch die dunkle Materie aufgenommen. Minkin klammerte sich wie ein Ertrinkender an den Rettungsring.

Er war ein Ertrinkender.

Minkin und Linda suchten fieberhaft die Wasseroberfläche ab. Nichts. Die beiden Liebenden waren buchstäblich wie verschluckt.

»Scheiße, was machen wir, Linda?«

Inzwischen mochte vielleicht eine Minute vergangen sein, es kam Minkin wie die Unendlichkeit vor. Wie lange konnte ein Mensch unter Wasser sein, ohne Luft zu holen. Zwei Minuten? Ein gesunder, junger Mensch vielleicht drei Minuten?

»Da vorne, an der Mauer bewegt sich was!«, hörte er Linda rufen.

Sie kraulte panisch in Richtung der Mauer, die den Fluss seitlich begrenzte. Kam näher, erkannte eine Hand, die aus dem Wasser ragte.

»Minkin, ich habe einen, komm rüber, schnell!«

Komm rüber, großartige Idee. Minkin paddelte mit dem Rettungsring in Richtung der Flussmauer, erreichte Linda, die inzwischen nach der Hand gegriffen hatte. Linda zog den Körper so gut es ging aus dem Wasser. Griff von hinten mit beiden Händen um den Kopf der Person, versuchte, den Kopf über Wasser zu halten. Es war Vanessa, sie war bei Bewusstsein. Atmete, wenn auch schwach.

»Halte sie!«

»Und der Junge?«

»Ich suche nach dem Jungen.« Linda kraulte an die Stelle, wo sie Vanessa aus dem Wasser gezogen hatte. Rief zu Minkin:

»Nichts, ich kann nichts erkennen, Minkin! Ich werden nach ihm tauchen!«

Minkin war kein Schwimmer, noch weniger war er Taucher. Dass es lebensgefährlich war, hier zu tauchen, war allerdings jedem Vollidioten klar. Er brüllte heißer in Lindas Richtung:

»Lass es, du bringst dich in Lebensgefahr!«

Noch bevor Minkin den Satz zu Ende geschrien hatte, verschwand Linda in dem dunklen Strom. Er wusste nicht, ob er sie für ihren Mut bewunderte oder für ihre Dummheit hasste.

Vanessa kam zu sich, brüllte: »Wo ist er?«

»Halt still, Vanessa, sonst ersaufen wir beide.«

»Wo ist er?«

»Linda holt ihn.«

Minkin erkannte, dass auf dem Wehr inzwischen andere Menschen dazugekommen waren. Rief in deren Richtung:

»Schnappt das Seil und zieht uns hier raus!«

In der Ferne waren Sirenen zu hören, die schnell näherkamen. Verdammt!, dachte, Minkin. Das dauert zu lange mit Linda!

Minkin und Vanessa hatten das Wehr erreicht, die Helfer zogen Vanessa aus dem Wasser, legten sie auf das Wehr. Sie war bewusstlos. Reichten Minkin die Hand, wollten ihn hochziehen.

»Scheiße, nein!« Er drehte um, paddelte mit dem Rettungsring Richtung Flussmauer zu der Stelle, an der Linda abgetaucht war. Strampelte mit den Füßen, schrie: »Linda, Linda!« Dann spürte er etwas an seinem Bein. Minkin griff nach unten, bekam eine Hand zu fassen, zog daran. Mein Gott!, war das schwer! Dann durchbrach Linda die Wasseroberfläche.

In dem Moment hasste er und liebte sie zugleich.

»Ich habe den Jungen, hilf mir ihn hochzuziehen!«

Minkin zog mit aller Kraft. Gemeinsam schafften sie es, den Jungen an die Oberfläche zu zerren.

Er war reglos.

»Rüber zum Wehr!«

Nach einer gefühlten Unendlichkeit erreichten die beiden das Wehr, die Helfer zogen den reglosen Körper des Jungen aus dem Wasser.

Anschließend hievten sie Linda aus dem Wasser. Zwei Rettungssanitäter sprangen aus einem Krankenwagen und eilten zu den beiden Verletzten.

Minkin versuchte, hinter Linda aus dem Wasser zu kommen, hatte aber nicht mehr genug Kraft. Spürte, wie ein paar Hände ihn ebenfalls aus dem Wasser zogen und auf das Holzwehr legten, dann wurde es schwarz vor seinen Augen.

Er war nur ein paar Augenblicke weg, zumindest kam es ihm so vor. Als er wieder zu sich kam, lag er auf einer Pritsche in einem Krankenwagen. Neben ihm saß Linda. Das Erste, was ihm auffiel, war, dass sie trockene Kleider anhatte, ein weißes Sweatshirt mit der Aufschrift *Pure Waste.*

Verstand Minkin nicht. Das Zweite, was ihm auffiel, war, dass sie darin gottverdammtschön aussah.

»Minkin, du Idiot, wurde auch langsam Zeit. Geht es dir gut?«

Schöne Begrüßung. Minkin richtete sich auf.

»Keine Ahnung, denke schon.«

»Und dir?«

»Alles gut.«

Neben Linda saß ein Sanitäter, der damit beschäftigt war, Minkins Puls zu messen. »Schön, dass Sie wieder bei uns sind. Erinnern Sie sich, was geschehen ist?«

»Ich hatte eine Scheißangst.«

»Kein Wunder, Sie sind vermutlich der erste Rettungsschwimmer, der nicht schwimmen kann.«

»Ich weiß noch, dass wir in diesen Fluss gesprungen sind, um die jungen Leute vorm Ertrinken zu retten. Wie geht es den beiden?«

Der Sanitäter sagte: »Das Mädchen ist wieder bei Bewusstsein, scheint stabil zu sein.«

»Der Junge?«, fragte Minkin.

Minkin sah Linda an. Sie sah an ihm vorbei. Minkin sah den Sanitäter fragend an. Der zögerte, sagte dann:

»Er ist im Krankenhaus. Sah nicht gut aus, wenn Sie mich fragen.«

»Ich frage Sie, verdammt, was meinen Sie mit ›nicht gut‹?«

Der Sanitäter blickte ihn mit ernsten Augen an.

»Wir wissen nicht, ob er es schafft!«

Traf Minkin wie ein Faustschlag in die Magengegend.

Nach ein paar Minuten hatte der Krankenwagen die Klinik erreicht.

»Können Sie gehen?«

»Mir geht es gut. Ich bin vielleicht kein guter Schwimmer, aber mit dem Laufen gibt es keine Probleme.«

»Dann kommen Sie!«

»Was soll ich im Krankenhaus? Mir geht es gut.«

»Das soll der Arzt entscheiden.«

Minkin ging widerwillig mit dem Sanitäter in die Klinik. Linda begleitete ihn.

Dauerte nur einige Minuten, dann kam eine Ärztin ins Behandlungszimmer. In Minkins Alter. Die blonden Haare streng nach hinten gebunden. Schalk in den Augen.

»Da ist ja das Baywatch-Team, es ist uns eine Ehre.«

Minkin hatte Humor, ohne Zweifel, aber er war kurz davor, der Ärztin eine Unflätigkeit an den Kopf zu werfen, nach dem, was er heute Abend durchgemacht hatte.

»Hören Sie, Frau Doktor, wir haben einen langen Tag hinter uns, ich habe immer noch keine trockenen Klamotten an, also tun Sie, was Sie tun müssen. Danach würde ich gerne verschwinden.«

Die Ärztin kapierte es, untersuchte Minkin auf das Nötigste, sagte:

»Ihre Vitalwerte sind in Ordnung. Hatten wohl einen Schock. Aber ich kann ansonsten nichts feststellen.«

»Das heißt, ich kann gehen?«

»Wir würden Sie gerne für eine Nacht zur Beobachtung hierbehalten.«

Ein Satz wie aus dem ärztlichen Bilderbuch, gehörte zum Standardprogramm. Lernten die im ersten Semester Medizinstudium.

»Sie können sich denken, wie ich das sehe.«

»Ich kann Sie nicht zwangseinweisen, Ihre Entscheidung.«

Worauf sie einen lassen konnte, dachte Minkin.

»Danke, Frau Doktor. Nehmen Sie es nicht persönlich, aber ich mag die Atmosphäre hier nicht.«

Minkin stand auf. Seine Kleider waren immer noch

feucht, keiner hatte sich die Mühe gemacht ihm Wechselklamotten anzubieten. Er ging gemeinsam mit Linda in Richtung Ausgang. Im Gang roch es nach Desinfektionsmitteln und Industriereinigern, der Boden glänzte matt gelb vom Schein der Neonröhren an der Decke. Ein Ort, dem man schleunigst entkommen wollte.

Draußen standen einige der Krankenhausmitarbeiter und zogen wie Süchtige an ihren Kippen, sahen dabei zu Minkin und Linda herüber. Einer zeigte mit dem Daumen nach oben. Thumbs up. Daumen hoch. Dass sie nicht anfingen zu applaudieren, war alles.

»Minkin, lass uns einen Moment hier auf der Bank Platz nehmen. Ich möchte dir was sagen.«

Ziemliche Location für ein Geständnis, dachte Minkin. Ein komplett zubetonierter Vorplatz, auf dem die Hitze des Tages immer noch abstrahlte. Um das Setting noch verlorener zu gestalten, hatte der Landschaftsplaner hier eine Sitzbank aus einem Drahtgeflecht platziert. Lag in der Unbequemlichkeitsliga ganz weit vorne. Vermutlich hatte die Bank vor der Klinik schon das eine oder andere zu Ohren bekommen. Krankenhäuser waren die Orte, bei denen es ans Eingemachte ging. War häufig keine Zeit mehr fürs Drumherumquatschen.

Linda und Minkin nahmen auf der Bank Platz.

»Hast du noch Interesse an der Sache mit der Laugenflasche?«

»Was meinst du?«

»Ob du wissen willst, was passiert ist?«

Minkin wusste nicht, worauf das hinauslaufen sollte. »Ich meine, wir haben einen Deal, ich habe die Madonna und ich steck meine Nase nicht in eure Angelegenheiten.«

»Für mich gilt der Deal nicht mehr. Ich bin raus«, sagte Linda.

»Raus?«

»Ja, ich will weg vom Senator und seinen ganzen Sauereien. Und ich will, dass er dafür bezahlt.«

»Was weißt du drüber?«

»Eine Menge, Minkin. Mein Chef, der Senator, hat das mit dem Mariabräu eingefädelt, dafür gesorgt, dass sie pleitegeht und er das Grundstück zusammen mit der Karthäuser übernehmen kann. Er hat die verunreinigte Flasche im Landratsamt abgegeben, er hat den Landrat dazu veranlasst, dass er die Brauerei dichtmacht.«

Harter Tobak, dachte Minkin. »Okay.«

»Nicht nur das, er steckt auch hinter den Sabotageakten in der Brauerei.«

»Hast du die Sachen ausgeführt?«, fragte Minkin.

Linda schüttelte den Kopf. »Es war mein Freund, wie du ihn nennst, der Braune. Ich habe ihn gefahren.«

Minkin wollte sich kein Urteil erlauben. Sein Karmakonto war in diesem Abenteuer auch deutlich im Dispo. Er kollaborierte mit dem Feind. Wusste, dass er der Letzte war, der irgendjemand an den Pranger stellen konnte.

»Ich bin auch nicht stolz drauf«, sagte Linda.

Minkin hatte Mühe, das alles zu sortieren.

»Was soll ich damit anfangen, Linda?«

»Lass ihn auffliegen, Minkin. Das hier ist Beweis genug.«

»Was ist da drin?«

»Das sind die Fingerabdrücke des Braunen. Die Polizei hat Abdrücke auf der Flasche gefunden, konnte sie aber nicht zuordnen. Damit können sie es.« Linda holte einen Umschlag aus ihrer Handtasche und gab ihn Minkin. »Der Braune ist ein Mitarbeiter des Senators, das sollte reichen, um ihn dranzukriegen.«

»Weiß nicht, ob das mit den übereinstimmenden Fingerabdrücken reicht? Würdest du als Zeugin aussagen?«

Linda antwortete bestimmt: »Nein, hör zu, Minkin, du hast das nicht von mir, klar? Ich will mich da raushalten, sonst kann ich gleich aus der Stadt verschwinden. Der Senator wird dafür sorgen, dass ich keinen Fuß mehr auf den Boden bekomme.«

Verstand Minkin.

»Mit den Fingerabdrücken kriegen wir ihn dran, Minkin. Damit wandert er vielleicht nicht ins Gefängnis, aber er ist in der Stadt erledigt. Er will der nächste Oberbürgermeister werden, es ist im Grunde alles schon verabredet. Wenn die Sauereien rauskommen, dann ist er hier unten durch.«

Minkin dachte nach: »Vielleicht habe ich eine bessere Idee.«

»Die wäre?«

»Kennst du *Ocean's 13*?«

»Ich liebe George Clooney.«

Logo, welche Frau tat das nicht.

»Was mir im Kopf herumschwirrt, geht in die Richtung«, sagte Minkin.

Minkin erhob sich von der Bank. »Ich bin ganz schön durch. Könnte jetzt eine Pause vertragen.

In dem Moment betrat Baptist, der Vater von Vanessa, den Vorplatz des Krankenhauses. Einen Augenblick danach traf Franz Wildensorg der Jüngere ein, der Vater von Max, Vanessas Freund. Sie kamen nicht gemeinsam. Waren sich trotz der Umstände immer noch in tiefster Abneigung verbunden. Schafften es nicht, über ihren Schatten zu springen. Was immer zwischen den beiden vorgefallen war, es musste heftig gewesen sein. Vielleicht war an dem, was Hermines Vater angedeutet hatte, etwas dran. Dass Baptists Frau ihn verlassen wollte, wegen dem Altenburger Brauer.

Beiden Vätern stand hier und jetzt die nackte Angst in den Augen.

Diese Vollidioten, dachte Minkin. Gab eine Menge, das man den beiden um die Ohren hätte hauen können. Dass sie mit ihrer Dummheit das Drama der zwei jungen Liebenden heraufbeschworen hatten. Dass sie das Ganze hätten verhindern können. Die Leviten hätte man ihnen lesen sollen.

Nichts davon tat Minkin. Er zuckte mit den Schultern, wollte damit sagen, keine Ahnung, wie es steht.

Franz Wildensorg der Jüngere und Baptist verschwanden beide nacheinander im Krankenhauseingang.

Minkin wollte nicht tauschen. Was immer da drin auf sie wartete, es war so oder so eine Tragödie.

IM TAXI

Boys Don't Cry
The Cure

»Da vorne steht ein Taxi«, sagte Minkin. »Lass uns gehen.«

Linda stand auf und ging mit Minkin zum Taxi.

Minkin öffnete die Beifahrertür, fragte:

»Guten Abend, sind Sie frei?«

»Ja, aber nur auf Bewährung!«

Warum glaubte jeder taxifahrende abgebrochene Germanistikstudent, er sei ein Standup-Comedian?

»Hä?«

»Nach was sieht es aus? Klar. Steigen Sie ein. Sie sehen aus, als hätten Sie einen harten Tag gehabt?«

»Kann man sagen. Einmal *Hotel Alt Wunderberg*, bitte. Wo willst du hin, Linda?«

Für einen Augenblick hatte Minkin die Hoffnung, Linda würde sagen, dass sie mit zu ihm käme. Zu ihm ins Hotel. Er sah Linda aus dem Augenwinkel an. Fast schon flehend. Die Hoffnung stirbt zuletzt.

Linda zögerte einen Augenblick: »Minkin, ich will dich als Freund nicht verlieren, wenn du verstehst, was ich meine. Ich gehe besser nach Hause.«

Ein linker Haken, von dem man sich nur schwer erholte. Manchmal fühlte sich das Leben an wie ein Song von *The Cure*. Und manchmal *war* es ein Song von *The Cure*. Aber Jungs weinten ja angeblich nicht.

Linda wandte sich an den Taxifahrer: »Fahren Sie mich bitte zur Hainstraße, da steht mein Auto.«

Die ganze Fahrt über war es still im Taxi. Der Fahrer spürte, was los war. War keiner, der einem das Ohr abkauen wollte.

Linda stieg in der Hainstraße bei ihrem Tesla aus. »Lass uns morgen sprechen, Minkin.«

»Ganz, wie du meinst.«

Als Linda in ihrem Auto verschwunden war, fragte der Taxifahrer: »Ihre Freundin?«

»Auf eine Art, ja.«

»Auf die falsche, schätze ich.«

Da lag er verdammt richtig, der Taxifahrer.

Minkin stieg im *Hotel Alt Wunderberg* aus. Gab großzügig Trinkgeld. Es war weit nach Mitternacht. Im Hotelflur brannte noch Licht. Minkin kramte seinen Hotelschlüssel aus der Hosentasche, ein Wunder, dass er den noch hatte. In seinem Zimmer schaffte er es nicht mal mehr, die immer noch feuchten Klamotten auszuziehen, er fiel der Länge nach auf sein Bett und schlief sofort ein. Er träumte unruhig. Konnte sich nicht im Detail daran erinnern am nächsten Morgen. Er wusste nur, dass Wasser in seiner ganzen Bedrohlichkeit eine ziemliche Rolle spielte.

FAST EIN HELD

Am nächsten Morgen erwachte Minkin um kurz vor zehn, als Dietmar an die Tür seines Hotelzimmers klopfte.

»Minkin?«

»Ja?«

»Hier ist jemand von der Zeitung für dich, die wollen mit dir sprechen.«

»Schick ihn weg.«

»Es ist eine Frau, eine Reporterin.«

»Sag ihr, ich brauche zehn Minuten.«

»Okay, ich setze sie in den Frühstücksraum. Wird langsam dein Büro.«

Unsinn, gab nur ein Büro, das war die *Waldklause* in Botnang. Wurde Zeit, dass er wieder in sein Homeoffice zurückkehrte.

Nachdem Minkin geduscht hatte, ging er in den Frühstücksraum.

Dort wartete die Reporterin. Sie stand auf, als er den Raum betrat.

»Guten Tag, ich bin Anna Seegmüller vom *Fränkischen Tag*. Sie müssen Minkin sein, einer der beiden Lebensretter.«

Minkin nickte: »Na ja, ich war bei der Aktion gestern mit dabei, aber Lebensretter? Wäre zu viel gesagt. Wie geht es den beiden jungen Leuten?«

»Das Mädchen ist stabil. Über den Zustand des Jungen ist mir nichts bekannt.«

»Hm, nicht gut, oder?«

Die Reporterin zuckte mit den Schultern. »Kann so oder so sein. Würden Sie mit mir über den Vorfall von gestern sprechen, das würde unsere Leser brennend interessieren.«

»Wenn Sie meinen.«

Kam Minkin nicht ungelegen, da gab es etwas, dass die Reporterin im Gegenzug für ihn würde tun können.

Minkin erzählte mehr oder weniger ausgiebig, was vorgefallen war, die Sache mit dem Rettungsring ließ er weg. Die Reporterin war zufrieden. War eine Menge Input für die Leser des *Fränkischen Tags*. Die Reporterin stand auf, machte Anstalten zu gehen.

Minkin fragte: »Hätten Sie noch einen Moment? Ich habe da noch was, das für Ihre Leser interessant sein könnte.«

»Um was geht es?«

»Um das Mariabräu. Was es mit der Pleite auf sich hat, was mit dem Areal passieren soll. Dass es einen Retter gibt, der als strategischer Investor einsteigt, der die Brauerei sanieren will. Interessiert?«

»Auf jeden Fall. Den Bambergern sind ihre Brauereien heilig.«

Die Reporterin nahm wieder Platz und schaltete das Aufnahmegerät ein. »Dann erzählen Sie mal.«

Das machte Minkin.

MARMOR AUS CARRARA

Endlich kam Minkin in die Gänge. Die ganze Zeit schien es so, als ob er in Franken vor lauter Schönheit und Bier träge werden würde. Dass alle ihm zur Verfügung stehenden Instinkte abgeschaltet waren. Jetzt hatte er die Eingebung gehabt.

Gegen Mittag machte Minkin einen ausgiebigen Spaziergang. Vorbei an der Brauerei Mahr, den Kunigundendamm entlang, dann durch die Altstadt bis zum *Hotel Residenzschloss.* Dort ganz in der Nähe hatte die Senator Immobilienentwicklung GmbH ihren Sitz.

Minkin drückte die Klingel der Sprechanlage.

»Ja!«

»Guten Tag, mein Name ist Minkin, ich würde gerne mit dem Senator sprechen.«

Eine Frauenstimme fragte. »Haben Sie einen Termin?«

»Habe ich nicht …«

»So geht das nicht, ohne Termin …«

Minkin hatte genug von dem Eiertanz. »Hören Sie, meine Teuerste, sagen Sie dem Senator, ich ermittle in der Sache mit dem Mariabräu, er wird Zeit finden, glauben Sie mir.«

»Augenblick. Ich frage nach.«

Dauerte eine Minute.

»Kommen Sie hoch. Zweiter Stock. Er gibt Ihnen zehn Minuten.«

»Fünf reichen.«

Minkin stieg im zweiten Stock aus dem Fahrstuhl. Gleißend heller Eingangsbereich. Er war kein Kenner, tippte aber auf den weißen Marmor aus Carrara, das Zeug, aus dem Michelangelo den David geschnitzt hatte. Die Wände und der Boden waren damit gefliest. In Florenz war es ein Meisterwerk, hier im Eingangsbereich der Senator Immobilienentwicklung sah es einfach nur deplatziert aus. Sollte Geschmack signalisieren, schrie nach dem Gegenteil. Wirkte einfach vulgär. Wie meistens, wenn mangelnder Stil auf neureiches Geld traf.

»Kommen Sie mit!«, sagte eine hochgewachsene Blondine in rotem Hosenanzug unfreundlich zu ihm.

»Zu Befehl.«

Warf ihm einen missbilligenden Blick zu. Was Minkin schnurz war.

»Hier entlang.«

Sie führte ihn in ein Besprechungszimmer. Im Zimmer waren genau ein Tisch aus massivem Kirschholz und ein schwarzer Bürostuhl aus Leder. Modell Chefsessel. Auf dem Stuhl saß der Senator im grauen Dreiteiler. Grau war anscheinend die neue Modefarbe in der Immobranche.

»Danke Mandy, du kannst uns jetzt alleine lassen.«

Mandy, ernsthaft jetzt?

Minkin sah sich nach einer Sitzgelegenheit um. War weit und breit nichts in Sicht.

»Was kann ich für Sie tun?«, fragte der Senator.

»Zuhören!«

Der Senator wirkte irritiert.

Minkin nutzte den Moment. Immerhin hatte er damit die Aufmerksamkeit des Senators.

»Kennen Sie *Ocean's 13*?«

»Wollen Sie mit mir über einen Film reden? Ich dachte, es geht um das Mariabräu?«

»Können Sie sich an das Ende des Filmes erinnern?«

»Was wollen Sie von mir?«

Minkin ließ sich nicht beirren.

»Terry Benedict, der Hotelbesitzer und Finanzier der Bande, hervorragend gespielt von Andy Garcia, bekommt seinen 72 Millionen US-Dollar betragenden Anteil an dem Coup nicht ausgezahlt. Stattdessen wird die Summe in seinem Namen an Waisenkinder gespendet, wozu er dann in der Sendung von Oprah Winfrey gönnerhaft Stellung nimmt. Lässt Terry Benedict gut aussehen.«

»Ich erinnere mich an den Film, und?«

»Es ist nicht Oprah Winfrey, sondern der *Fränkische Tag*, dem Sie ein Interview geben, und es sind keine Waisenkinder, sondern das Mariabräu, das Sie retten werden.«

Der Senator prustete laut los.

»Sie sind wirklich lustig, Sie haben das Zeug zum Comedian.«

»Dachte ich auch eine Zeit lang, das Publikum war anderer Meinung.«

Der Senator verstand nicht.

»Was soll der Unsinn mit dem Mariabräu? Da ist nichts mehr zu retten. Die Brauerei ist pleite. Sie wissen doch, wie das läuft. Wir kaufen die insolvente Brauerei, retten die Marke und schaffen dringend benötigten Wohnraum auf dem Areal.«

»Für achttausend Euro pro Quadratmeter. Dem Inhaber zahlen Sie ein Almosen.«

»Der Preis für unsere Appartements ist marktüblich für ein solches Schmuckstück aus der industriellen Gründerzeit«, entgegnete der Senator schulterzuckend. »Der Preis wird nicht von uns gemacht, sondern vom Angebot und der Nachfrage bestimmt. Die Nachfrage nach solchen Objekten ist groß, das Angebot gering. Das ist überall so, beim Gas, beim Brennholz.«

»Diesmal läuft es anders.«

»Meinen Sie?«

»Ja, Sie machen das Mariabräu nicht platt, sondern steigen als strategischer Investor ein, sanieren die Brauerei, retten den Standort, die Arbeitsplätze, erhalten ein Stück Identität.«

»Sie sind wirklich zum Schießen, Minkin! Ein Sozialromantiker.« Der Senator warf den Kopf nach hinten und holte so etwas wie ein Lachen hervor. »Warum um alles in der Welt sollte ich das tun?«

»Weil ich die Fingerabdrücke Ihres Mitarbeiters habe, die zufällig mit denen auf der Laugenflasche übereinstimmen, die jemand im Landratsamt abgegeben und damit das Ende des Mariabräu eingeleitet hat.«

Der Senator sah Minkin scharf an.

»Sie hätten Ihrem Mitarbeiter einfach sagen sollen, dass er bei so einem Job Handschuhe tragen muss. Das kleine Einmaleins für angehende Kriminelle.«

Der Senator sagte. »Ich glaube Ihnen kein Wort!«

»Lassen Sie es drauf ankommen, Senator. Sie wollen noch was werden in der Stadt hier. Man hört, Sie wollen für den Posten des Oberbürgermeisters kandidieren. Was glauben Sie, was der Wähler goutiert? Dass der Kandidat das Mariabräu rettet, die Jobs sichert. Oder dass er beides auf dem Gewissen hat?«

Der Senator zögerte mit seiner Antwort.

»Sie bluffen doch nur?«

»Finden Sie es raus. Lesen Sie den *Fränkischen Tag* morgen, Sie werden sicher einige Anrufe bekommen. Vielleicht geben Sie eine Pressekonferenz. Liegt ganz bei Ihnen, ob Sie der Weiße Ritter oder der Schwarze Ritter sind.«

Das also war Minkins Plan! Er war fehlerhaft, aber hey, das waren Minkins Pläne doch immer.

Der Senator konnte seine Wut nur mit Mühe unterdrücken. Er war jetzt sichtlich angepisst.

»Machen Sie, dass Sie verschwinden!«

»Nichts tue ich lieber.«

Minkin war schon halb aus der Tür, drehte sich dann um: »Noch was!«

»Was?«, zischte der Senator gereizt.

»Sie werden sich eine neue Assistentin suchen müssen, Linda wird ihren Job kündigen.«

Bevor der Senator etwas Grobes erwidern konnte, hatte Minkin den Besprechungsraum verlassen.

Im Rausgehen ging er am Empfang vorbei. Dort saß die hochgewachsene Blondine im Hosenanzug.

Minkin sagte: »Lassen Sie sich von Ihrem Chef nicht begrabschen. Wie Sie sicher schon bemerkt haben, ist er ein übergriffiges Arschloch.«

Dann war Minkin draußen. Froh, an der frischen Luft und nicht mehr länger mit dem Senator in einem Raum zu sein.

DER FRÄNKISCHE TAG

Am nächsten Morgen saß Minkin vergnügt im Frühstücksraum des *Hotels Alt Wunderberg*. Er hatte sich zwei Kaisersemmeln und ein gekochtes Ei vom Büfett genommen. Gewöhnte sich langsam an das Konzept des Frühstücks. Dietmar brachte ihm den *Fränkischen Tag*. Minkin war einigermaßen gespannt, wie die Redakteurin die Information verarbeitet hatte, dass ein Investor die Brauerei rettet und nicht platt macht.

Auf der Titelseite stand nichts davon. Was Minkin die Laune ein wenig verdarb. Minkin blätterte weiter zum Wirtschaftsteil. Dort gehört so eine Information hin, klar. Im Wirtschaftsteil war nichts zu finden über das strategische Investment des Senators. Blieb noch der Lokalteil. Auch dort war nichts über das Mariabräu zu lesen. Minkin war bei der zweiten Tasse Filterkaffee, als sich ein großer Mann mit einem mächtigen Brustkorb näherte und sich auf den Stuhl gegenübersetzte.

Minkin fragte: »Kann ich Ihnen helfen?«

»Ja, indem Sie sich aus meiner Stadt verpissen.«

»Sagt wer?«

»Ich bin der Wachtmeister hier in der Stadt. Treiben Sie in Ihrem Sprengel Ihr Unwesen, hier will Sie keiner haben.«

»Ist ein freies Land. Ich kann meinen Job ausüben, wo ich will.«

»Sehen Sie sich an, Minkin. In welchem Zustand Sie sind, Sie sind beim Staat rausgeflogen, das muss man erst mal hinbekommen, Sie saufen, selbst das bisschen Ermitteln kriegen Sie offensichtlich nicht sonderlich gut hin, wenn ich mir Ihre Hotelauswahl ansehe.«

Was für ein Unsinn, dachte Minkin. Das *Hotel Alt Wunderberg* war perfekt. Gute Lage, ruhig, sauber, persönlicher Service. Kein unnötiger Schnickschnack. Minkin liebte es. Fünf von fünf Sternen.

»Sie sind wie ein abgehalfterter Straßenköter, Minkin. Sie sind durch, Mann, hat Ihnen nur noch niemand gesagt. Also hören Sie auf, Ihre rote Nase in Angelegenheiten zu stecken, die Sie nichts angehen. Tun Sie das, was Sie am besten können. Ballern Sie sich Ihre restlichen Gehirnzellen weg und verpissen Sie sich aus unserer Stadt.«

Minkin ließ das schweben. Versuchte sich nicht an einer schlauen Replik. Schlagfertigkeit war etwas für Untergebene. Hatte Minkin aufgeschnappt. Passte jetzt.

»Okay.«

»Das heißt?«

»Ich denke in jedem Fall drüber nach«, sagte Minkin.

»Tun Sie das. Aber nicht zu lange. Sie wurden gewarnt, dass nächste Mal bin ich nicht so höflich.«

Minkin war gespannt. Fragte: »Wie sieht die unhöfliche Variante aus?«

»Da sitzen Sie in Handschellen in einem Polizeitransporter auf dem Weg ins Revier.«

»Interessant. Wegen was?«

»Machen Sie sich keine Gedanken, bei einem Kerl wie Ihnen finden wir genügend Gründe, um ihn vorübergehend einzubuchten.«

Einbuchten? Ernsthaft? Minkin hatte nicht erwartet, dass dieses Wort überhaupt noch von jemand benutzt wurde! Kurz danach betrat ein zweiter Besucher den Frühstücksraum. Der große Mann, der Minkin gegenübersaß saß, sah kurz hinüber.

»Wir haben, was wir brauchen?«

Der zweite Besucher nickte.

Der Mann, der Minkin gegenübersaß, erhob sich von seinem Stuhl.

Er war schon halb aus der Tür, drehte sich noch mal um, sagte:

»Sie können aufhören in der Zeitung nach einem Artikel über die Rettung des Mariabräu zu suchen. Sie werden nichts finden. Nicht heute und auch an keinem anderen Tag.«

Dann war er verschwunden.

Sollte mir das Angst machen?, dachte Minkin. Was ihm Angst machen sollte, war, dass der Senator hier in dieser Stadt eine Menge Verbindungen hatte. Selbst die Bullen tanzten nach seiner Pfeife. Gab sicher einige Menschen, die ihm was schuldeten. Und sicher einige, die ihm gerne in den Arsch treten wollten. Wer viele Freunde hatte, hatte auch Feinde. Die musste man nur finden.

Nachdem der Wachtmeister und sein Kollege verschwunden waren, rief Minkin die Redakteurin Anna Seegmüller an. Die Frau, die ihn am Tag zuvor interviewt hatte. Sie hatte ihm ihre Karte dagelassen. Minkin wählte die Mobilnummer.

»Seegmüller!«

»Guten Tag, Frau Seegmüller, hier ist Minkin, Sie waren gestern bei mir, wir haben uns unterhalten über die beiden jungen Leute aus dem Fluss. Und über das Mariabräu.«

»Ich weiß.«

»Ich hatte, ehrlich gesagt, erwartet, heute etwas darüber zu lesen im *Fränkischen Tag.*«

Die Redakteurin zögerte.

»Ich auch. Aber die Tatsache ist meinem Chef keine Meldung wert.«

»Das überrascht mich«, sagte Minkin.

»Sie verstehen, was ich damit sagen will?«

Minkin ahnte es. »Der Senator hat die Veröffentlichung verhindert?«

»Bingo. Er möchte nicht, dass die Nachricht über seinen Einstieg als Investor beim Mariabräu publik wird. Dass verstehe ich nicht ganz. Ist eigentlich eine gute Nachricht.«

Kam nicht von Herzen. Und schon gar nicht freiwillig. Der Senator hatte weitaus profitablere Pläne mit dem Brauereigelände. Und er hatte bei der Pleite des Mariabräu ordentlich nachgeholfen. Minkin hatte der Redakteurin nichts davon erzählt. Hatte ihn ihr gegenüber als den strategischen Retter dargestellt. Er hatte dem Senator eine goldene Brücke gebaut. Über die hätte er nur gehen müssen. Und damit auf ordentlich Profit verzichten müssen aus der Umwandlung des Brauereiareals in Appartements. Aber Verzicht war nicht das Mantra des Senators.

»Der Senator und seine Firmengruppe sind wichtige Anzeigenkunden. Der Senator spielt mit dem Herausgeber der Zeitung Golf. Der Mann hat enormen Einfluss hier in der Stadt. Wenn er möchte, dass das nicht erscheint, dann wird es hier nicht erscheinen«, sagte die Redakteurin.

»Danach sieht es aus.«

»Es tut mir leid. Ich kann leider nichts tun in der Sache. Ich habe hier einen befristeten Vertrag bei der Zeitung. Und mein Chef hat mir deutlich zu verstehen gegeben, dass ich mich aus der Sache raushalten soll, wenn der Vertrag verlängert werden soll.«

»Okay, das verstehe ich.« Verstand Minkin tatsächlich. Die klassische Zeitungsbranche war im Niedergang begriffen. War in Minkins Heimatstadt genauso. Corona und die Energiekrise hatten das Ganze noch mal verschärft. Bei der *Stuttgarter Zeitung* und den *Nachrichten* hatten sie die dritte Sparrunde innerhalb von ein paar Jahren eingeläutet. Irgendwann würde vermutlich kein Personal mehr da sein, das sie abbauen konnten.

»Ich hatte heute Besuch von der Polizei.«

»Sie? Warum?«

»Man hat mich gewarnt. Ich soll mich verpissen, raushalten aus der Sache mit dem Mariabräu.«

»Der Senator hat überall seine Drähte, gibt eine Menge Leute, die ihm was schulden. Vermutlich auch bei der Polizei«, sagte die Redakteurin. »Und? Werden Sie sich raushalten?«

»Dreimal dürfen Sie raten.«

Die Redakteurin dachte nach. »Hören Sie, ich kann nichts für Sie tun. Ich weiß nicht, was Sie vorhaben und was hinter der Sache steckt. Vermutlich werden Sie es mir auch nicht sagen wollen. Aber vielleicht habe ich eine Idee, wer Ihnen helfen kann, die Sache publik zu machen.«

»Bin für alles dankbar.«

Die Redakteurin gab ihm die Telefonnummer einer befreundeten Online-Redakteurin der Onlineplattform *nordbayern.de*. Hatte Minkin noch nie von gehört. Mochte auch daran liegen, dass er immer noch analog unterwegs war und kein Smartphone besaß.

»Und das wird gelesen?«

»Naja, hat hier in Bamberg nicht die Reichweite des *Fränkischen Tags* oder die Aufrufe von *inFranken.de*. Aber Ihren Zweck erreichen Sie damit. Es ist ja nicht nur die Plattform, es sind auch die Social-Media-Kanäle, die bedient werden. Im Grunde geht es darum, dass Sie überhaupt jemanden finden, der das bringt. Und die Nürnberger sind weit genug weg.«

Leuchtete Minkin ein.

»Ich schreibe der Kollegin gleich eine Nachricht, dass

Sie sich melden und dass Sie als Quelle der Nachricht vertrauenswürdig sind.«

Vertrauenswürdig? Ein Lob, das Minkin selten zu hören bekam. »Danke.«

Minkin holte sich einen weiteren Filterkaffee, war kein Baristaquatsch. Reeller deutscher Filterkaffee. Gut abgestanden in der Thermoskanne. Schmeckte bitter, passte zu Minkins Stimmung. Der Senator hatte alles unter Kontrolle hier in der Stadt. Alles und jeden. Bis auf einen dahergelaufenen Feuerbacher Privatermittler, den er nicht kontrollieren konnte.

Minkin ließ sich von Dietmar die Telefonnummer der Senator Immobilienentwicklung geben und wählte auf seinem Siemens Tastenhandy die Nummer. Dauerte einen Moment, bis ihm eine Frauenstimme einen wunderschönen »Guten Morgen« wünschte.

»Danke, wünsche ich Ihnen auch.«

»Ich würde gerne den Senator sprechen.«

»In welcher Angelegenheit.«

»Sagen Sie ihm, Minkin ist am Apparat. Er weiß Bescheid.«

Dauerte einen Moment, bis der Senator dran war.

»Minkin, der heldenhafte Rettungsschwimmer höchstpersönlich, was für eine Ehre.«

»Lassen Sie den Quatsch, Senator. Sie wissen, warum ich anrufe. Ich habe Ihnen eine Brücke gebaut, wie Sie sauber aus der Sache rauskommen.«

»Ungeheuer großzügig von Ihnen«, sagte der Senator zynisch.

»Sie haben Spaß, oder?«

»Nun, Minkin, Sie sind in der Tat amüsant, eine Abwechslung, ja.«

»Sie Dreckskerl, ich krieg Sie dran. Ich habe die Fingerabdrücke des Braunen, Ihres Mitarbeiters.«

»Ach, wirklich?«, sagte der Senator mit gespielter Bestürzung. »Haben Sie die? Man sollte nicht glauben, was in Hotels alles gestohlen wird.«

Verdammt, dachte Minkin. Ich Idiot. Jetzt wusste er, was sich der Begleiter des Wachtmeisters geholt hatte.

Minkin legte auf und stürzte in sein Zimmer, durchwühlte seine blaue Adidas-Sporttasche. Die Folie mit den Fingerabdrücken des Braunen war verschwunden. Der Kollege des Wachtmeisters hatte sein Zimmer durchsucht und sein einziges Beweismittel gestohlen. Minkin hatte nichts mehr in der Hand gegen den Senator, außer die Wahrheit. Die war in den seltensten Fällen sonderlich viel wert.

Minkin hatte genug vom Treiben in dieser Stadt. Am späten Vormittag packte er seine Sachen zusammen, verabschiedete sich von Dietmar und ging zum Bamberger Hauptbahnhof. Dort stieg er um kurz vor halb zwölf in den Regionalexpress nach Würzburg, von da weiter über Heilbronn nach Stuttgart. Sollte knapp dreieinhalb Stunden dauern. Ein Klacks.

Minkin hatte sich am Bahnhof in Bamberg noch ein aU geholt. Hervorragendes Zugbier.

NO MORE TEARS IN HEAVEN

Eric Clapton

Wer von diesem Wasser trinkt, den wird wieder dürsten;
wer aber von dem Wasser trinkt,
das ich ihm geben werde,
den wird in Ewigkeit nicht dürsten.

(Johannes 4.11,12)

Gegen drei Uhr nachmittags erreichte Minkin seine Heimatstadt Stuttgart. Normalerweise wäre Minkin direkt in der *Waldklause* gelandet, der übliche Lauf der Dinge. Allerdings gab es jemanden, der auf ihn wartete. In Feuerbach in seiner Bleibe am Wilhelm-Geiger-Platz. Sagen wir mal so, es war nicht die Bachmann.

Es war die Rote Madonna. Minkin erwartete dort nicht weniger als ein Wunder. Ein Bierwunder.

Minkin schlich durch den Hausflur und das Treppenhaus. Er vermied es, seiner Vermieterin zu begegnen, wann immer es möglich war. Seine Wohnung befand sich direkt unterm Dach eines Mehrfamilienhauses in Stuttgart-Feuerbach. Das Haus war gut hundert Jahre alt. Die Eigentümerin investierte nur das Allernötigste in den Erhalt des Gebäudes. Die Wohnung war billig und sie lag zentral. Möbel waren ebenfalls vorhanden. Kam Minkin damals sehr gelegen, als er vor mehr als sieben Jahren hier einzog.

Die Wohnung bestand aus einem Schlafzimmer und

einer Wohnzimmerküche. Völlig ausreichend für eine Person. Zwischenzeitlich hatte sich die Bachmann hier bei ihm einquartiert. War eng. Aber das war nicht sein größtes Problem.

Minkin hatte die Gefrierbox mit der Madonna in der Küche platziert. Er hatte das Original behalten und der Franconia eine Kopie untergejubelt. Er war bereit, es anzugehen.

Vorsichtig öffnete er den Deckel der Box und nahm die Madonnenfigur behutsam aus ihrer vereisten Ruhestätte. Er stellte sie auf den Küchentisch. Darunter stellte er ein Glas. Hatte keinen Plan dafür, wie man eine Madonna zum Weinen bringt. Aber wenn das Einfrieren die Tränen stoppte, sollte das Auftauen die Sache wieder in Gang bringen. Was immer das für eine Sache war.

Minkin wartete. Es tat sich nichts. Nur die Ruhe, dachte er. Rom wurde auch nicht an einem Tag erbaut. Minkin saß mehr als eine halbe Stunde auf dem harten Küchenstuhl vor der Madonnenfigur. Keine Tränen, nicht eine Einzige.

Mist, verdammter! Hatte er es ernsthaft verbockt? Hatte er, Minkin, Privatermittler aus Feuerbach, dem Fränkischen Bierwunder den Garaus gemacht durch die Idee mit der Gefrierbox? Dabei war es im Grunde nicht seine Idee, sondern Wims Idee. So fair musste man bleiben. Rede es dir nur ein, Minkin.

Minkin faltete die Hände, sah zu Boden.

»Das darf nicht wahr sein. Herrgott im Himmel hilf, dass die Madonna wieder ihr Bier weint.« War vermutlich ein seltsames Gebet. Aber der Herr war im Laufe der Jahrhunderte sicher einiges an schrägen Sachen gewöhnt.

»Vergiss es, Minkin.«

Minkin sah verwirrt nach oben. »Wer um Himmels willen spricht da?«

»Stell dich nicht dümmer als du bist, Minkin. Du weißt, wer hier spricht.«

Verdammt, das konnte nicht sein!

»Du solltest dein Neues Testament kennen. Oder hast du dir alles weggeballert im Laufe der Jahre?«

Vieles, was Minkin an Kenntnissen über das Neue und das Alte Testament hatte, war ihm tatsächlich abhandengekommen.

»Du weißt, was Johannes über mich geschrieben hat?«

Johannes, der Evangelist: Der hatte eine Menge über Jesus geschrieben. Am Ende wurde es sogar ein ganzes Evangelium.

»Welche Stelle meinst du genau?«

»Wer von diesem Bier trinkt, wird wieder Durst bekommen; wer aber von dem Bier trinkt, das ich ihm geben werde, wird niemals mehr Durst haben.«

Minkin war überrascht. Das Zitat hatte Minkin anders in Erinnerung. »Das mit dem Bier hast du tatsächlich so gesagt?«

Jesus antwortete knapp: »Ich muss es wissen, ich war dabei.«

Jetzt machte auch das mit dem Heiligen Fass, das Minkin vor einigen Jahren in Sicherheit gebracht hatte, plötzlich Sinn.

Jesus fuhr fort: »Unter uns gesagt, Minkin, Johannes hatte seinen eigenen Stil, ging das Ganze etwas freier an. Aber ich habe ihm das durchgehen lassen, ich mochte den Jungen.«

War nicht so, dass Minkin nicht mit unvorhergesehenen Ereignissen umgehen konnte. Aber dass Jesus persönlich mit ihm in seiner Bude am Wilhelm-Geiger-Platz in Feuerbach quatschte, das war schon eine ziemliche Nummer. Den letzten Jesus hatte Minkin an der Rolltreppe der

Arnulf-Klett-Passage am Stuttgarter Hauptbahnhof getroffen. Er sagte, dass das Ende nah sei und dass er deshalb noch schnell einen Fünfer bräuchte. Der Rolltreppen-Jesus kam Minkin nicht echt vor.

Der hier war anders.

Aber sein Portfolio war mies.

»Hör mal, Jesus, nichts für ungut. Wenn ich dich richtig verstehe, hast du ein Bier im Angebot, von dem man nie mehr durstig wird.«

»Du hast es geschnallt.«

»Aber das macht keinen Sinn. Geht nicht darum, keinen Durst mehr zu haben, es geht ums Trinken, verstehst du? Das klingt so wie diese Nikotinpflaster, die man Rauchern gibt, damit sie das Rauchen aufhören. Denke, das ist nichts für mich.«

»Deine Sache, Minkin. Denk drüber nach. Aber das mit der Madonna kannst du knicken.«

Minkin verstand nicht.

»Einfrieren, gehts noch? Meine Mutter ist ziemlich *pissed*. Du bist der Letzte, der sie noch mal Bier weinen sehen wird. Gibt andere Menschen, die das zu schätzen wissen. Denk da mal drüber nach, Dummkopf.«

Weg war er.

Minkin kratzte sich am Kopf. War das eine Einbildung gewesen? Eine Sinnestäuschung? Ein Trugbild? Von allem etwas? Wenn man anfing zu versuchen, solche Sachen zu ergründen, hatte man gute Chancen, verrückt zu werden. Also nahm Minkin es als das, was es war. Ein Gespräch unter Gefährten. Nenn es Schicksal, Fügung.

Auf die eine oder andere Art kam Minkin einfach nicht los von dem Nazarener.

DIE BEERDIGUNG

At every occasion, oh,
I'm ready for the funeral.
The Funeral / Band of Horses

Einen Tag später saß Minkin am späten Nachmittag bei Sissi in der *Waldklause.*

Sissi begrüßte Minkin mit Handschlag und ohne Maske. Corona war inzwischen durch, hatte man den Eindruck. Stimmte vermutlich nicht ganz. Aber die Leute hatten einfach genug. Wollten ihr bisschen Leben wieder so wie früher leben.

Am Tresen saß die Mittagsschicht. Die *Waldklause* öffnete gegen 11 Uhr, dann fanden sich rasch die ersten Gäste am Tresen ein. Am Nachmittag kam dann die zweite Schicht, löste die Frühschicht ab. Und dann am Abend kam die Nachtschicht. Überschneidungen gab es nach Minkins Beobachtungen eher selten. Hier hatte alles seine natürliche Ordnung. Der Tag seine Struktur.

»Minkin, schön dich zu sehen. Zurück von deiner Reise?«

»Gut bemerkt, Sissi.«

Bisschen Schalk musste sein.

»Was trinken?«

»Hast 'nen Kaffee?«

Sissi sah Minkin fragend an.

»Bist du krank? Bamberg ist dir nicht gut bekommen.«

Da war in jedem Fall was dran. Bamberg hatte Spuren hinterlassen. Und zwar nicht die guten.

»Kann ich dich was fragen, Sissi?«

»Wenn es nichts Persönliches ist.«

»Ist es nicht.«

»Dann ja.«

»Glaubst du an Gott. Ich meine, dass es ihn gibt?«

Sissi sah Minkin an.

»Muss es, sonst wären wir alle ziemlich im Arsch.«

»Glaubst du, er spricht zu uns?«

»Klar.«

Sissi nickte, sah Minkin an: »Bei dir sieht das vermutlich so aus, dass er dir ordentlich in den Arsch tritt.«

Minkin lachte: »Könntest du verdammt recht haben.«

Der Kaffee kam. Wie immer mit ordentlich Schuss drin. Versengte Minkin Gaumen und Magen gleichzeitig.

Minkins Handy klingelte. Entgegen seiner Gewohnheit ging er ran. Er kannte die Nummer.

»Hallo Linda.«

»Hey Minkin.«

»Schön, von dir zu hören.«

»Wart's ab.«

Minkin hatte eine dunkle Ahnung.

»Was ist los? Wie geht es den beiden jungen Leuten?«

»Das Mädchen ist stabil, sie ist noch im Krankenhaus. Wird wieder auf die Beine kommen, sagen die Ärzte.«

»Der Junge?«

Linda atmete schwer am anderen Ende des Telefons. Stockte beim Reden.

»Am Freitag ist die Beisetzung des Jungen.«

Die Nachricht traf ihn unvorbereitet. Er trat vor die *Waldklause* und setzte sich auf eine der Holzbänke im Biergarten. Ein Biergarten, der nicht mehr war als ein

Autostellplatz mit zwei Biergartengarnituren und einem Schirm.

»Er ist heute Nacht verstorben.«

»Verdammt!«

»Hör auf zu fluchen!«

»Entschuldige.«

Linda schwieg einige Augenblicke, fragte dann:

»Kommst du zur Beisetzung?«

Habe ich eine Wahl, dachte Minkin.

»Ich werde da sein.«

»Gut.«

»Linda…« Minkin suchte nach den richtigen Worten. Zögerte.

»Was ist?«, fragte Linda.

Minkin erzählte Linda von seinem Plan. Dass der Senator unfreiwillig als Retter bei der Brauerei einsteigt.

»Der Senator hat dafür gesorgt, dass mein Plan nicht funktioniert. Er hat die Veröffentlichung im *Fränkischen Tag* verhindert. Er sollte das Mariabräu retten, im Gegenzug behalten wir die Sabotage mit der Laugenflasche für uns.«

Linda hörte zu, sagte dann: »Wir haben immer noch die Abdrücke seines Mitarbeiters auf der Flasche, des Braunen, damit kriegst du ihn so oder so dran.«

Minkin druckste herum. »Haben wir nicht. Ich habe die Fingerabdrücke nicht mehr.«

»Wieso das denn?«

»Ich hatte Besuch von einem Polizeibeamten, im Frühstücksraum. In der Zeit haben sie mein Zimmer durchsucht und die Folie mit den Abdrücken gestohlen.«

»Diese Dreckskerle.«

»Wir können ihm nichts mehr nachweisen.«

Linda zögerte einen Augenblick: »Ich werde als Zeugin gegen ihn aussagen.«

Minkin wartete ab. Meinte sie das ernst? Er sagte: »Du hast gute Gründe, es nicht zu tun.«

»Hatte.«

»Was hat sich verändert?«

»Der Tod des Jungen hat alles verändert, Minkin. Auch ich habe Blut an meinen Händen.«

»So ein Unsinn. Hör auf, das zu sagen …«

»Du weißt, dass es stimmt.«

»Es war ein beschissenes Unglück, was da passiert ist.«

»Zu dem ich und du beigetragen haben, du weißt es, Minkin. Ich werde Anzeige erstatten und gegen ihn aussagen.«

»Linda, warte. Okay? Gib mir noch ein, zwei Tage Zeit.«

»Meinetwegen. Ich warte, bis der Junge beerdigt ist, dann gehe ich zu Polizei.«

Linda legte auf.

Minkin dachte an die *Band of Horses*. Hatten *einen* überragenden Song. Manchmal reichte das schon. *The Funeral. At every occasion, I will be ready for the funeral.* Hatten leicht singen, die *Band of Horses*. Einen Scheiß war er bereit. Für Beerdigungen ist man nie bereit. Zu keiner Gelegenheit. Dass Einzige, was Minkin wusste, war, er würde nicht alleine nach Bamberg zur Beerdigung reisen. Er würde die Rote Madonna im Gepäck haben. Gab jemanden, der sie dringender brauchte als er.

Der Junge war tot, Vanessa lebte. Noch. Hätte er, Minkin, die Tragödie kommen sehen können? Die meisten Suizidalen gaben ihre Absicht bekannt, verbal oder nonverbal. Hatte Vanessa ihnen bei ihrer Begegnung in Gößweinstein nicht deutlich gesagt, dass sie ohne die Madonna nicht leben könne? War er dumm genug gewesen, die Signale bei Vanessa zu übersehen? Es gab bei Menschen mit Selbstmordtendenzen immer jemand, der die Zeichen sehen konnte, einen Wachtposten, einen Hüter.

Wenn das Minkins Rolle war in dieser Erzählung, dann hatte er es auf fatale Art und Weise versaut.

Nach dem Telefonat blieb Minkin noch einen Augenblick vor der *Waldklause* stehen. Die U29 kam aus dem Botnanger Tunnel, hielt an der Lindpaintner an und spuckte die Berufspendler aus ihrem Schlund. Minkin sah in die Gesichter, die sich apathisch an die Scheiben der Waggons drückten. Der Tag und die Hitze hatten ihre Fußabdrücke hinterlassen. Bei den meisten waren es Tritte in den Hintern.

Nach einigen Minuten betrat er wieder die *Waldklause*. Aus seinem Gesicht war jede Art von Farbe gewichen.

Sissi fragte besorgt: »Du siehst aus, als seist du dem Tod persönlich begegnet.«

Da hatte Sissi den Nagel auf den Kopf getroffen.

»Ouzo?«, fragte Sissi.

Minkin nickte: »Ein Doppelten.«

»So schlimm?«

»Schlimmer!«

Sissi fragte nicht nach. Das schätzte Minkin an ihm. Er wusste, wann er die Klappe halten musste.

NÄCHSTER VERSUCH

Am Tag vor Minkins Fahrt zu der Beerdigung des Jungen nach Bamberg rief er bei der Onlineredakteurin von *nordbayern.de* an.

Erzählte ihr das Gleiche, was er ein paar Tage zuvor der Redakteurin vom *Fränkischen Tag* erzählt hatte. Dass der Senator als strategischer Investor bei dem Mariabräu einsteigen wolle, um den Betrieb der Brauerei aufrechtzuerhalten.

»Das ist eine gute Nachricht. Warum kommen Sie damit zu uns und nicht die Senator Immobilienentwicklung?«

Minkin musste improvisieren, sagte: »Die wollen das nicht an die große Glocke hängen, im Hintergrund bleiben.«

Die Redakteurin glaubte ihm kein Wort: »Wir werden das prüfen müssen, den Senator dazu befragen.«

»Sicher.«

Nachdem das Gespräch mit der Onlineredakteurin beendet war, wählte Minkin die Nummer der Senator-Immobilienverwaltung und ließ sich zum Senator durchstellen.

Sein letztes Telefonat mit dem Dreckskerl.

»Sie werden langsam zur Plage, Minkin. Sie gehen mir auf die Nerven.«

»Dann habe ich alles richtig gemacht.«

Der Senator lachte verbissen. »Geben Sie auf, Minkin.«

»Ich finde, jeder hat eine zweite Chance verdient.«

»Für Sie ist der Zug hier abgefahren. Versuchen Sie, woanders zu scheitern.«

»Ich rede nicht von mir. Sie werden einen Anruf bekommen. Überlegen Sie sich, was Sie der Presse sagen. Heuschrecke oder Weißer Ritter.«

»Warum sollte ich meine Meinung ändern?«

»Weil es jemanden gibt, der bereit ist, gegen Sie auszusagen.«

Der Senator dachte hörbar nach.

»Sie bluffen?«

»Lassen Sie es drauf ankommen.«

»Sie können mich mal.«

»Nicht mehr in diesem Leben.«

Dann legte Minkin auf. Er hoffte, dass der Senator den Wink verstanden hatte. Er war ein Dreckskerl, aber er war nicht dumm.

Schwamm immer oben.

Am nächsten Morgen hatte es das Mariabräu auf die Startseite von *nordbayern.de* geschafft.

Minkin war am Vorabend der Beisetzung nach Bamberg gereist. Hatte im *Alt Wunderberg* übernachtet. Beim Frühstück hatte er sich die News auf *nordbayern.de* von Dietmar auf seinem Smartphone zeigen lassen. Minkin kam das Frühstück wieder hoch bei dem, was er da las. Aber das war der Deal. Der Senator rettete die Brauerei. Im Gegenzug blieb die Sache mit dem Laugenattentat unter Verschluss.

Danach rief Minkin Linda an.

»Hallo Linda, hier ist, Minkin. Du solltest mal auf die Website von *nordbayern.de* gehen.«

»Warte einen Moment.« Nach wenigen Augenblicken hatte sie den Artikel gefunden und las ihn laut vor:

Investor rettet Bamberger Traditionsbrauerei

Bamberg. Wegen Zahlungsunfähigkeit und Überschuldung musste das Mariabräu im Juli Insolvenz anmelden. Jetzt ist die Rettung in Sicht. Das Unternehmen war mit dem allgemein sinkenden Bierabsatz und durch die Corona-Krise in Schieflage geraten. Durch eine nicht aufgeklärte Verunreinigung des Bieres mit Reinigungslauge war die Brauerei vollends in die Bredouille gekommen. Im Juni ging die Brauerei in ein Schutzschirmverfahren, in dem das Brauereigelände an die Senator Immobilienentwicklung verkauft werden sollte. Es gab Befürchtungen, dass die Brauerei endgültig geschlossen werden müsste, und auf dem Areal Luxusappartements errichtet werden sollten. Der Eigentümer der Senator Immobilienentwicklung hat nun erstmals seine Pläne für die Brauerei offengelegt. Geplant sei ein strategisches Investment. Er will das Mariabräu erhalten und den Braubetreib weiterführen, wie er uns gegenüber exklusiv ausgeführt hat: »Wir können und werden es nicht zulassen, dass ein weiteres Stück großartiger Brautradition in unserer schönen Stadt verschwindet. Uns geht es um die Menschen, die Mitarbeiter und Fans der Brauerei, um die Identität des Stadtteils. Gemeinsam mit den Mitarbeitern und Kunden des Mariabräu werden wir die Geschichte der Brauerei nachhaltig fortschreiben«, so der Geschäftsführer der Senator Immobilienentwicklung.

»Der Typ ist zum Kotzen«, sagte Minkin.

»Weiß niemand besser als ich, Minkin!«

Minkin hatte wenig dazu zu sagen. Fragte: »Wir sehen uns heute Nachmittag bei der Beerdigung.«

»Ja, auch wenn ich nicht weiß, ob wir dort willkommen sind.«

»Das wäre nichts Neues für mich.«

EIN DRAMA FÜR MINKIN

Vor der Beerdigung hatte Minkin noch einen weiteren Termin auf der beschissenen Agenda dieses Falles. Kurz vor 12 Uhr stand er vor dem Krankenhaus, in dem Vanessa lag. Es war der Tag der Beisetzung des toten Jungen. Vanessa hatte keine Gelegenheit, sich von ihm am Grab zu verabschieden. Sie lag im Krankenhaus an Schläuchen und Maschinen, während ihr Freund beerdigt wurde.

Wie beschissen war das denn?

Minkin betrat das Krankenhaus. Das Herz klopfte ihm bis zum Hals. Er hatte versucht, den Jungen zu retten, aber im Grunde hatte er Anteil daran, dass es überhaupt so weit gekommen war. Er hatte dem Mädchen die Madonna genommen und damit das Fass zum Überlaufen gebracht.

Minkin fühlte sich schuldig. Und es würde niemand geben, der ihm sagen würde: »Nicht deine Schuld, Minkin.« Selbst wenn es jemand gäbe, dann wusste er, dass das gelogen war.

Minkin ging hinauf zur Station. Auf dem Weg dorthin traf er die Ärztin, die ihn vor einigen Tagen untersucht hatte.

Grüßte ihn und blieb kurz stehen. »Tut mir leid mit dem Jungen. Wir konnten nichts mehr tun.«

Minkin wusste es, trotzdem traf es ihn wie ein Fausthieb in den Magen.

Auf der Treppe kam eine Frau herunter.

»Das ist die Mutter des Jungen. Sie schaut nach Vanessa. Ist jeden Tag hier.«

Die Frau blieb vor Minkin stehen. Hatte einen entsetzlichen Gesichtsausdruck. Hielt das alles für einen grausamen Traum. Sie fragte Minkin:

»Sie sind Minkin?«

Er nickte, musste sich am Geländer festhalten.

»Sie haben meinen Sohn auf dem Gewissen!« Sie spuckte ihm ins Gesicht.

Minkin sah zu der Ärztin hinüber, hielt dem Blick der Mutter des Jungen nicht stand.

Die Ärztin sagte kein Wort.

Eine Stille, die zum Schreien war.

Minkin krallte sich noch fester an das Geländer, um nicht das Gleichgewicht zu verlieren. Stand dort, ohne irgendetwas erwidern zu können.

Er wusste nicht, wie lange er so dort stand. Jemand fasste ihn an der Schulter, schüttelte ihn: »Geht es wieder?« Minkin sah die Ärztin an, sah sich dann um. Die Mutter des Jungen war verschwunden.

»Ganz sicher tut es das nicht«, sagte Minkin.

Falls Minkin glaubte, er hatte damit das Schlimmste hinter sich, dann lag er ziemlich daneben. »Wo liegt das Mädchen?«, fragte er die Ärztin.

»Im dritten Stock. Zimmer 333. Es ist ganz hinten auf der linken Seite.«

»Danke.« Minkin ging die Treppen hoch, bis er im dritten Stock angekommen war. Er taumelte durch den Krankenhausflur und blieb am Ende des Flures vor Zimmer 333 stehen. Er klopfte.

Durch die schwere Holztür hörte er ein schwaches »Herein!«

Minkin öffnete die Tür und stand im Zimmer.

Vor ihm lag das Mädchen. Sie war blass, die Wangen eingefallen. Mit einem Arm hing Vanessa an einem Tropf.

Sie sah Minkin mit leeren Augen an. Jedes bisschen Leben hatte sich verabschiedet. Sah furchtbar aus. Alles in diesem Zimmer schrie Minkin an: Ich will hier weg!

Minkin wusste nicht wie anfangen.

»Vanessa, wie geht es dir?«

Ihre Augen formten sich zu zwei Schlitzen, sie versuchte sich aufzurichten.

»Warte, kann ich dir helfen.« Minkin trat einen Schritt in Richtung des Bettes.

»Du hast schon mal versucht zu helfen, danach war mein Freund tot!«

Es war nicht nur, was sie sagte, es war auch, wie sie es sagte. Voller Abscheu und Feindseligkeit. Konnte er es dem Mädchen verübeln?

Einen Scheiß konnte er. Minkin trat zurück.

»Darf ich mich setzen?«

»Ich glaube nicht, dass es sich lohnt.«

Minkin blieb stehen.

»Es tut mir leid, Vanessa.«

»Was genau?«

»Alles, der Tod deines Freundes, das mit der Madonna, dass ich sie mitgenommen habe, ich hatte keine Ahnung, was dir die Madonna bedeutet.«

»Ich habe dich angefleht, mir die Madonna nicht wegzunehmen. Seit dem Tod meiner Mutter vor fünf Jahren war die Madonna die Mutter, die ich nicht mehr hatte.«

Minkin wollte etwas sagen. Fragen, ob das den Ausschlag dafür gegeben hatte, dass sie in den Fluss gesprungen war. Oder ob es daran lag, dass die Väter gegen die Verbindung ihrer beiden Kinder waren, mit ihnen gebrochen hatten. Minkin sagte nichts von alledem. Vermutlich waren es zu viele dunkle Ereignisse im Leben von Vanessa, die sie mürbe gemacht hatten.

Minkin sah das Mädchen verunsichert an.

Sie ließ ihn nicht vom Haken:

»Und was hast du getan? Du hast die Madonna mitgenommen. Hat es dich interessiert, was mit mir ist?«

Minkin sah zu Boden. Wusste keine Antwort.

»Ich weiß nicht, was ich sagen soll.«

»Dann verschwinde endlich!«

Minkin bückte sich und öffnete den Reißverschluss der Sporttasche. Er griff nach der Madonna in der Tasche, trat an Vanessas Bett heran und stellte die Rote Madonna auf den Nachttisch.

»Ich weiß, dass es nichts wiedergutmacht.«

Minkin sah Vanessa ein letztes Mal an, verließ dann das Krankenzimmer. Stand draußen auf dem Flur, bekam kaum Luft. Stürmte zum Fenster am Ende des Flures, riss es auf. Schnappte nach Sauerstoff und sah nach unten. Wie hoch mochte das hier sein? Acht Meter vielleicht.

Dauerte einen Moment, dann stand die Ärztin neben ihn.

»Vergessen Sie es. Nicht hoch genug.«

Minkin nickte.

»War es so schlimm?«, fragte sie.

»Schlimmer.«

»Was hatten Sie erwartet?«

»Was ich erwartet hatte? Vergebung?«

Die Ärztin sah Minkin an, schüttelte den Kopf.

»Das ist nicht meine Disziplin, aber für Vergebung ist heute mit Sicherheit nicht der richtige Zeitpunkt.«

Minkin sah die Ärztin an, eine Frau in seinem Alter. Was wusste die also vom Leben. Fragte trotzdem: »Wird der irgendwann kommen, der Zeitpunkt?«

Die Ärztin zuckte ratlos mit den Schultern: »Hoffnung gibt es immer.«

Das war der übelste Kalenderspruch, den Minkin seit Langem zu hören bekommen hatte.

Gleichzeitig das Maximale, was Minkin an Trost erwarten konnte.

DANKSAGUNG

Dank geht an meinen Lektor Bernd Storz, mit dem ich zum zweiten Mal zusammenarbeiten durfte. Es war mir eine Freude. Dank ihm ist es wieder gelungen, aus meinem losen Skript eine fertige Geschichte zu machen. Dank geht an Werner Dinkelaker für den Bier-Input und den Brauereihintergrund. Dank geht an Olivier Boschat, der den Schreibprozess wieder konstruktiv begleitet hat. Dank an Markus Raupach für die Informationen rund um Bamberg und das fränkische Bier. Danke euch für die Kritik, die Anregungen, die Verbesserungen.

Die Idee mit der Madonna, die Bier weint, trage ich schon eine Weile mit mir herum. Es ist faszinierend, welche Wirkungen diese Heiligenfiguren immer noch auf Gläubige ausüben. Ich wollte der Madonnenverehrung einen neuen Aspekt hinzufügen. Es war klar, dass die Madonna nur in Franken beheimatet sein konnte. Über ihre Rolle gab es auch keinen Zweifel. Die Mutter des Fränkischen Bierwunders.

Werner hat mir die Geschichte einer Münchner Großbrauerei erzählt, die ihr Geld zu einem guten Teil inzwischen mit Immobiliengeschäften verdient. Die bankrotte Brauereien in attraktiven Lagen aufkauft, und daraus ein Immobilienprojekt mit ordentlich Rendite macht. Dann habe ich die Geschichte einer Brauerei aus Oberfranken gelesen, die im Mai 2021 Insolvenz anmelden musste. Unter anderem, weil es mehrere Sabotageakte gegen die Brauerei gab. Jemand hatte eine mit Waschlauge verunreinigte

Bierflasche beim zuständigen Landratsamt abgegeben, was zu einer großen Rückrufaktion und einem erheblichen Imageverlust führte. Am Ende stand die Insolvenz. Natürlich ist die Story drum herum frei erfunden, Ähnlichkeiten mit realen Personen wären wie immer reiner Zufall.

Thomas Lang

Thomas Lang wurde 1968 im Kraichgau geboren. Nach einer Ausbildung bei einer Landwirtschaftlichen Genossenschaft in Eppingen/Kraichgau studierte er Jura in Tübingen. Daneben belegte er dort im Studio Literatur und Theater Kurse im Kreativen Schreiben und in Rhetorik.
Seit zwanzig Jahren lebt und arbeitet er in Stuttgart als Anwalt und Datenschutzbeauftragter. Daneben ist er seit vielen Jahren Autor und Ensemblemitglied beim Stuttgarter Juristenkabarett. Er schreibt im Stuttgartmagazin *Lift* die kleine und feine Kolumne »Schräggastro – wir gehen dahin, wo Sie sich nicht hintrauen!« Mit seinen Leseshows ist er regelmäßiger Gast bei den Stuttgarter Kriminächten.

Goldberg und die Tränen der Madonna ist der fünfte Zufall in seiner Bierkrimi-Reihe.

www.bier-krimi.de
facebook/goldbergsliste
facebook/Thomas Lang
www.datenschutzadvokat.de

Dieser Kriminalroman spielt an realen Schauplätzen.
Alle Personen und Handlungen sind frei erfunden.
Sollten sich dennoch Ähnlichkeiten mit lebenden oder verstorbenen Personen ergeben, so sind diese rein zufällig und nicht beabsichtigt.

Postfach 16 42 · 72706 Reutlingen

Titelbild: © stock.adobe.com
Gestaltung: PMP Agentur für Kommunikation, Reutlingen
Lektorat: Bernd Storz
Korrektorat: Sabine Tochtermann
Satz: Uhl + Massopust, Aalen
Druck und Bindung: CPI books GmbH, Leck
Printed in Germany
ISBN 978-3-96555-136-7

Minkin, Ex-Staatsanwalt mit Hang zu Brau-Erzeugnissen, lässt sich zu seinem ersten Auftrag überreden. Er soll für Goldberg eine Liste finden. Goldbergs Liste. Dazu muss er nach Sevilla. Kein Zuckerschlecken für den spät pubertierenden Enddreißiger mit Flugangst und Panikattacken. Seine Methodik pendelt zwischen Abwarten und nix Tun. Seine Affinität zum Gerstensaft ist ihm dabei genauso eine veritable Hilfe wie sein Talent, sich aufs Unwesentliche zu konzentrieren.

Knappe Sprache, lakonischer Witz, schrullige Typen machen das Pilsbar-Abenteuer aus.
Nebenbei wird ein neues Krimi-Genre aus der Taufe gehoben:
Der Schräggastrokrimi.

ISBN 978-3-88627-334-8 | 10,95 Euro

Nachdem Minkin in seinem ersten Fall das Bier gerade mal noch so vor dem spanischen Bierpanscher Fuentes gerettet hat, muss er diesmal die Weltformel des Bieres vor einem globalen Bierriesen beschützen.

Ein Pilsbar-Abenteuer voll grimmiger Komik das zwischen Stuttgart, Pilsen und dem Kraichgau torkelt.
Kurze, knorrige Sätze, knappe Sprache, lakonischer Witz und eine Menge Gerstensaft.

ISBN 978-3-88627-696-7 | 10,95 Euro

Wenn Minkin sich in etwas auskennt, dann sind das Biersorten und Zufälle. Diesmal lässt er sich von Goldberg am Vorabend des ersten Lockdowns in ein weiteres Pilsbar-Abenteuer schicken.

Nach Belgien. Dort liegt das Kloster des hochbetagten Trappisten und Bierbrauers Abbé Jean, den Minkin vor der Rache einer konspirativen Organisation in Sicherheit bringen will.
Dass Minkin trotz der Unterstützung eines schlagkräftigen belgischen Nachtportiers und eines reizenden Killesberg-Babys in Yogaklamotten wieder mehrfach sein Leben riskiert, ist nicht nur seinen Zufällen zu verdanken.

ISBN 978-3-96555-071-1 | 11,95 Euro